Olhos

Negros

Olhos Negros

Marcelo Godoy

alameda

Edição: Haroldo Ceravolo Sereza e Joana Monteleone
Assistente acadêmica: Tamara Santos
Projeto gráfico, diagramação e capa: Betânia Santos
Revisão: Fernanda Okubo Yoneya
Imagem da capa: Freepik

CIP-BRASIL. CATALOGAÇÃO NA PUBLICAÇÃO
SINDICATO NACIONAL DOS EDITORES DE LIVROS, RJ

G534o

Godoy, Marcelo
Olhos negros / Marcelo Godoy. - 1. ed. - São Paulo : Alameda, 2025.
306 p. ; 21 cm.

ISBN 978-65-5966-327-9

1. Ficção brasileira. I. Título.

CDD: B869.3
25-99573.1 CDU: 82-3(81)

Carla Rosa Martins Gonçalves - Bibliotecária - CRB-7/4782

ALAMEDA CASA EDITORIAL
Rua Treze de Maio, 353 – Bela Vista
CEP 01327-000 – São Paulo – SP
Tel. (11) 3012-2403
www.alamedaeditorial.com.br

A Emanuela

"Aquelas que ousaram trabalhar fora do lar, em um espaço público e para o mercado, foram representadas como megeras sexualmente agressivas ou até mesmo como 'putas' ou 'bruxas'."

(...)

"A principal vilã era a esposa desobediente, que, ao lado da 'desbocada', da 'bruxa' e da 'puta', era o alvo favorito de dramaturgos, escritores populares e moralistas."

Silvia Federici[1]

1 Federici, Silvia, Calibã e a Bruxa. São Paulo: Elefante, 2017, p. 173 e 183.

Delegacia de Polícia de Santo Antônio de Pádua

INQUÉRITO POLICIAL

Registrado sob número: **017/90**, no livro tombo nº 73, fls. 104

Incidência Penal: artigo 121 do CPB

Indiciado: A esclarecer

Santo Antônio de Pádua, 29 de setembro de 1991

Ao Exmo. Sr. Dr. Otávio Pereira Bastos Gonzaga,
MM Juiz de Direito da Comarca de Santo Antônio de Pádua

Por meio desta, envio à V. Ex.ª a transcrição mecanográfica em 106 páginas com o inteiro teor do manuscrito encontrado na casa de Paulo Kappel Volpin, brasileiro, advogado, residente à Rua das Camélias, n.º 230, no bairro da Saudade, nesta comarca. Aproveito a oportunidade para saudá-lo e reiterar assim meus protestos de elevada estima e consideração.

Atenciosamente,

Marco Antônio Palhares de Oliveira
delegado de polícia titular de Santo Antônio de Pádua

(Um relato autobiográfico)

A Marília de Nardi

"Pessoas que sobreviveram a grandes perigos relatam não ter se angustiado: agiram simplesmente – apontando sua espingarda para a fera, por exemplo; e, isto sim, foi o mais adequado."

Sigmund Freud – Teoria Geral das Neuroses

BARRABÁS

Tinha olhos negros como a peste. Um olhar agudo, que doía. Enfrentá-lo demandava uma força impossível para uma criança e improvável para um adulto. Fixava-se em seu objeto como um prego em uma parede branca, visível a todos e pronto para o peso da consciência de seu alvo. Sua mirada prenunciava a fúria ancestral do homem diante dos desígnios da natureza. Lembrava a todos a selvageria de que somos capazes. Mas não era louco. Tampouco violento, embora o seu silêncio enlouquecesse quem tentasse escrutá-lo. Tinha um ar de autoridade, uma expressão de disciplina em meio a gestos brutos. Prontos para o embate. Intimidava como um processo no tribunal. Nada mais sobrava do que quer que lhe desafiasse. Era o olhar silencioso e autoritário de um pai. Casou. Teve filhos. Muitos. Parecia com minha mãe. Apesar de ela ter olhos azuis e cabelos loiros, os dois eram feitos dos mesmos materiais. Quando riam, quando liam, quando estavam à mesa do almoço em família, eram uma única pessoa – um só pensamento. Discutiam. Sempre pelas mesmas razões. Todavia, diziam aos filhos: “Vocês deviam se amar”. Mas as crianças somente brigavam e nada do que tentassem as fazia parar. A casa se enchia de lágrimas, gritos, gemidos e castigos: um inferno.

Iam sempre à missa aos domingos. Juntos. Invariavelmente, ele reclamava do sermão. Era-lhe tenebroso manter abertos tanto a consciência quanto o olhar diante das vozes sonoras dos párocos. Nada fugia, entretanto, ao seu espírito crítico, nem mesmo as batinas. E menos ainda a sujeira que aderia às suas calças – era ali, na Igreja, que se tinha a oportunidade única de vê-lo ajoelhado, um gesto que executava com gravidade suficiente para que uma parte dela fosse acrescentada ao ambiente. A mulher o acompanhava, porém, não mantinha uma relação tão peculiar com o sagrado. Nunca se acreditou eleita ou escolhida pela graça divina. Mesmo assim, pode-se dizer que ambos eram religiosos, ainda que às vezes – é também necessário dizê-lo – olvidassem as prédicas dos padres... Um dia se divorciaram. E não só por isso, mas também por esse motivo, os dois eram pais como todos os outros do mundo.

Para completar essa história, devo contar que ele teve seis filhos. Belos e bravos como toda criança. João, o mais velho, tornou-se professor como sua mãe. Mateus era o contador; Maria se fez economista; Madalena só estudava e Tiago gostava das religiões. Encontravam-se às vezes nos dias de festas. Davam risadas e lembravam de um passado feliz que inexistia fora das recordações inventadas pela estranha nostalgia do que nunca tiveram: amor. Mesmo assim não se esqueciam de dizer ao pai que o amavam, embora incapazes de lidar com sua personalidade. Reprovavam-na. Talvez porque fossem filhos de três mulheres distintas. Não sabiam por que precisou daqueles três relacionamentos, o que o levara de uma casa à outra, sempre com o mesmo olhar e o mesmo silêncio. Não compreendiam tanta decisão e mudança. Nem ele sabia explicar a razão. Ou fazia de conta. Aos 70 anos, encerrava essa conversa dizendo: "Sim, casei três vezes". Ainda assim ia à missa e comungava – como se pode ver, os conselhos dos padres nada podem contra a vontade dos homens.

Vivia em uma casa amarela, com uma faixa branca pintada de fora a fora de sua fachada. A janela de seu quarto dava para a calçada. Era possível bater em sua madeira de madrugada e correr pela rua só para ouvir o infeliz: "Filho da puta! Filho da puta!" O pigarro não lhe deixava completar a sequência. "Filho da.. rummmm." E recolhia sua voz, emudecendo tão rápido quanto o seu despertar. Sempre soubera gritar. E gritava como poucos. Nem os filhos, que esbravejavam diante de qualquer contrariedade, conseguiam desafiá-lo. Seu grito era o maior testemunho de que ainda vivia. E frequentava a praça pública. Até quando? Nunca se duvidou de que viveria até o fim dos tempos. Tinha-se a impressão de que era imortal. Talvez, porque assim pensasse ou porque jamais se preocupou com o futuro. Escondia atrás de sua impassibilidade diante das crises familiares um medo que lhe consumira toda a juventude e a velhice. Um medo ancestral, que se percebe na arquitetura das cidades modernas, nas ruínas gregas e nas grandes catástrofes. Um pavor que nos une aos bichos e cuja presença nos persegue todas as noites. O medo da solidão.

Levantou-se. Olhou para a coberta como quem não tem o que fazer. Não entendia por que saía tão cedo da cama, por que o sono não mais ocupava o seu dia como antes. Passou pela porta do quarto e entrou na sala de estar. Um sofá de pano escuro e puído, uma mesa pequena, no centro, revelavam a origem modesta de tudo o mais. Uma televisão completava o conjunto, acomodada embaixo de um retrato do Cristo encimado por um rosário. Era a sua cela monástica. Ali rezava o Pai-Nosso e a Ave-Maria quando acordava e antes de voltar ao quarto, para dormir. Todo dia repetia o gesto, sem completar o rosário. "É comprido, me dá tédio." Não me disse bom dia naquela manhã. Não me chamava pelo nome. Era assim desde criança. "Barrabás, você viu meu chinelo?" Não. Não havia visto. E, mesmo que tivesse, não diria. Chinelo ou cinta eram seus instrumentos prediletos para a educação dos filhos. Foi um chinelo, aliás, se não me engano, que me comeu as nádegas quando ganhei o apelido pelo qual sou conhecido em família. Tinha dez anos. E um espírito pronto para a vingança, essa forma particular de Justiça exercida pelas crianças e pelos furiosos.

Vovó Deca me levara à Igreja da Boa Morte. Preparavam a quermesse no imenso terreno dos fundos, ao lado da casa do padre Jaime, homem de autoridade indiscutível para meus avós. Os velhos estavam sempre dispostos a trabalhar em qualquer obra da paróquia. Bastava a convocação do padre. E para lá Dona Dequinha carregava os netos. "Cresceram, essas crianças. Como cresceram", disse o homem vestido de preto. Nada me irritava mais do que essa maldita exclamação: "Como cresceu esse menino!" Sempre me diziam isso. Todos. Na falta do que falar, repetiam o "espanto". Mas, naquele dia, padre Jaime foi além. Completou a conversa com a única frase que me irritava tanto quanto a primeira: "E o que o menino vai ser quando crescer?" Suspeitei que esperasse a confirmação de seu exemplo e autoridade. Queria ouvir: "Padre, como o senhor". Mas uma inspiração divina invadiu-me a língua e abriu minha boca. Soltei outra palavra: "Barrabás!" "Como?" "Barrabás, padre. Quando eu crescer, vou ser Barrabás." Não precisaria esperar ter calças compridas para ser o escolhido dos homens.

"Não vi seu chinelo!" Encolerizou-se. Era óbvio que não se contentaria com a resposta. Sempre culpava os outros pelos seus erros e esquecimentos. Se não encontrava os chinelos era porque alguém os escondera ou pior: usou o par sem seu consentimento e o largou por aí. Ninguém tinha o direito de ter desleixo ou idiossincrasias naquela casa. Não admitia rivais. "Barrabás! Onde está o meu chinelo?!" A voz golpeava a garganta e inflava as veias de seu pescoço. O sangue irrigava-lhe o rosto, e a volúpia, que se apossa dos homens no momento em que se vinga uma ofensa, tomava conta de seu olhar pestilento. Era a certeza dos fanáticos. "Que saco!", pensei. Sempre fora assim. A idade havia aplacado sua fúria rotineira. Os acessos da juventude se cobriam com a certeza de que a razão e a verdade justificavam qualquer patifaria, qualquer gracejo estúpido. Reclamava das pessoas, mas, no fundo, desejava transformá-las em meros turibulários. Imaginava-se abrindo a procissão em direção ao altar da nave central da Matriz. Suas vozes pouco lhe importavam. Os bancos da celebração estariam cheios não para a admiração do mistério de Cristo, mas para a sua glória. Maldita vaidade que lhe consumia o ventre, uma vaidade jamais percebida. Ao menos tinha vergonha, o que lhe impedia de confessar os desejos e os sonhos. Desde criança olhava as meninas nos bancos da igreja. Invejava quem sentava perto das moças. Em especial de Maria. Queria apertar-lhe a mão, cumprimentá-la. "Podia olhar seu rosto com paixão e não seria pecado." Valia-se de Ágape para exercitar Eros. Diante de todos, sem o temor do constrangimento ou do ridículo. "Que Deus me perdoe, mas ela bem vale o pecado", pensava. Tinha então 13 anos. Mal escutava o padre: "Credo in Deum, Patrem omnipotentem, creatorem cæli et terræ. Et in Iesum Christum, Filium eius unicum, Dominum nostrum: qui conceptus est de Spiritu Sancto, natus ex Maria Virgine,..." No meio do latim aparecia o nome de sua Maria. E a missa envolvia a menina e seus cabelos lisos e sagrados. Era pequeno demais para a moça. Mas o amor silencioso o fazia assumir um ar grave, como devia ser a expressão de um homem. Seria ali seu casamento e a primeira comunhão. Ali batizaria os filhos e confessaria os pecados. Todos, menos aquele, pois este era segredo. Seu segredo diante dos homens e dos céus. Deus compreenderia. Sem dúvida alguma. A culpa era do latim do padre. Dali saía tudo.

No outro domingo, Maria não foi. E a dicção do padre o levou para suas classes de história. Tinha no ginásio um adorável professor – Francisco – que andava de lá para cá, diante das primeiras carteiras. Nas mãos, trazia uma régua de 40 centímetros de madeira. Imaginava-se no fórum romano, contando anedotas sobre reis e batalhas. Quando a atenção de um aluno falhava, a régua o lembrava de que nada escapava a Francisco, principalmente, quando dava para falar a língua do padre. "In umbra igitur pugnabimus! Vejam o que Leônidas disse aos persas que lhe prometeram escurecer os céus com suas flechas: 'Tanto melhor, lutaremos no escuro!' Eis um herói, senhores. Um herói!" Francisco ao menos a traduzia e explicava. O menino pensava na frase e se imaginava o intrépido espartano. Tanto melhor o fragor da batalha e se Maria estivesse ao seu lado na luta. Melhor ainda se fosse no escuro. E, subitamente, ouvira: "Benedicat vos omnipotens Deus, Pater, et Filius, et Spiritus Sanctus". E respondera como todos os demais. "Amém." A mágica do latim acabara. Desperto pelas vozes humanas que se retiravam da igreja, afogou-se na fúria: "Onde está Maria?! Quem a tirou do lugar?! Quem ousou tirar minha Maria do lugar?!"

Maria cresceu rápido. E recebeu a graça de nunca despertar ao lado dos olhos negros na igreja. Engravidara cedo. E a moça não foi mais vista naqueles bancos. Fazia cinquenta anos que ele repetia a história da menina da missa. Se o papa revelara o terceiro segredo de Fátima, por que ele não podia retirar o véu daquela lembrança? A criança que perdera seu objeto amado ressurgia em sua vingança. "Saiu daqui com o vizinho. Virou puta", dizia com os lábios ressecados pela vida sem esplendores. Cada nova visita ouvia o gotejar daquela história. Palavra por palavra. A bela menina que o deixara sozinho na igreja recebera o castigo. Toda mulher que o abandonava compartilhava o mesmo destino de Maria. Pelo menos, era o que afirmava. Expressava, então, seu lamento, sua incapacidade de se bater contra o destino para o qual caminhamos como sonâmbulos. Ah... Se pudesse ao menos conhecer o seu passado... Se tivesse vontade de saber exatamente o que pensavam dele, o que entregaram para ele, o que fizeram por ele, o que disseram dele! Não sabia e nem mesmo lhe parecia importante. "Não conhecemos nem mesmo o nosso passado, mas temos a ilusão de domar o presente e construir o futuro. É tudo inútil. Eis porque nunca me deixei incomodar por tais considerações." A vida lhe parecia uma sucessão de tragédias que atingiam os outros. Sentia dó, comiseração e fazia cara de penitente. Dizia querer perdoar a todas as Marias de sua história. Imaginava-se compassivo.

Encontrei Maria quando saí de casa. Ainda era bela. Quando soube de quem eu era filho, sorriu. Um sorriso que revelara seu capricho. Percebera rápido que o meu pai se interessara por ela. Capturou seu olhar na igreja e viu graça no desejo daqueles olhos negros e ingênuos. Era divertido passar ao lado do rapaz de calças curtas em seu vestido carmim – a consciência de ser admirada lhe emprestava um ar superior e se esforçava para se mostrar ainda mais bela e insinuante; não lhe queria, mas lhe agradava conservá-lo ao seu alcance, desejava sua admiração. Disse-lhe que sua brincadeira criou um homem amargo. Abaixou os olhos e sorriu. Contou-me que fez muito mais do que o velho me dissera. Resolveu desfilar de braços dados com outro rapaz à vista de meu pai e esfregou-se no jovem diante do menino, que fingiu não ver a humilhação. "Estava cansada daqueles olhares, queria terminar com aquilo." Talvez meu pai tenha chorado, um choro surdo de vergonha ou da pena que sentiu de si, daquela mesma que parecia reservar aos outros, pois somente eles eram dignos de tal sentimento, que nada disso lhe afetava. Tampouco lhe acontecia de sofrer por seu próprio destino.

Assim também era Maria. Disse-me que teve prazer e decidiu ir além com o rapaz. Beijou-o, como não se fazia em Santo Antônio de Pádua. E olhou para o meu pai. A peste invadira seus olhos; mirou os céus e fingiu contemplar nuvens. Ela deu um novo beijo em seu garoto. Foi fatal. Meu pai curvou, finalmente, sua espinha e deu as costas a Maria. "Nunca mais. Nunca mais", deve ter pensado. Ela sorriu e contou que o garoto era bonito. "Como você." Tinha 44 anos e eu 22. Era magra, e pintava os cabelos – conheci uma Maria loira e elegante. Trabalhava em São Paulo. Quando a porta do quarto se fechou, esperou que eu abrisse o zíper de seu vestido preto. Uma pele alva e suave acolheu as minhas mãos. Abriu os lábios como um demônio. Tive Maria. E paguei. E ela mereceu cada centavo de meu dinheiro. O velho tinha razão. Mas nunca lhe contei.

Meu pai voltaria a procurá-la na missa dos domingos seguintes. A humilhação parecia atraí-lo ainda mais. Quisera negar o que vira. Não era Maria. Não era. Mas qual a razão daquilo? Um ano depois, soube da gravidez. Maria desapareceu de Santo Antônio de Pádua. Mas não teve a criança. "Não podia criá-la." Seu homem acompanhou-a nos primeiros meses. Depois, se viu só. Começou a trabalhar em uma fábrica. Dez horas por dia. Morava em um cortiço. Seu quarto tinha uma cama e uma mesa, onde colocava as poucas roupas e lembranças. Com um pano fechava um buraco no assoalho por onde entravam baratas à noite – temia que lhe roessem os lábios enquanto dormia. Dois anos depois, descobriu que podia ganhar dinheiro com a beleza. Quem lhe contou foi uma amiga, que começara a trabalhar no Clube de Paris, a famosa boate do francês Jean Pierre, frequentada por delegados, tiras, trutas, gansos e jornalistas. O gerente da casa tinha 16 anos. Morava sozinho em São Paulo e passou a cuidar de Maria. "O Nelson movimentava-se como um ator que conhece cada marcação do espetáculo e respeita o diretor. Tinha o senso da solenidade, da pompa, da circunstância; nascera para as cerimônias e sabia onde colocar os pés e as mãos. Era um nobre, porque a putaria assim exigia, meu caro. Um dia, mudou de vida. Casou, mas nunca deixou de me ver." Era, talvez, o único amor de Maria.

LARANJAS

"Achei! Achei meus chinelos. Algum filho da puta pôs eles no banheiro!" Como era a única pessoa na casa com o velho, o filho da puta em questão era eu. Pôs os chinelos e foi até a cozinha. O copo o aguardava embaixo da torneira do filtro de barro. Toda noite enchia o filtro até a metade para que não transbordasse pela manhã. Dois copos d'água e um comprimido. O rancor lhe cobrava um pedaço de sua saúde. Era hipertenso. "Sujo, está sujo! Você é um inútil. Não limpa nem mesmo um copo. É incapaz de trocá-lo e de pôr sua imundície na pia." Calei. "Merda, merda, merda!" continuou. Apanhou um novo copo no armário. Vi tudo de pé, embaixo do batente da porta. Caminhei até a mesa e sentei enquanto ele se medicava. Arrastava o chinelo ao andar. A mão esquerda tremia. Pigarreou. "Você pode pegar o pão?" A pergunta era uma ordem e uma acusação. "Você pode pegar o pão?", repetiu. Passei-lhe a cesta sem abrir a boca. Estavam duros. Acendeu o fogão e apanhou a manteiga. Indignava-se por ter de fazer o próprio café da manhã. Nunca fora preciso, pois sempre tivera em casa quem o fizesse. Calou-se. Não me encarava toda vez que o mau humor lhe dominava o cérebro ao desconfiar de alguma ofensa secreta. Então, procurava ao redor da mesa mais um motivo de desordem, do incômodo que a minha presença lhe causava. Tanto fazia o que fizesse ou deixasse de fazer. Era eu seu filho, errado como os outros, desajeitado, estúpido e traidor. Vistoriou as garrafas de vinho e de uísque. Contou-as mentalmente; estavam todas ali. Correu o olhar pelo pacote de cigarros – os cinco maços permaneciam como estavam na noite anterior. Nada faltava. Terminou o café e se levantou. Saiu da sala para o pequeno quintal onde plantava umas poucas verduras. Não me fez beijá-lo no rosto, como sempre fizera com os filhos ("Venha aqui me dar um beijo"). Deixara o hábito desde o momento em que pus os pés fora de casa sem o seu consentimento.

Tinha então 19 anos. Havia resolvido que ganharia minha vida longe do mercado do meu pai. Não ia mais lavar seu carro no fim de semana ou dar expediente entre as sacas de feijão, arroz e milho. Não me interessava mais pelas suas vontades e caprichos. Tinha os meus próprios para cuidar. Peguei minhas coisas e fui para a Estação Ferroviária com uma mala pequena que tinha um forro de pano e um fecho de metal desbotado. Queria estudar, tornar-me um doutor. Deixei-lhe uma carta dizendo que só voltaria quando o "Dr." estivesse diante de meu nome. A poeira invadiu-me os olhos. Ventava como o prenúncio de uma tempestade que se avizinha rapidamente. A linha do trem ficava em um pequeno espigão. Do outro lado dos trilhos, uma ravina se estendia por quase meio quilômetro. A cidade recomeçava com suas construções esparsas depois de um vazio de uma centena de metros. Daquele ponto, a vista alcançava uma fileira interminável de plantações de cana de açúcar e de pastos salpicados por umas poucas cabeças de gado. Estava na hora do leiteiro. A carroça denunciava o amanhecer com o tilintar de suas rodas de ferro e madeira caiada deslizando entre os paralelepípedos das ruas do centro da cidade. O estalar do estirar incessante de lençóis e cobertores completava os sons que emprestavam uma identidade única àquelas horas da lenta alvorada das décadas imutáveis e dos ressentimentos familiares. A cidade me perseguiria pelo resto de meus dias. Não me daria perdão ou quartel. Acreditei que pudesse deixá-la, mas já me havia transformado em sal sem que o soubesse.

Tinha a mania de escrever poesias. Sempre as guardava no quarto que dividia com dois dos meus irmãos – João e Mateus. Éramos os filhos de Tereza, a primeira mulher de meu pai. João, o mais velho, quis me sufocar quando nasci. Não existe maldade entre as crianças, somente os ciúmes e a vontade de ser única, desejo que aflora em meio aos momentos de curiosidade e de poder, diante de alguém mais ainda indefeso na família: o irmão mais novo. João era calado e, como o meu pai, sorria pouco. Abria os livros de contabilidade da loja durante o ginásio para ajudá-lo com as contas, as inversões e o balanço das mercadorias e dos pagamentos. Seu único gesto de rebeldia fora se tornar professor, como mamãe. Formou-se matemático e dava aulas nas escolas da região. Obteve do prefeito de Santo Antônio de Pádua o direito incomensurável de usar o Chevrolet da Secretaria de Educação em seu trabalho. Ribeiro Passos era um político que dava importância ao ensino. Seu pai, o major Joaquim Passos, fizera o mesmo com seus colonos, quase todos italianos do Vêneto e alemães do sul do Tirol. A perspectiva de uma vida miserável em torno de guerras infindáveis e dos mesmos pratos de polenta trouxe toda aquela gente para Santo Antônio. Ribeiro Passos era chamado de "o esteio do partido republicano" pelos rábulas e pelos letrados da cidade. O epíteto lhe agradava. João podia usar o carro da secretaria, desde que fosse dar aulas nos bairros formados pelos antigos colonos, o que excluía a escola dos negros, ao lado da Igreja de São Benedito. Ali devia comparecer a pé, se assim quisesse. Uma caminhada de pouco mais de 20 minutos desde a nossa casa. O desafio maior acontecia no dia das provas e correções. Apanhava a bicicleta Peugeot de meu pai, colocava a papelada didática no assento traseiro e partia para cuidar daqueles alunos. "O senhor professor se parece com o padre Jaime. Não deixa ninguém sem atenção", dizia o prefeito. Meu irmão não sabia ao certo por que o carro da secretaria era sempre requisitado pela administração no dia que devia ensinar os negros. Mas lá ia ele, pois sentia que as crianças não podiam pagar pela "preguiça, indolência, incompetência e falta de caráter" que ele via em seus pais. Suas aulas os tornariam cidadãos melhores para ajudar a Nação, de acordo com suas capacidades. Santo Antônio era uma cidade cruel com os negros e devo reconhecer que isso me incomodava. Os guardas jamais perdoavam um deles que ousasse desfrutar dos jardins centrais da cidade – o passeio erguido por Ribeiro Passos para emular os bulevares de Paris – e acompanhavam com seus olhares inquisitoriais o intruso; cada gesto, cada passo e cada palavra eram milimetricamente registrados pelas autoridades, que aguardavam um andar mais rápido, um falar mais alto, uma pose estranha ou um simples pisar na grama, o mínimo que lhes permitisse convidar o negro a se afastar do lugar reservado aos senhores do lugar: a gente branca.

Santo Antônio era uma cidade repleta de distâncias. Quando os negros tinham algum dinheiro, moviam-se no lombo de burros ou mulas; jamais a cavalo. Os mais afortunados conseguiam uma bicicleta de segunda mão e frequentavam o único clube que os admitia como sócios: o Ipiranga. Vovó Joana tinha um profundo desprezo por eles. "Essa negrada só faz merda!" Dizia isso toda vez que um criado lhe desagradava. Reservava-lhes, na maioria das vezes, apenas os papéis de cachaceiros, bêbados e vagabundos. Joana era filha de um atravessador que fizera dinheiro com o café. Mantinha um ar empertigado e hostil. Quando a qualidade do trabalho de um jardineiro a surpreendeu, saiu-se com uma frase que lhe pareceu natural para expor seu espanto: "Nem parece negro esse aí". Sua filha Tereza se tornara professora porque essa era a única profissão honesta que uma mulher podia desempenhar naqueles anos. Mamãe também não "simpatizava com os negros", assim como a vó Joana. Talvez os ressentimentos que nutriam pela vida as obrigassem a pensar que devia existir alguém no mundo mais medíocre do que elas e essa pessoa certamente devia ser um negro, o que era então incompreensível para mim – jamais compreendi essas manifestações de desprezo e de ódio. Mamãe dava aulas no ginásio da cidade, uma fase da escola quase inteiramente reservada aos filhos dos colonos que conseguiam concluir o primário. Eles se tornavam a mão de obra especializada da cidade. Aos negros sobrava a função de ajudante. E os ajudantes eram vigiados por pedreiros, marceneiros, comerciantes, sapateiros, alfaiates, farmacêuticos e pelos poucos médicos e engenheiros da cidade para que não fizessem "nenhuma cagada".

Meu irmão era o único professor das crianças que frequentavam a sala paroquial de São Benedito. Era ao lado da igreja que a maioria dos negros recebia os sacramentos a cada 15 dias. Não havia comércio ali perto, somente umas poucas casas sem jardim e com portão lateral. Os corredores de terra batida eram divididos por cercas que buscavam impedir a passagem de galinhas e cachorros de um lado para outro. Nos dias de aulas, meu irmão saía mais cedo. Incentivava os meninos maiores a prosseguir no estudo até o ginásio, pois acreditava que podiam se juntar aos poucos negros que conseguiram um lugar naquela cidade: o alfaiate José dos Santos e o escrivão Benedito Pereira dos Santos. Todos os conheciam e seus filhos frequentavam o Grupo Escolar Major Joaquim Passos, cujo prédio fora erguido nos anos 1910, perto da Estação Ferroviária. As janelas grandes de vidro e madeira protegiam as salas de aula que abrigavam as crianças com seus pequenos uniformes. O quadro negro de parede a parede, as longas tábuas do assoalho, o pé-direito de mais de cinco metros, os detalhes esculpidos no madeiramento do segundo andar e o telhado, com seu lento deslizar para os lados, tinham como objetivo mostrar a grandiosidade da tarefa dos professores e dos alunos. Só os palácios de dois fazendeiros, a prefeitura, o fórum e a Santa Casa rivalizavam com a escola. João via na comparação entre os prédios um símbolo da sabedoria do Estado. Desde cedo fora invadido pela ideia de que a raça brasileira, formada pelos elementos branco, negro e índio, era única, resultante dos "altos desígnios da nacionalidade formadora de uma Pátria, a um só tempo generosa e exuberante", como gostava de repetir. "Somos todos brasileiros. É fato. Mas também devemos saber qual o nosso lugar na sociedade. O senhor sabe que não tolero impertinências das crianças. Mas os meninos são inteligentes. Gostam de aprender. Precisam de cultura e, no mínimo, saber ler e escrever", explicava-se a meu pai. "Você é uma boa pessoa. Como sua avó Deca." É preciso dizer que o meu pai tinha razão: Deca era a única na família que não falava mal de ninguém. Nem dos negros. Era religiosa demais para cometer o pecado do ódio. Tampouco se dedicaria a qualquer ofensa gratuita. Era o contrário de meu pai, que adorava ofender gratuitamente. Estava sempre a procurar uma oportunidade que lhe parecesse a mais propícia para retirar um dos vários espinhos que colecionava em sua garganta. Um dia olhou para minha mãe e disse que não entendia. Mas não completou a frase. "Não entendo. Não entendo." E foi saindo da mesa. Minha mãe ficou em silêncio. Mas ele a repetiu, esperando a pergunta. "Não entende o quê?" "Nada. Deixa pra lá." A comida estava quase toda no prato. Era o de sempre: arroz, feijão, linguiça e uma salada. Pegou um copo de água e repetiu: "Não entendo". Minha mãe se irritou. Havia acordado cedo para levar Mateus ao médico. O menino tivera febre a noite toda e ainda chorava por causa de uma otite. Devia ainda lavar a roupa da família e preparar suas coisas para as aulas da tarde. Fizera o almoço de meu pai no intervalo de uma tarefa e outra. "O que é que você não entende?" "Deixa pra lá." "Fala, Vicente! Fala!" "Falo. Falo sim! Você quer ouvir, né?! Falo sim. Não entendo como você pode engordar cozinhando tão mal assim." Minha mãe ouviu tudo em silêncio. Apanhou o prato na mesa, recolheu a comida e a jogou no lixo. "Desculpe, tive de levar o menino no médico hoje." Tirou o avental e foi para o quarto. Olhou-se no espelho e ficou em dúvida se o problema era ela ou a comida.

Engordara 15 quilos ou como ele gostava de lembrar: "Uma arroba". E fazia a piada que tanto lhe agradava: "Vou pedir para o Manoel trocar a balança da farmácia por um gancho para pesar você". Um dia Mateus resolveu tomar a mesma liberdade com a mãe. "A Gorda não quer me deixar brincar na rua". "Quem? O que você disse? Você chamou sua mãe de gorda?" O velho se enfureceu. Abriu o cinto de couro, retirou-o dos passadores da calça azul e larga de algodão e o dobrou no mesmo instante em que o primeiro golpe atingiu meu irmão. Mateus mal pôde se virar para se defender. O velho lhe bateu mais uma e mais outra e mais outra vez até que minha mãe ouviu os gritos e interveio. "Nunca mais trate sua mãe desse jeito." Virou e saiu. Mateus apavorou-se, mas não chorou. As marcas desenhavam o castigo em sua pele. Teve vergonha por duas semanas de jogar bola com os amigos.

Voltou de sua pequena horta com um pé de alface e uma couve na mão. Depositou as folhas em cima da mesa de madeira antiga depois de as lavar. Dedicava a cada uma delas uma atenção que nunca parecia compreensível aos estranhos. Examinava-as como médico em busca de uma resposta para as suas apreensões e desconfianças ou como os bichos selvagens que suspeitam de cada homem que se aproxima e aguardam até o último momento antes de voltar sobre o rastro e saltar de lado para o meio do mato. Assim se desfazia das poucas folhas que lhe pareciam impróprias. A desconfiança se tornara o centro de sua sabedoria. Desafiava tudo o que era sensível, tudo o que se mostrava aos seus olhos e às suas mãos e ouvidos com a mesma camiseta regata branca de algodão, com as mesmas calças de algodão marrom, azul ou cinza e com seus malditos chinelos. Batia naquelas folhas como se fossem seus filhos. Ia consertá-las na porrada. Nem que fosse preciso matá-las. Era sua ameaça. Devo dizer que nunca a cumpriu, embora todos os meus irmãos possam contar mais sobre seu caráter, sobre suas manias e vontades.

Mas não creio que seja necessário falar sobre isso, contar essas coisas. Não agora. Posso apenas dizer mais uma vez que naquela casa era normal apanhar. Tão normal que nunca acreditei que isso devesse ser registrado. Desobedecíamos muito e brigávamos a toda hora. Tanto o castigo quanto a surra se faziam merecidos. Mas devo seguir com a minha história. Sei que vou desagradar a muita gente. Existem outras histórias – eu sei – que também precisam ter um narrador. Só não tenho a vontade ou a certeza de que serei eu a contá-las.

Deixou as folhas inertes sobre a mesa. Escolhera uma a uma e as cobriu com um pano. Virou-se em direção ao armário, abriu a primeira gaveta e a vasculhou, garfo a garfo e colher a colher com seus dedos, até encontrar a sua faca. A lâmina de pouco menos de dez centímetros e o cabo de madeira lhe davam quase o tamanho de um canivete. Era a sua faquinha, aquela com a qual costumava descascar e cortar frutas. Pude imaginar seu próximo movimento: caminharia até o cesto ao lado da geladeira e apanharia uma laranja lima e um banquinho de madeira com a tinta desbotada que escondia embaixo da mesa rústica, com suas tábuas grossas e antigas, que dominava a cozinha. Foi o que fez. Virou a laranja entre os dedos com a precisão dos malabaristas do circo depois de uma única incisão no topo da fruta. Em segundos estava tudo terminado, a casca sem falha jazia ao seu lado e o fruto cortado em dois enchia sua boca com a doçura que a vida sempre lhe oferecera e ele sempre recusara por medo ou por princípio. O medo da solidão não era o único a consumi-lo. Medos e desconfianças eram os motivos daquela inquietude que lhe vedava a tranquilidade de um amor construído palmo a palmo, misto de renúncia, compreensão, respeito e satisfação que a felicidade do amado proporciona a quem a cultiva. Preferia as laranjas. Podia cortá-las ao meio e chupá-las, despudoradamente, antes de atirá-las ao lixo.

SACRISTIA

Não odiava meu pai. Mas não o amava incondicionalmente. Havia em mim aquele indecifrável sentimento que turva qualquer conclusão e raciocínio: a ideia de que, afinal de contas, ele era o meu pai e, portanto, não era lícito criticá-lo, apenas compreendê-lo e respeitá-lo. Nunca soube como abraçá-lo. Tampouco como defendê-lo nas conversas sussurradas ou mantidas na cozinha, durante os encontros da família Volpin. A cozinha é a sacristia das famílias, onde toda forma de segredo e abuso se revela às luzes do fogo, ao perdão das águas e à graça imóvel do frio de uma geladeira. Foi lá que minha mãe surpreendeu meu irmão Mateus com seu gato em um dos episódios mais conhecidos e secretos de nossa casa. Era noite, e o bichano não parava de miar, como se um estranho ou uma gata tivesse invadido a casa. Nada disso. Era apenas – na versão contada por meus pais e refutada por meu irmão – um adolescente embriagado e excitado chamando o bicho para lamber seu pau. "Menino" – sempre fomos eternamente meninos, como todos os filhos –, "o que você está fazendo?" Mateus tentou se recompor, mas era tarde. Ia se tornar alvo dos sussurros da família durante anos e seria conhecido por uma primeira alcunha a um tempo letrada e jocosa: "Fauno". "Meu pequeno Fauno", como mamãe costumava dizer. Nessa época, papai já conhecia Francesca, sua segunda mulher, mas ainda não sabíamos.

Era notória a sua paixão pela *Divina Comédia*. Seu pai – o nono Volpin – lhe dizia que um homem de respeito devia conhecer a *Bíblia* e a obra de Dante Alighieri. Ambos de cor. E, como todo italiano, foi o que ele fez. Francesca era a professora de literatura do grupo escolar, o mesmo em que minha mãe dava aulas. Cruzava seu olhar com o de meu pai toda vez que ele ia buscar Tereza, às 18 horas, pouco antes de o alto-falante da praça da matriz anunciar a Ave-Maria. Era bela. Mais que isso: era belíssima, como Anna Magnani, embora meu pai tivesse sua Ingrid Bergman em casa. Não tiveram carta ou telegrama. Apenas cigarras chiavam despudoradamente no dia em que Tereza se atrasou, corrigindo provas de seus alunos na sala dos professores. Ninguém sabe ao certo quem se aproximou primeiro, de quem o primeiro olhar ou gracejo, se de Vicente ou de Francesca. Conversaram o suficiente para que ele se lembrasse do canto V de sua amada *Commedia*.

> "Amor, ch'a nullo amato amar perdona,
> mi prese del costui piacer sí forte,
> che, come vedi, ancor non m'abbandona."

Assim era o bilhete que Vicente deixou para Francesca. Era preguiçoso e não queria se dar ao trabalho que a originalidade impõe. Devo dizer que, mais tarde, confessara que havia sido leve o fardo que lhe dera aquela cartinha com a qual fizera de sua nova amada, a Francesca de Santo Antônio de Pádua, uma versão daquela de Rimini. Como as coisas não pararam por ali, à medida que os encontros se sucederam, novas quadras exigiram de Vicente sua atenção e afeto. Podia ter sido o poeta da cidade, mas abrira mão do título honorífico em razão da neutralidade que lhe era imposta pelas relações comerciais – ninguém levaria a sério a caderneta mantida por um poeta com os registros das dívidas de seus consumidores. Nem os devedores nem sequer os vendedores. Sendo assim, era melhor ser apenas o Vicente da mercearia do que o Dante de Santo Antônio. Menos para Francesca. Para a sua nova professora, ele seria não só o Dante, mas também o Petrarca, o Leopardi e o Jacopone da Todi. A obra deste último conhecera por meio de um amigo, que frequentara as aulas de Giuseppe Ungaretti, na Universidade de São Paulo, em 1938, e lhe emprestara um exemplar de suas *Laudi*. Jacopone da Todi, o poeta místico ou o místico poeta, exprimia sua alma de modo admirável. E, por isso, seria o intérprete de Vicente, de seu tempo.

> "Donna, la sofferenza – sì m'è pericolosa:
> Lo mal pres'ha potenza –, la natura è dogliosa:
> siate cordogliosa – de volerme sanare!"

Copiou Vicente em mais um bilhete. Ao se confessar em perigo, invocava a proteção de quem sabia seu pecado, da única pessoa além da Virgem que o acolheria e o consolaria em suas apreensões e medos, que faziam dele não um canalha ou um covarde, mas apenas alguém avesso a provocar mágoas, como se os seus atos não pudessem ter nenhuma outra consequência senão para ele mesmo. Era assim que pensava e se comportava. Encontravam-se na casa de Francesca, para além da grande ravina, do lado de lá da linha do trem, distante algumas centenas de metros do centro da cidade. E assim foi até que Francesca lhe devolveu um dos bilhetes escritos com aquelas letras minúsculas que buscavam representar o sigilo daquele amor. Ela era uma escritora, não uma copista; não se limitava a transmitir sua herança às gerações vindouras – tinha outras pretensões além do acúmulo de bens materiais. Francesca jamais abriria mão da honorificência: seria poeta ainda que ninguém mais naquela cidade escrevesse poesias, ao menos com sua criatividade e desvelo. Resolveu pôr no papel o resultado de sua versão de um trecho do Canto V da *Comedia* e entregá-lo ao homem que um dia passaria a buscá-la na escola, para escândalo de toda a cidade.

Ao ler tão perto o riso desejado
ser beijado pelo amor de sua vida,
ela, que sempre estava do meu lado,

a boca me beijou estremecida.
Galeoto foi o Dante e sua Comédia,
e nenhuma outra página foi lida.

Enquanto me lembrava da tragédia,
daquele que chorava e da piedade,
não era mais distante Idade Média,

e caddi come corpo morto cade.

Leu o papel mais de uma dezena de vezes antes de voltar para casa. Eram tão belos os versos que não teve a coragem de destruí-los; não cometeria aquele atentado contra o amor redescoberto e contra um texto escorreito, pois seria romper as tábuas da lei depois de recebê-las dos céus. Como experimentar o ritmo e o sentimento que lhe despertaram aqueles versos se não mais os tivesse para se lembrar do momento que os recebera? Não podia se desfazer do papel e daquelas letras minúsculas, sigilosas e radiantes. Não as silenciaria e nem mesmo lhe passava pela cabeça o risco que aquela decisão lhe trazia. Eram linhas definitivas, como o destino empalmado no alvorecer recortado pela dança das andorinhas de uma praça à outra da cidade. O papel do amor de sua vida trazia entre os dedos descansados no bolso da calça. Anoitecera. Súbito. Entrou em casa cantarolando *Chão de Estrelas*... "Minha vida era um palco iluminado..." Tereza nunca o vira cantando com tanto ardor e zelo. Tentou disfarçar a desafinação de sua voz e o desarranjo de seus passos. Percebeu que chamara a atenção, mas não deu importância e, despreocupadamente, depositou a calça em cima da cama e se dirigiu ao banheiro. Precisava de banho, um prato de comida, repouso e sossego. Ao sair do chuveiro, encontrou minha mãe na cozinha.

Levantou-se e apanhou outra laranja. Mecanicamente, sentou no banquinho e me perguntou onde estava o jornal. Assinava dois: o Jornal da Cidade e o Estado de S. Paulo. Era como conhecia o mundo e se relacionava com a vida dos outros e os lugares distantes. Mantinha em cima da televisão um pequeno busto do brigadeiro Eduardo Gomes. "Barrabás, alguém está lendo os meus jornais. Alguém está lendo os meus jornais. Tenho certeza." "Pai, quem faria isso? Não está tudo em ordem? Não estão os dois aí?" "Você acha que eu não sei? Eu sei. Estão lendo os meus jornais!" Dei-lhe as costas, saí da cozinha e entrei no quintal. Sabia que uma tempestade se aproximava e não podia me demorar com essas desconfianças e bobagens. Espreguicei-me e olhei o céu de Santo Antônio quando um sanhaço se aproximou de uma das bananas que o velho deixara espetada no arame que circundava a pequena horta. Meu pai se levantou e caminhou até mim. A mão esquerda voltara a tremer. "Ah... o pássaro azul. É o mais belo dessa cidade. Havia desaparecido durante mais de vinte anos e agora voltou. Ele é como você: desapareceu, mas voltou. Come da minha comida, passa pela minha casa, mas não se deixa apanhar. Não consigo entender por que eles se vão se têm aqui tudo o que precisam. Quem vai saber, não é?"

Pegou-me pelo braço e me conduziu até a cozinha, apontando-me o caminho. Seria agora? Ainda não. Queria contar algo. Um esforço tremendo fazia sua dignidade buscar um espaço em seu tempo para dedicar a mim meia dúzia de verdades que um filho não deve conhecer. Escondeu seus olhos como quem deseja mascarar sua culpa por meio de uma confissão malfeita, de uma história que nos absolve diante de quem nós nos queremos preservar. Não são apenas as crianças que têm a necessidade da mentira para escapar da punição. Os pais também o fazem para se furtarem do julgamento dos filhos, do opróbio que a traição lhes reserva após uma separação. Por que deixara minha mãe era uma história conhecida de todos. Não havia nada a acrescentar e nunca me importei com seus detalhes. Nunca o questionei. Era problema dele, nada mais.

Naquele dia, minha mãe o esperava na cozinha. Tinha algo entre os dedos. Ele queria o repasto e o descanso. "E eu que não tenho com quem cair morta? E eu que não fiz nada para merecer o inferno para onde você me levou, Vicente! Para onde você me levou, Vicente?" Para onde?" Meu pai assistiu a tudo calado e impassível. O silêncio lhe cozinhava os lábios e a mente. "Ah... Vicente..." E Tereza deixou cair o bilhete com a letra miúda de Francesca. Reconheceu-a de imediato. As mesmas formas pequenas que via nos papéis da colega na sala dos professores. Vicente compreendeu de súbito. "O que você me diz, Vicente? O quê?" Há semanas pressentira aquele desfecho. Francesca parecia mudada e fria. Tinha certeza de que a evitava ao mesmo tempo em que o marido parecia distante, sonolento e mais irritado do que a escuridão de seus olhos negros permitiam costumeiramente adivinhar. O bilhete deixado irrefletidamente em sua calça encontrara uma nova e indesejada testemunha de sua paixão. Tereza chutou o papel em sua direção. "Há quanto tempo, Vicente? Há quanto tempo?!" Meu pai permaneceu em silêncio, um silêncio obsequioso à espera do perdão. Contar? Contar o quê? Que se apaixonara por outra mulher? Desnecessária era a confissão diante da prova – serviria somente para dimensionar o tamanho do crime. A dignidade mandou que se levantasse e tentasse abraçá-la, o único gesto imaginado para aliviar a dor e a mágoa instiladas em minha mãe. "Quanta humilhação, quanta humilhação, Vicente", repetia minha mãe, afastando o marido. Quis chamar a colega de vaca, de piranha e de todos os outros nomes, mas lhe veio logo apenas um: "Puta. E justo essa puta!" Lembrou-se de quando se conheceram, das missas dominicais, dos nascimentos dos filhos e como tudo se tornara passado longínquo em poucos minutos. Nunca mais o abraçara depois daquela sucessão de perguntas. Não queria o desquite; não o entregaria àquela mulher. Mas não suportou as penas do inferno e o deixou partir. Vinte anos de casamento terminaram naquela noite.

O luto de minha mãe durou anos. Foi uma Era Glacial. Aos poucos o frio se aproximou e envolveu a nossa casa, como um animal de estimação que tem o seu canto, mas cuja presença se pode sentir em toda a residência, que o sofrimento uivava, soltava pelos e tinha cheiro. Tereza buscou viver como todo encarcerado: contava o tempo e fazia de conta que a casa da fachada amarela era o lugar de expiação e esperança. Mas o gelo tomou o espaço do campo e avançou pela sala, pelo corredor e entrou nos quartos até chegar à mesa de jantar. Era a hora de partir. Meu pai apanhou umas poucas roupas, fez a mala e se foi em silêncio para o outro lado da cidade. A notícia tumultuaria a vida de Francesca na escola, no clube, na livraria, na igreja, enfim, em cada casa de Santo Antônio. A morena, que se formara tão pouco tempo antes de chegar de São Paulo para assumir a vaga de professora no grupo escolar, despertava atenção de toda a cidade. Não podia contar com Vicente para defendê-la o dia todo, principalmente, de quem, pelas costas, apontava para a "jovem existencialista que dá aulas para os nossos filhos". Era a moça paulistana, a amante, a causa de todo escândalo e ruína dos Volpin. Teria contas a prestar ao diretor do grupo, pois o regulamento da Secretaria de Educação era de uma rigidez quase absoluta. Mulher solteira e honesta não podia frequentar ambientes suspeitos, fumar em público ou se envolver em aventuras amorosas. Francesca temeu pela carreira e posição. Vicente nem mais aparecia no mercado. Ouvia-se na cidade que, se não fosse pelos filhos, minha casa teria ficado de cabeça para baixo. Isso pode ter sido verdade. Minha participação, entretanto, nessa crise foi nula. Não estava em Santo Antônio quanto tudo ocorreu. Só Mateus e João.

Uma década transcorreu antes da reaproximação com Mateus, antes que ele me contasse o que vira e ouvira naqueles dias, quando o seu mundo parecia desaparecer diante de um desafio igual ao dos mísseis soviéticos em Havana. A casa estava à beira do fim, do holocausto nuclear. Era a tragédia incomensurável que somente a perfídia ou a inconsequência humana podiam explicar aos que assistiam de longe aos desenvolvimentos catastróficos dos jogos de amor e ódio, cujos resultados são nem mais nem menos do que a destruição completa de nossas vidas. Sobretudo, era a destruição de tudo o que lembramos, não apenas de nosso berço, mas também da segurança de poder um dia voltar a um lugar que nos pode servir de abrigo. A perspectiva de não ter no mundo onde ser acolhido é a pior das certezas; Napoleão a teve depois de Waterloo, Trotsky só a conheceu, verdadeiramente, instantes depois de ser golpeado por Ramón Mercader.

Foi no velório de mamãe que Mateus se aproximou emocionado e me abraçou forte, como quem deseja confessar o que ninguém seria capaz de compreender. "Mamãe sempre se lembrou daquele dia." Todo filho gostaria de ouvir essa frase, mesmo que sua mãe tivesse escolhido outro caminho, o dos romances vulgares com os rapazes do grupo escolar ou da lascívia pressentida pelos homens de bem que se apresentavam para consolar a mulher mal-amada. E de que valeria saber que sua mãe foi feliz mesmo assim? Que me importaria se o pedreiro que refez o telhado de casa recebeu como paga o seu corpo? O seu sexo? O que mudaria se o marceneiro, que refez todos os seus móveis para apagar a lembrança de que um dia fora a mulher de outro homem, a teve na cama em que uma vez apascentara minha alma? De modo que o meu pai a chamava de vadia, mas eu não sabia disso por uma simples razão. Não dava ouvidos às suas histórias sobre as mulheres, fossem ou não a respeito de minha mamãe. Afinal, para mim, era tudo mentira. Mateus fez seu relato com a precisão de quem presta contas não a um cliente desejoso de se livrar do Imposto de Renda, mas de quem está diante do juízo divino. Ele me parecia incapaz de engodo ou de pôr sua história diante dos bois que pisaram os Volpin. Abraçou-me. Apanhou um copo d'água e me disse: "Ela nunca deixou de amá-lo. Nunca". Mateus falava pouco de nosso pai. Abriu seus olhos negros, apanhou novo copo e continuou: "Nosso pai é um filho da puta!!! Um canalha. Tenha certeza disso. Toda a cidade sabe e ninguém precisou morar nessa casa. Um canalha!!!", concluiu.

JEREMIAS

"Há muito que o Senhor me apareceu, dizendo: Porquanto com amor eterno te amei, por isso com benignidade te atraí." Assim começara padre Jaime a encomendar a alma de Tereza. Murmurando, Mateus acompanhava o texto bíblico, pois chorar não basta para dignificar a tristeza. E quem não chora é apenas um pássaro que não canta. "Assim diz o Senhor: Reprime a tua voz de choro, e as lágrimas de teus olhos; porque há galardão para o teu trabalho, diz o Senhor, pois eles voltarão da terra do inimigo. E há esperança quanto ao teu futuro, diz o Senhor, porque os teus filhos voltarão." Aquele era um mundo deformado e transtornado pelas noites gordas e rútilas, vazias de celebrações e de alegrias esconsas; noites de desolação pungente, de um destino que nos controla como um semáforo, que paralisara a vida de minha mãe e cristalizara as lágrimas de meu irmão. Um destino que era não. Mateus ouviu o padre para fechar seus ouvidos às comadres e suas infalíveis sentenças: "Morreu de tristeza, a Tereza, coitada". Esperaram meu pai até o último minuto, mas o caixão de minha mãe foi fechado sem que seu único amor fosse dela se despedir.

Vicente soube da morte de minha mãe no fim da tarde. Estava em seu novo e próspero mercado com os pequenos Madalena e Tiago, seus filhos com Marília. Não lamentou ou chorou. Em casa, contou à mulher a notícia e sua decisão: não iria nem ao velório, muito menos ao enterro. Não tinha mais nada com aquela mulher que lhe dera três filhos e a vida. "A verdade é que ela me traía. Sempre me traiu, desde que nos conhecemos. Jamais procurei saber quando ou com quem, pois é inútil, mas a certeza nunca me faltou. Em cada gesto dissimulado, em cada olhar escondido, em cada minuto sozinha, em seus pensamentos e atos. Tenho certeza, mas é melhor nem dizer por quê. Aquele lá em cima sabe do que falo, sabe que digo a verdade." Tentara em vão levar Marília à Igreja e convencer o padre a abençoar o novo casamento. Participou da arrecadação de fundos para a reforma da Matriz e se candidatou ao círculo paroquial que distribuía mantimentos aos pobres da cidade, reunindo doações com amigos comerciantes e fazendeiros. Mas de nada adiantou. Padre Jaime lhe proibira a comunhão, desde que ele deixara minha mãe para viver com Francesca. Não havia o que fazer: tivera um casamento válido, filhos e não se podia ir contra sua indissolubilidade. Podia frequentar a missa, pois a palavra do Senhor não se podia negar a ninguém, mesmo aos que não viviam segundo as normas da Igreja. Ouvia aquele sermão em silêncio. Não que concordasse com a humilhação semanal ou que precisasse renovar sua fé no Evangelho. Podia fazê-lo a sós, em casa, com a *Bíblia* e com o seu Deus. Mas não concebia uma vida protestante ou salvação fora da Igreja. Não importa quantas mulheres tivesse – e ainda teria outras – ou casamentos e lares desfeitos. Sabia estar certo. E a certeza lhe vedava o caminho das lágrimas, pois suas dores não pareciam desse mundo. Sentia a Graça agir em sua vida, e a esperança de um futuro melhor jamais o abandonou.

Apanhou-me mais uma vez pelo braço quando passamos pela soleira da porta da cozinha. Caminhou até o banco onde descascara laranjas. A velha casa amarela era tudo o que sobrara do antigo patrimônio da família, além de uma pequena aposentadoria e do dinheiro no banco – uma fortuna – que lhe rendia juros. Voltara para lá depois que todos se foram, e ele se viu sozinho. Sem mulher ou filhos. Depois que se separou de mamãe soube que vivera seu amor com Francesca por menos de um ano. Tiveram uma filha – Maria – e nada mais. O amor entre eles sofreu daquela doença misteriosa que aos poucos vai secando a seiva das plantas, atingindo mangueiras jovens ou centenárias. O fungo que lhes ataca a raiz tem um tratamento único quando atinge suas vítimas: o corte das partes afetadas pela doença. E assim se foi o amor, ou melhor, a lembrança do que existiu. Francesca aceitou o convite de um antigo professor e foi ser sua assistente em uma universidade em São Paulo. Levou a menina consigo. Não via futuro na Santo Antônio do fim dos anos 1960. Nem amor ou carreira lhe prometiam o que quer que fosse naquela cidade; jamais deixaria de ser a amante de Vicente, filho de Giovanni e Dequinha. Não seria promovida, nem convidada a frequentar o Grêmio Athletic Club. Nem meu pai lhe parecia, depois de meses, justificar a vida naquele inferno. Despertara-lhe o amor que os levara de um lado para outro como andorinhas carregadas pela ventania. Não tiveram pouso ou esperança até Francesca fechar o livro e encerrar a comédia. Foi um alívio.

São Paulo era cidade de casas e paralelepípedos, de carros e ônibus, dividida entre guardas-civis e homens da Força Pública. Arranha-céus dominavam o centro de viadutos modernos, comércio irrequieto e bancos vorazes. Francesca morou com os pais e a filha antes de casar com um empreendedor que tivera tantas ocupações quanto ela tivera alunos. Nelson era fascinante para as mulheres, com seu riso maroto e olhos amendoados, que se veem entre os italianos de Salerno a Potenza, e a generosidade e engenhosidade dos homens do antigo Reino de Nápoles. Sua juventude não tinha nenhum significado prático, pois adquirira mais experiências do que julgamos possível em uma vida. Penteava os cabelos e os fixava com gel. A barba trazia sempre feita todos os dias; jamais se cortava e ao fim passava um pedaço de algodão no rosto para se certificar de que a face estava lisa, um hábito que trouxera da caserna, quando servira no quartel do 2.º Esquadrão de Reconhecimento Mecanizado, no Ibirapuera, ao lado do parque recém-inaugurado. Conheceram-se na livraria. Nelson viu Francesca entrar e continuou a olhar as lombadas dos livros – podia passar quase uma hora examinando cada edição ou lançamento das editoras. Tinha predileção pelos franceses e russos e sabia apreciar alguma poesia – principalmente dos paulistas Cassiano Ricardo, Menotti Del Picchia, Péricles Eugênio da Silva Ramos, Jamil Almansur Haddad e Mário de Andrade. Quando Francesca apanhou um exemplar de *O Arranha-céu de Vidro* e se dirigiu ao caixa, Nelson teve um ímpeto. Pegou um exemplar de *Jeremias Sem-Chorar* e, quando a moça foi acertar a compra, ele entregou o livro ao vendedor. "Esse é por minha conta. Leve, você vai gostar. É o último do Cassiano Ricardo." Francesca pensou que o homem fosse o gerente da loja ou algum vendedor. Pensou em recusar, mas a gentileza e a curiosidade não lhe permitiram. Levou tudo e só foi encontrar o cartão de Nelson dentro do livro dois dias depois, quando resolveu averiguar o conselho do homem da livraria. "Nelson Corazza, livreiro, Rua Barão de Itapetininga, 226." Na semana seguinte, ela voltou à loja que ocupava o térreo de um prédio de escritórios, cujo corredor longo e escuro de entrada era ao lado da livraria que Nelson abrira com o dinheiro que reunira com o contrabando de cigarros e bebidas. Deixara o negócio depois que julgou ter o suficiente para sair daquele mundo infiltrado por tiras e informantes. Oras, podia levar um tombo a qualquer momento, em caso de algum desacerto com a polícia, e passar uma temporada na Casa de Detenção, o gigantesco presídio do Carandiru, na zona norte. Se a multidão sobrevivia, apesar do sentimento de medo e ameaça daqueles anos, Nelson também sobreviveria na legalidade. Decidira transferir-se para o negócio da linguagem, depois que ouvira de um amigo letrado que "nada se monta sem o signo verbal". Sobretudo, a livraria podia abrir novas relações e portas, além de lhe permitir usar seus velhos contatos para trazer livros do exterior por um preço melhor e sem atrair a atenção da polícia. No máximo, o arranjo lhe custaria alguns livros jurídicos, gentilmente cedidos aos delegados mais eruditos. Um agrado que nem mesmo poderia ser descrito como propina ou qualquer outro ato ilícito. Era um direito seu presentear quem bem entendesse, fosse policial, promotor ou magistrado. Era o mesmo que fizera com Francesca, que logo receberia uma edição francesa de *L'étranger*, exemplar ofertado na loja por um preço semelhante à de suas concorrentes a fim de não despertar suspeitas. "Se você viu o filme, vai gostar ainda mais do livro." Aquilo não era argumento para convencê-la, mas ela gostou do presente assim mesmo e preferiu esquecer o deslize.

Minha irmã Maria tinha dez anos quando a conheci. Foi Francesca quem me procurou no cartório – era assistente de um tabelião. O emprego me garantia o dinheiro enquanto tentava concluir a faculdade de Direito. Ao chegar à cidade e olhar a estrutura de ferro da Estação da Luz, seu imponente relógio, suas plataformas já gastas e o imenso jardim do outro lado da rua, convenci-me de que o tempo não era irreal, de que os uivos de dor dos mendigos em trapos sujos podiam mais do que aprofundar o desamparo de meus passos e revelar-me os sonhos de ruína, que sempre os tivera como símbolo da precariedade da vida e de nosso futuro. Aqueles gemidos em busca de moedas podiam me despertar para a urgência das horas e o empenho de rasgar os céus e revelar os segredos daquele azul gigantesco, inatingível e inconcebível em toda amplitude, um azul cosmonauta, uma visão de Gagarin. Alojei-me em uma pensão feia, mas limpa, não muito longe dali, no Bom Retiro. Trabalhei em banco e do caixa passei ao comércio, em busca das comissões que pagavam aos vendedores de geladeiras e fogões. Ganhei, economizei, gastei. Conheci a Boca do Luxo e lá me tornei conhecido.

Francesca conservava toda a beleza que encantara meu pai. Os traços fortes de uma mulher mediterrânea, os cabelos negros e longos e os olhos castanhos esverdeados, um conjunto que harmonizava com o silêncio e a gravidade dramática das emoções fortes. Não lhe ficava bem o sorriso, que a boca arqueada se abria como se fosse chorar. Era gentil, sobretudo educada. Um refinamento que lhe garantia ainda mais encanto e convidava os olhos e ouvidos a se embalarem pelo ritmo secreto da sedução quase melíflua. Quase. Expôs a razão da visita. Acreditava que era o momento de a menina, aos dez anos, conhecer seu pai. Meu pai. Tampouco os irmãos a conheciam, mas é sempre possível que estes, talvez, nem mesmo interesse tivessem. Não era assim. Definitivamente. Todos sabíamos que não devíamos piorar os constrangimentos criados pelo nosso pai em suas escolhas, opiniões e ritos alheios à razão. Conhecíamos seus humores, fantasias e ressentimentos, que a consciência os tornava incompatíveis com a ideia de Justiça. Maria apareceu com a mãe no encontro seguinte, em um café da Rua 7 de Abril, não muito distante da livraria de seu padrasto. A menina tinha olhos negros e doces que nem pareciam lembrar a fúria paterna de um olhar doentio e despótico. Era tímida ou assim me pareceu porque agiu como quase toda criança diante de um irmão desconhecido quase 20 anos mais velho. Um irmão com quem não se pode brincar ou brigar. Comprei-lhe um doce e algumas balas enquanto conversava com sua mãe. Tinha de lhe dar a terrível notícia sem nenhuma preparação. Meu pai mandara dizer que não queria ou desejava ver a menina, que seria melhor assim, até porque nada o faria viajar a São Paulo e, ao mesmo tempo, não teria como abrigar a criança em sua casa, caso Maria lhe fosse enviada. Não queria lembrar aquele que fora mais um de seus erros. Não transmiti nada disso a Francesca, mais do que a vergonha pela resposta insensível e estúpida, foi a presença de minha irmã com suas balas e olhares açucarados de curiosidade que me impediu. Calei. Disse-lhe que não tinha ainda nenhuma resposta. E, no momento da despedida, pedi-lhe um telefone que pudesse ligar quando tivesse notícias. E foi assim feito. Esperei alguns dias antes de lhe dar a resposta, cuja existência ela já desconfiava. Contei, então, o que o pressentimento alertara em seu coração. Sentia não poder mais esconder da menina seu pai, mesmo que, talvez, isso fosse melhor para todos. Afinal, era um direito de Maria. Vicente cumpria ali mais uma promessa: a de que Francesca nunca mais o veria se deixasse a sua casa. Nem ela, nem a menina. Sua garganta fechou no dia em que fez a ameaça. Sentiu o chumbo e a frieza da sentença entrarem em seu peito e percorrer suas veias, estraçalhando seu coração, rompendo as artérias no cérebro, retirando-lhe a firmeza dos pés, emudecendo seus olhos e turvando sua boca. Mas o velho não chorou. Falou como profeta, um Jeremias a predizer a destruição do Templo, a danação da cidade e o cativeiro na Babilônia. Não havia lágrimas dele para o mundo; só lamentações. Quando Francesca me contou a cena, lembrei que, de fato, nunca o vira chorar. Resmungava, calava-se; em vez de exibir qualquer sinal de tristeza, transformava sua dor em desprezo e fúria. Era irascível, enfim, toda vez que se sentia traído, toda vez que alguém que ele escolhera para entregar seu amor se afastava de seus braços e normas, de suas idiossincrasias e da sua justiça; via em quem o desafiasse o mesmo olhar descarado da "esposa que se prostitui". "Você se recusa a sentir vergonha." Eis uma de suas mais rotineiras acusações. "Quem dera minha cabeça fosse um poço d'água e meus olhos, fontes de lágrimas, então eu choraria dia e noite", repetia meu pai. Mas ele não chorava. Compaixão e misericórdia: nada mudaria o decidido. Quem errou pagará e assim os seus filhos e mulheres, com suas traições e adultérios, suas blasfêmias e mentiras, pois todos se recusavam a ouvi-lo. Talvez chorasse em segredo por causa do orgulho, da zombaria ou porque assim preservaria os olhos para quando a espada ou a peste o vingasse de cada infâmia vivida, desaparecendo da terra não só o ultraje, mas, sobretudo, a memória de suas feridas.

Levantou seu olhar para mim e disse: "Virão com choro, e com súplica os levarei; guiá-los-ei aos ribeiros de águas, por caminho direto, no qual não tropeçarão". Ia começar só mais uma de suas pregações ou seria já que me enfrentaria com sua fúria? "Lembre-se do acerto dessas palavras, de quantas vezes lhe disse que isso era inútil, que um dia você retornaria e voltou." Sentia-se no ar sua disposição de ir além, uma mal disfarçada ansiedade mexia suas pernas de um lado para outro, como uma fera enjaulada diante de presas inalcançáveis. Procurei as minhas velhas perguntas, queria entender a razão por trás de tantas certezas, investigar o que sempre me fora insondável ou explicável, o que transformava a frieza e a cólera em exemplo e Justiça. Resolvi enfrentá-lo por orgulho e vaidade, mas também por me parecer necessário restabelecer a verdade, ou pelo menos compartilhá-la, sugeri-la, evitando a resistência que lhe seria oposta em caso de um ataque frontal às defesas de meu pai. Sei que poderia acabar com tudo aquilo naquele minuto. Mas não quis. Só disse que voltei com meu diploma, assim como lhe havia prometido, mas fiz de outro modo: "Foi difícil. Teria sido mais fácil ficar em São Paulo do que abrir meu escritório aqui e viver dos poucos casos e clientes, de inventários, partilhas e sociedades desfeitas; de brigas e ofensas". "Você não era como sua mãe: sabia honrar seu nome e seu pai." O elogio crispou-me os pelos e revirou meus pensamentos; temi o que viria a seguir e estava certo. "Você nunca me traiu... Não é?" Olhei para o lado, e ele percebeu que me incomodava, mas não recuou, pelo contrário, reafirmou o que dissera sem se importar com a minha contrariedade, um incômodo esperado, certamente, desejado e procurado como a satisfação que lhe causava a autoridade moral reafirmada em cada sílaba daquela revelação.

"Tua mãe sempre me traiu. Era uma vadia. Essa é a verdade que vocês nunca quiseram enfrentar. Ela arruinou a família. Nunca lhe contei até agora porque era sua obrigação saber e julgar." Perguntei se, por isso, ele não fora ao enterro dela, quando todos os filhos o aguardaram, como um símbolo de reconciliação, ainda que póstuma, de nossos pais. "Não a queria em minha memória, não fomentaria essa lembrança. O que vocês jamais entenderam é que, para mim, sua mãe morreu no dia em que saí de casa, uma morte que começara no momento em que descobri as marcas de cada facada que ela me dera nas costas, do ridículo com que cobrira o meu nome." Nunca lhe perdoou tê-la abandonado, o rompimento e a revolta dos filhos. Não era sua culpa. Jamais. Tive certeza de que uma fantasia invadira seu cérebro; não sabia conviver com seus erros, não podia dizer que criara a maldade e a deixou triunfar; seu orgulho era a nossa miséria e perdição. Dera nomes, lugares e situações do adultério com as quais convivera por um amor imenso, mas que exigia um mínimo de retribuição. Se a castigara com a fome e a peste, fizera aquilo por amor, um amor que buscava redimir as falhas de Tereza; não se julgava infiel, nem Francesca era o erro ou pecado. Fora sua escolha, o instrumento que devia corrigir as faltas de minha mãe. Francesca se transformava em mero ato de punição. Era como se a vida fosse seca apenas pela falta de esplendores. "Não tenho por que chorar ou me lamentar."

HERODES

Deixei de acreditar em Deus, mas não me lembro ao certo por quê. Talvez, no mesmo dia em que deixei de acreditar em meu pai. O velho pensava ter a ciência dos que nascem para reinar, para dar seu testemunho e afirmar suas verdades e, assim, tudo lhe parecia estável, como as calçadas das ruas ou as montanhas ensolaradas da Serra do Mar. Nada lhe parecia mudar, tudo parecia estar ali desde sempre e, por isso, não percebia que as maiores transformações de nossas vidas não cruzam fronteiras, nem deixam vestígios alfandegários ou registros contábeis. Não nos é fácil demarcá-las desde a origem, pois se estabelecem palmo a palmo em nosso cotidiano, como o gotejar do encanamento pouco a pouco marcando a parede, umedecendo o solo e solapando o alicerce da casa. Um dia vem abaixo o prédio e já não mais sabemos quando se iniciou a queda. Deus me parecia pouco presente. É possível que não tenha sido Sua culpa a minha incapacidade de compreender o imaterial, de ter qualquer experiência mística, além de temer os espíritos que nos assaltam à noite em meio a ruídos inesperados e eventos mal explicados. Ou ainda de O considerar como mais do que uma superstição infantil, como os fantasmas reais e os seres sobrenaturais, os demônios e as bruxas. Não aceitava parar no inferno só por não ser casto o suficiente, por desejar mulheres casadas ou compromissadas ou porque me senti atraído por um homem. Que reino divino não respeitaria aquele amor que a nenhum amado é permitido ignorar? Não me convencia da idoneidade da Igreja e dos padres e freiras saídos dos poemas de Gregório de Matos. Cultivara um certo anticlericalismo tão em voga naqueles anos, pois aos religiosos tudo parecia vedado – do uso de guitarras aos cabelos compridos, da pílula às drogas. Era todo um programa, um modo de vida que me afastava da Igreja e, sorrateiramente, entrava em meu corpo para se tornar ruptura e revolução. As dores desse parto foram extremas e dilaceraram o pouco que restava das crenças da infância – a explosão sobreveio pouco depois de sair da casa de meus pais. Deixar aquele refúgio fez-me sentir liberto; como dizia o velho: era cego, agora via. O mundo se inundara de luz, resplandecia com chispas eufóricas. Se fosse cego, não seria culpado de meus pecados? Agora que podia ver, a culpa em mim permaneceria? A destruição dos ídolos nos transporta ao deserto da humanidade com sua natureza hostil e solitária, tudo então é impotência e mesmo o belo nos liquida sem a consolação de uma futura visão beatífica. Quebrei os meus ídolos e pus o homem no lugar? Um homem que seria o irmão e semelhante em hipocrisia, leviandade e leniência? Sempre fui ciente do que fizera, que a consciência do abandono não me deixava fechar os olhos para as minhas decisões, suas consequências e para tudo o que me cercava. Talvez o medo me faça aceitar o Criador à beira da morte, mas de todos os pecados um não será remido, pois nem toda reconciliação é possível: meu pai está morto e sobre isso nada posso fazer.

O fim da crença em meu pai foi lento e teve um ritmo diferente para cada um dos filhos. Mateus ficara com mamãe em casa depois da separação. João, o professor, casou pouco depois, e a cerimônia na igreja foi a última que reuniu os velhos em festa. A noiva era a filha mais nova do fazendeiro José Barreto Schmidt, o doutor Neco, dono de três propriedades na região, que se aproximara de Ribeiro Passos porque almejava retomar um lugar na política. Pensava em ser deputado estadual e precisava do prestígio e poder de que o grupo do prefeito – ligado à Arena – desfrutava, para suas ambições. João seria seu homem em Santo Antônio e, por sua influência, assumiria a Secretaria de Educação da cidade. Neco era alto e robusto e zelava pela palavra empenhada, como um filatelista guarda cada peça de sua coleção e faz questão de exibi-la em toda oportunidade que julgue conveniente. Seus olhos apoiados em cima de bochechas rosadas e salientes lhe davam um ar acolhedor, não fosse o bigode que transformava o conjunto na imagem de em um general prussiano. João acabara por trocar a submissão ao meu pai pela obediência ao sogro.

Rosa Schmidt era ruiva e tinha pintas no rosto, que lhe davam uma aparência tímida, apagada, sem brilho. Seu pai fez meu irmão esperar mais de uma hora antes de recebê-lo em casa; disse tratar de uma emergência em sua propriedade: o parto de uma bezerra. O homem já sabia de tudo e aprovava a união entre os dois professores. João estava sentado no sofá de couro escuro, na sala central da sede da fazenda Nova Trento. O assoalho e os tapetes de pele animal; o baú robusto e a delicada cristaleira; as telhas francesas e o Pinho de Riga do telhado;

os livros de José Américo de Almeida, de Cassiano Ricardo e Jorge de Lima em uma estante na sala e as janelas robustas e amarelas; as cadeiras perto de uma lareira e o espaço aberto até a cozinha com o fogão de lenha e os utensílios pendurados na parede branca: cada detalhe lembrava ao visitante que se tratava da casa de um senhor, que a recebera de herança de quem teve café e escravos e agora plantava cana de açúcar e produzia álcool. Dr. Neco era neto do coronel Schmidt, que no começo do século disputava o poder com Ribeiro Passos. Aquele mundo oligárquico mudara. Deixara de ser uma terra exclusivamente agrária para compartilhar seu destino com a realidade urbana, daí o realinhamento de forças e a consolidação de novas e improváveis alianças, deslocadas de um campo para outro. "Tudo o que existe, existe por nossa graça e culpa. Até mesmo Deus, meu caro. Lembre-se disso", disse doutor Neco ao meu irmão ao estender sua mão e lhe dar o seu consentimento e bênção àquele matrimônio. A conversa começara meia hora antes. O pai da noiva dissera um simples "tarde" para o visitante antes de perguntar se ele sabia o motivo de seu atraso. "Pois então, era melhor eu ir lá acudir o bichinho do que a gente ter de agora que se distrair pensando na morte da bezerra, não é não?" E antes que meu irmão respondesse, logo emendou: "Bom, senhor professor, vamos logo à conversa, antes que outra bezerra precise de minha atenção." Sentou em uma poltrona ao lado do sofá e deixou meu irmão falar, falar e falar só para se certificar de que ele seguiria o rumo que antevira e, porque gostava de parecer liberal, concluiu: "Bom, se é do gosto de Rosa, não tenho nada a opor". Sorriu de forma contida, cofiou o bigode confiantemente, pôs-se de pé e apertou a mão do genro, que se despediu pouco depois.

Meu irmão logo se apegou ao cargo e às suas benesses. A barba cresceu, a casa cresceu e a família também. Tiveram um filho, um menino de cabelos negros e olhos verdes. Mas nem mesmo a criança o salvou do tédio da burocracia das concorrências, nomeações, contas a pagar e demais atos da administração ou do desconforto de saber que devia ao sogro da piscina aos lençóis, do cargo ao futuro político. O tédio do lar substituiu pelo uísque, e o desconforto do nepotismo amenizou com o mais comum dos populismos. Não saía da secretaria sem antes tomar duas doses da bebida. Acostumou-se à nova rotina e cada vez retardava mais o retorno à casa, até o dia em que chegou tão tarde que a mulher e o filho já dormiam. Abriu a porta em silêncio, foi à cozinha, apanhou uma desnecessária cerveja e entrou no quintal. Sentou ao lado da piscina, no gramado gelado, que umedeceu sua calça. Plantou-se ali, imóvel, e olhou as estrelas ancestrais, imaginou um céu azul e vermelho assinalando o que se aproximava e o que se afastava dele no universo. A vida podia ser assim, previsível, com seus segredos descobertos depois de algum esforço e estudo. Acreditava na ciência, mas jamais renunciara à ideia de um Criador que regulasse a história. Acabou a garrafa e decidiu ir dormir. Tropeçou no caminho de pedras e tapetes. Tinha uma longa casa com um alpendre em cima da garagem, da despensa e da sala de aula na qual recebia alguns alunos que o procuravam depois do expediente, às terças-feiras. Apesar de secretário, preservara duas classes para acumular os salários e para dar o exemplo de que, malgrado o cargo, ainda se dedicava às aulas, razão de sua vida. Ao entrar no quarto, desequilibrou-se e se apoiou na parede para evitar a queda e acordar a esposa – de pouco valeria tanto cuidado; seu ronco a despertaria no meio da madrugada e nada parecia fazê-lo parar, nem o cutucão em suas costas ou o pedido de silêncio. Rosa virou de lado e tentou dormir, mas logo desistiu. Pôs os pés ao lado da cama para encontrar os chinelos, vestiu a camisola e se dirigiu à cozinha. Viu a porta aberta, estranhou e foi até a piscina. Gritou, gritou como jamais gritara em toda a sua vida. Cada uivo saía do útero, cada lamento fechava o pulmão. O corpo franziu-se todo e crispou-se em ondas revoltas e em uma linguagem desesperada e atônita. Finalmente a primeira palavra: "João!!!!!! João!!!!!" Pelo amor de Deus, João". Meu irmão estava tão embriagado que não ouviu os primeiros gritos, só despertando quando Rosa chamou de novo o seu nome. "João!!!" E o choro cortou a fala e invadiu trêmulo os músculos das pernas e das mãos. Chegou de cuecas à beira da piscina e pulou sem perder um segundo. Buscou ali no fundo o corpo de seu filho Eduardo. O menino de 2 anos acordara silenciosamente e caminhara até o quintal; não encontrara, desta vez, o trajeto até a piscina barrado pela porta da cozinha, deixada escancarada por algum adulto. Havia apenas três no imóvel: os pais e a babá. Horas depois, era Estela, a empregada, que prestava depoimento à polícia na investigação aberta para verificar as circunstâncias da morte da criança, se alguma negligência profissional podia ter causado a tragédia. Estela jurava que a porta estava fechada quando saiu da cozinha e foi dormir na noite anterior; chorou, disse amar e cuidar do menino como se fosse seu filho. Sabia que o patrão chegara mais tarde, pois ouvira o barulho do carro, mas se calou, que o delegado era amigo da família e de nada adiantaria ajudar na apuração da verdade. Não era justiça o que se buscava ali, mas uma justificativa. Para a gente da cidade. Para a família. Como ela não era uma coisa nem pertencia à outra, logo compreendeu qual seria o seu papel naquela encenação. Chorou, pois é o que lhe restava fazer, demonstrar o desespero da perda, não só da criança, mas de seu emprego e posição. Não lhe acusariam, e a cidade em sussurros diria que foi meramente uma questão técnica, a ausência de perícia e depoimentos, enfim, era uma questão de falta de provas, mas a tragédia demonstrava que não se podia confiar mesmo em gente como ela. Estela era negra.

Meu irmão se recolheu. O homem caloroso com todos na repartição se tornou taciturno, livrou-se daquela expansão que tanto o caracterizara quando assumira o cargo e, mais do que conciso, tornou-se lacônico. Adotara ternos sóbrios, gestos minúsculos e parecia querer sumir quando se via ao lado de alguém. Mas não deixou o hábito de beber. Depois de perder a confiança em meu pai, ele agora perdia a confiança em si, a mesma que o levara a conquistar não apenas Rosa, mas também o doutor Neco ou que o tornara um homem querido e muito estimado pelo prefeito Ribeiro Passos. Meu pai, que não gostava da incursão do filho na política, fonte perene de discussões e desgostos nas poucas reuniões de família – o velho simpatizava com o MDB, não porque fosse um democrata ou um esquerdista, mas porque tinha um velho amigo de grupo escolar que era vereador na cidade e um dia o convencera a assistir a um comício de Ulysses Guimarães, por quem se afeiçoara. Era, depois do brigadeiro Eduardo Gomes, o político que mais respeitava. Ademais, não gostava da figura de Ribeiro Passos, a quem chamava de Ali Babá. O filho, portanto, era um dos 40 homens que conduziam as coisas para o velho ademarista. Meu pai foi ao velório do primeiro neto. Abraçou o filho e pensou que a tragédia pessoal ainda faria dele prefeito daquela cidade. "Ainda vai fazer uma limonada desse limão." Não demorou a intuir o que havia por trás de tanta lágrima do filho e de tanto silêncio de sua nora. Rosa se mantinha sentada no fundo do velório, amparada pelo doutor Neco e pelas irmãs.

Seu filho estava do outro lado, chorava sem intervalo, em um alternar de soluços e lamúrias. Não se aproximou em nenhum momento do pequeno caixão. Alguém teve a ideia de lhe dar um copo d'água com açúcar, apanhado na copa. O velório municipal tinha cinco salas, duas administrativas e três para o uso das famílias – as outras duas estavam fechadas naquele dia, o que destacava ainda mais a dor daquela morte. Depois de quase uma hora conversando com um velho conhecido, Vicente encontrou dona Joaquina, que sabia ser prima de Estela e, como ela, nascera no povoado vizinho de Itamarã, e perguntou-lhe onde a babá estava. "Pois é, seu Vicente, já não bastasse a tragédia e a polícia ainda foi levá minha prima para saber o que fez ou deixou de fazer. Despois, o guarda falou que era melhor nem aparecê no velório, que o clima não tava bão, não. Ela foi lá na casa do patrão, o seu João, juntá as coisas dela. Vai ficá na minha casa uns dias e depois se vê o que faz da vida... Ô, seu Vicente, vê só, uma tragédia dessa e ainda tem gente que escarafuncha maldade pra culpá uma coitada. O senhor me desculpa dizê, mas nada vai trazer seu netinho de volta, não. Nada. E Deus sabe que levou um inocente, mas deixou outra inocente sofrendo aqui na terra. Essas coisa é melhor nem falar ou perguntá, seu Vicente, que não tem precisão nem valia." "Mas não foi um acidente, Joaquina?" "Ói, seu Vicente, acidente foi. Mas a Estela tava dormindo e não viu nada. Só ouviu seu João chegar derrubando as coisas e fazendo barulho... Depois foi só gritaria e choro." Fez uma pausa, abaixou a cabeça e olhou para os lados para então concluir: "Não foi ela que deixou aquela porta aberta, pelo sangue de Nosso Senhor Jesus Cristo, Salvador dos homens e pela Virgem Santíssima Maria, seu Vicente". Joaquina chorou e Vicente a consolou. Desde então, meu pai acrescentou outro nome à lista dos apelidos que costumava dar a todos na família: João teria a alcunha que ao mesmo tempo representava sua posição política, seu crime e o desprezo de meu pai, que tanto se afeiçoara ao neto: Herodes.

Além de não gostar das pessoas com quem o filho se ligara na política, meu pai não entendia por que João se tornara professor. Queria vê-lo estudado, mas pensou em um engenheiro ou médico ou advogado, alguma profissão que desse dinheiro e não só prestígio. Prestígio, aliás, que diminuía a olhos vistos na mesma medida do salário. Mas o jovem quis seguir a profissão da mãe. Perda de tempo, dinheiro e justo do filho que julgava ser o mais inteligente e preparado para a vida. A incompreensão aos poucos foi cedendo espaço ao desdém, à falta de apreço por João e à desconsideração de suas opiniões quando julgou que o filho se abandalhara, definitivamente, ao se ligar ao patife do Ribeiro Passos. Sentia seu nome aviltado e a repulsa tornava seu desprezo cada vez mais denso e turvo. Quando sobreveio o casamento com Rosa, da família do coronel Schmidt, vira que o filho, de fato, havia encontrado o seu lugar entre os poderosos de Santo Antônio, que traçara um caminho por meio do arrivismo e das núpcias. Seu menino não descansava, nem mesmo aos domingos. Metera-se de cabeça na política da cidade e começava a ensaiar os passos em direção a São Paulo e, talvez, um dia, de Brasília. Sentia cheiro de queimado na riqueza e na ostentação das quais João passou a desfrutar, o relógio no pulso e o Dodge Dart ocre que o filho usava ao visitar as escolas e as obras do clube do Centro do Professorado Paulista, com suas duas piscinas, uma das quais de 25 metros – a maior da região – e as quadras de futebol e basquete. Seu filho enriquecia e não era com o salário de professor.

O dinheiro entrava fácil pela porta de meu irmão e assim continuou mesmo depois de sua tragédia. Rosa engravidou um ano depois e eles tiveram um menino. Moravam já em outra casa, tinham novos criados, preocupações e empreendimentos, todos – dizia –, evidentemente, abertos com ajuda do sogro. Arrendara uma pedreira e passara a fornecer calcário para fábricas; extraía areia de dois rios da região para a construção civil, comprou imóveis e os transformou em lojas para serem alugadas na cidade. Permaneceu secretário de Educação por mais dois anos, mas já não lecionava, nem recebia mais alunos em casa. Tornou-se seco e pouco disposto a ouvir os conselhos de quem quer que fosse. Deixou para trás o que um dia parecera desprendimento e solidariedade. Os negócios se transformaram em seu mundo. Teve outra criança – um novo menino. Safou-se, enfim, de toda suspeita da morte de seu primeiro filho. Salgou a memória e ali nada mais nasceu. Nunca mais se falou daquela noite terrível. Mesmo Rosa, que sangrava em sonhos e pesadelos, e desconfiava que a mão por trás da porta aberta dormia ao seu lado, acabou por sacrificar a suspeita em nome da tranquilidade e sossego. Queria viver e ter filhos. E amava o marido.

DOMINGO

"Se alguma vez eu devia ter chorado foi quando meu neto, filho do seu irmão, morreu. Ali sim havia motivo; ali havia um inocente." O velho apanhou uma nova laranja e começou a descascá-la assim como fazia com as ideias que queria expor. Donde se pode concluir que, na falta do hábito da cachaça para destravar a língua e tomar coragem, as laranjas ocupavam esse lugar. Começou então a dizer que meu irmão jamais se sacrificara por ele, e a lamúria continuou com a afirmação de que fora trocado pelo dinheiro, critério de João para a escolha da nova família, além do fato inconteste de usar a embriaguez para esquecer de tudo e todos e assim exercer livremente sua vaidade. O passo seguinte eram as profecias e ameaças: "Quando jejuarem, não ouvirei seu clamor, e quando oferecerem holocaustos e ofertas de alimentos, não me agradarei deles; antes eu os consumirei pela espada, e pela fome e pela peste". E, depois de mais uma de suas citações da *Bíblia*, olhou-me com seus olhos negros como um buraco na galáxia, insinuantes e intensos como imaginava "a espada, a fome e a peste". Fez silêncio, apenas para terminar de lacerar a laranja e se livrar do bagaço. O calor me sufocava e sorvia gota a gota os líquidos do meu corpo, enquanto meu pai apanhava outra laranja só para rodá-la em sua faca e me oferecer o fruto. Agradeci, surpreso.

Descuidara das horas, e o imprevisto acabou com seu banquete matinal. Olhou para o relógio e compreendeu que já eram 8. Havia pouco tempo para chegar à missa. Descobrira, depois da morte do neto, a pequena igreja da vizinha Itamarã. Fazia décadas que não saía de Santo Antônio quando entrou em seu Fusca azul celeste e tomou o caminho do povoado a 20 quilômetros de distância de sua casa. Foi visitar Estela, que soube estar acamada, desgostosa com a vida e descrente dos homens. Levava remédios que comprara na farmácia do doutor Manoel e cuja lista lhe fora enviada por Joaquina, que recorrera a meu pai, pois não fazia mais ideia de quem poderia ajudá-la. Vicente abriu a porta do carro, apanhou o pacote de papel rosa fechado com um barbante, mas tudo lhe fugiu da mão como a espuma se vai com as águas. Lembrou das cantigas das lavadeiras de Santo Antônio – algumas delas, talvez, fossem aparentadas de Joaquina ou de Estela – e de como eram bonitas aquelas lamentações, que deixavam as moças pensativas e tristes. As pernas nas águas, as mangas arregaçadas e o trabalho ritmado, peça por peça, em busca de uns trocados das famílias da cidade. Eram uma visão que a máquina, a água encanada e a poluição do Ribeirão de Pádua enterraram no passado das reminiscências de meu pai. Pensou na alma daquelas mulheres. Seriam alvas e limpas, lavadas de todo pecado? Curavam moléstias, além de bater roupas e pastorar as cabras? No fundo, eram só mais uma lembrança fugidia, como o pacote que se escondera embaixo do banco do Fusca.

Bateu palmas no portão que lhe indicaram. Joaquina

olhou pelo vitrô e abriu a porta com espanto, pois não esperava mais ninguém naquele horário, muito menos meu pai. Convidou o visitante a entrar e a sentar no sofá. "É casa de pobre, não repare, seu Vicente." Meu pai entregou o pacote, que é a primeira coisa que se faz nessas horas. "Quer um café, faço em cinco minutos?" "Não precisa, Joaquina... E Estela, onde está?" "Saiu faz dez minutos com meu vizinho. Foi de carro à Igreja, que a missa aqui é cedo, e a reza não espera." "Onde é essa igreja?" "É meia légua daqui, dá pra ir rapidinho" Vicente queria ver Estela, mais ainda do que ajudá-la, confortá-la, acolhê-la. Sentia o pecado do filho como sua culpa, queria reparar o erro, daí a contrição, o arrependimento. E tinha a esperança de que, assim, seus filhos voltariam ao seu lar, em seus termos viveriam e expiariam o presente. Viu na pobreza das duas mulheres a verdade ainda não corrompida dos inocentes e sentia que ali se podia confiar em seus olhos para escolher entre os figos bons e os maus. Deixou o carro, entrou na igreja. Sentou-se em um banco nos fundos para ouvir a missa, o que faria o atraso não ser notado pelos presentes, principalmente, pelo padre – se Deus fosse obrigado a ver tudo nesta terra, certamente enlouqueceria com a estultice humana. O templo estava quase cheio, o padre mal havia começado a celebração, e Vicente teve tempo de responder: "Senhor, tende piedade de nós". Escutou a leitura do *Livro do Profeta Isaías* e lembrou novamente dos filhos. "Levanta os olhos ao redor e vê: todos se reuniram e vieram a ti; teus filhos vêm chegando de longe com tuas filhas, carregadas nos braços." Viu no texto do dia um presságio e ficou radiante, e o coração bateu forte, e sentiu júbilo e vislumbrou o clarão da aurora. Sentiu-se assim durante toda a liturgia. Saiu do transe, do êxtase de fé, quando ouviu: "Tomai e bebei todos vós. Este é o cálice do meu sangue, o sangue da nova e eterna aliança, que será derramado por vós para a remissão dos pecados. Fazei isto para a minha memória". O padre apanhou as hóstias consagradas e se dirigiu à frente do altar. Meu pai levantou-se do banco e caminhou entre os fiéis até o pároco, abriu a boca e recebeu o corpo de Cristo em silêncio e, assim, comungou como não fazia havia mais de quatro anos. Estava ungido e satisfeito. Imaginou que, se a hóstia sangrasse em sua boca, aquele sangue salvaria o mundo, o seu mundo, que se arrependeria como ele e sentiria o amor por Deus e a Ele daria graças e louvor. Nem percebeu que o padre se encaminhara até Estela para lhe dar a hóstia. Acreditou-se absolvido do divórcio e de todos os pecados. Todos. Era como se o próprio Deus lhe tivesse enviado à igreja. Mergulhou em novo transe de onde somente acordou quando ouviu o padre dizer aos fiéis: "Vão em paz e que o Senhor os acompanhe". Viu Estela deixando a igreja, amparada pelo vizinho, e cumprimentou-a. Passou a mão em sua cabeça, deu-lhe um beijo e saiu. "Fico feliz que esteja melhor." Estela não estava propriamente bem. Saíra de casa porque pressentia ter pouco tempo de vida. Dia a dia acordava mais fraca, a energia se esvaía a conta-gotas e não havia como reverter o processo inexorável da morte, apenas se entregar à fé e à possibilidade de obter a bênção divina que tanto merecera, pois não sofrera sempre em silêncio? Não honrara o Senhor sem levar a infelicidade aos lares de seus semelhantes? Morreu duas semanas depois. Tinha câncer.

Meu pai continuou a frequentar a igreja de Itamarã para escapar à vigilância e à onipresença de padre Jaime e comungar, como todo cristão, sem o medo de a hóstia lhe ser negada diante do altar. Já não ruborescia quando passava diante das igrejas; estava reconciliado. Desde então, era apenas o amigo de Joaquina, da finada Estela, comerciante de passagem pela pequena Itamarã, cidade perdida entre o espigão de Santo Antônio de Pádua e as terras vermelhas de Laranjal. Ali tudo era pouco mais do que pobre, andava de camisas desabotoadas e manchadas pela terra que impregnava a pele dos moradores e desfigurava aqueles rostos abrasados pelo sol descuidado de uma paisagem decomposta pelo homem. Não havia ali miséria, com o abismo da fome, mas a farinha era pouca e os pirões, muitos. Vicente se compadecia no intervalo das horas de sua existência secreta na qual os minutos rodavam em seu favor e só retomavam à marcha do tempo quando ele se despedia de Joaquina. Ali toda bondade era fácil e possível; tudo que trouxesse era opulento e sensível, fosse uma aspirina, ou a bomba do poço, ou um saco de farinha. Começaram a ver santidade no homem, em sua simplicidade e devoção; fitavam-no de soslaio na igreja e buscavam um sinal que confirmasse a suspeita daquela comunidade esquecida por todos, até pelos mapas. Um dia lhe trouxeram uma criança para conhecer. Estava na casa de Joaquina, que pendurara na parede da cozinha um impresso com a imagem de São Cristóvão, o protetor dos viajantes, transformado em seu santo de devoção. Não disseram nada a Vicente sobre as escrófulas, não lhe contaram da moléstia e do sofrimento que afetavam a menina para a desesperança dos pais e amigos. Pediram que a tocasse. Quando voltou na semana seguinte, meia leitoa aguardava Vicente na casa da amiga – a outra metade ficara com Joaquina, que passara a intermediar os milagres e curas sem contar nada a meu pai. E achava justo receber seu quinhão. A partir de então, sempre havia visita na casa de sua protegida. Eram idosos, doentes e acidentados. Um dia trouxeram um cego e, tempos depois, o velho voltou a enxergar – uns diziam que fora um milagre, outros, incréus, enxergaram o resultado de uma operação de catarata que meu pai arrumara para o pobre homem em Campinas. Por meses Vicente levava a ajuda à comunidade no carro e voltava com as oferendas daquela gente simples, de uma caixa com ovos a uma saca de laranja lima, pois logo descobriram o que era de seu gosto e agrado. Joaquina também teve mesa farta e fama no povoado. Como sacerdotisa romana era cumulada de presentes e consideração de todos. Sua prosperidade, porém, desagradou aos espíritos céticos das vizinhanças e logo os rumores sobre as proezas do santo viajante chegaram ao padre Bernardo, o jovem recém-ordenado que cuidava daquele rebanho. E foi assim que o padre um dia foi à casa de Joaquina, ouviu e mediu cada palavra e gesto do homem em busca de um conhecimento íntimo, que lhe trouxesse a convicção, a certeza ou pelo menos a evidência de que estava diante de um charlatão, de um aproveitador ou de um enganador que recebia o pouco que a gente humilde tinha para dar. Desde que a notícia sobre a santidade de meu pai se espalhara pela localidade, as galinhas, ovos, frutas e outras iguarias daquelas plagas, antes dirigidos à casa paroquial, mudaram de endereço; e a escassez atingiu a mesa de Bernardo. "O senhor padre é novo, mas estudado. Eu estou mais próximo da morte, padre; vi e vivi muito menos do que Deus pode conceder e mais do que eu mereço." O pároco não encontrava nada além de submissão, humildade e banalidades na voz do viajante, tocava a ele levar a conversa para o terreno de seu interesse. "Meu filho, posso te chamar assim? A tua fé é bela, mas outros também têm fé, uma fé pura, mas tão pura que se encontra exposta aos que buscam explorá-la, vender curas e milagres, conforto e riqueza. Fazem as pessoas adorar Baal e levam a cidade à perdição. Os falsos profetas são a pior desgraça que se pode impor ao povo. Lembra-te de que Cristo, na Sua imensa bondade, chama a todos ao Seu Reino, mas poucos serão os escolhidos, meu filho." Deu razão ao padre. "Nunca te viste na igreja confessando. De onde és tu, meu filho?" Meu pai respondeu que morava na vizinha Santo Antônio de Pádua. "Bela cidade, a tua. Mas dize o que fazes por lá? Deve ter posses e empregados..." "Alguns, padre, mas nada demais, apenas o suficiente para criar uma família e para alguma caridade." "Pois aqui serias rei." "Tu o dizes", respondeu meu pai, lembrando-se das palavras de Cristo a Pilatos. Experimentou uma vaidade imensa por ter usado a frase. O padre silenciou e olhou para meu pai como se ele também tivesse presenciado o sinal, a prova da soberba, do pecado de quem se dizia o Nazareno. Desmascarara o impostor. "Bom, senhora Joaquina, agradeço a hospitalidade, mas tenho afazeres na paróquia e deve deixá-los." E, antes que ela voltasse da cozinha, aproximou-se de meu pai e deu-lhe a bênção, dizendo baixinho. "Meu filho, arrepende-te de teus pecados; submete-te à misericórdia de Deus." Na missa do domingo seguinte, padre Bernardo aproveitou uma leitura do *Livro do Profeta Jeremias* para advertir a cidade sobre os falsos profetas. Falou no sermão das tragédias e misérias que se abateram sobre Jerusalém porque o povo deixou de respeitar a Palavra do Senhor. Que a espada, a peste, a fome e a destruição foram o destino do povo, ou melhor, de quem sobreviveu para se ver cativo na Babilônia. A ofensiva do padre dera resultado: ele experimentou naquela semana sua despensa voltar a contar com uma leitoa, com o mel e a cachaça que tanto apreciava. Avisada pelos vizinhos sobre as desconfianças do padre, dona Joaquina resolveu procurá-lo na igreja. Disse que não tinha culpa se o homem fazia milagres e curava as pessoas sem pedir nada em troca. Também não podia impedir que lhe entregassem comida e presentes como sinal de gratidão à intercessão de Vicente diante da Virgem Maria. "Padre, o senhor não pode tratá esse servo de Deus assim aqui na paróquia. Num tá certo, num tá certo; o Senhor Jesus Cristo decerto não vai gostá... E, despois, o santo pode dá fama para a igreja do senhor e despertá devoção em tanta gente nesse interior que ia fartá banco aqui pra tanto traseiro. Ia ter de botá aqueles arto-falante do lado de fora da igreja." A voz mansa, pausada e insinuante era o jeito de ser sedutora da velha Joaquina e sua cartada final. Acostumara-se à comida farta e fresca e era difícil pensar em uma vida monástica, sem luxos, e leite e mel. "Dona Joaquina, de Deus entendo eu, e a senhora devia ter vergonha de explorar a inocência de seus iguais. Façamos o seguinte: a senhora veio aqui dar sua confissão e assim vou considerar o que ouvi nesta igreja. E, sendo uma confissão, há de ter uma penitência. E a da senhora não é pouca, pois o pecado é grave e nem sei se eu ou o bispo temos a autoridade suficiente para perdoá-lo. Que Deus tenha piedade da senhora. Vai e não peque mais. Cinquenta Pais-Nossos, cinquenta Ave-Marias e vinte rosários completos em cada dia da próxima novena." Bernardo dispensou a mulher sem mais palavras, deu-lhe as costas e sumiu na sacristia. Joaquina só se convenceu do peso da autoridade do padre mais tarde, quando se viu alvo dos olhares e cochichos desconfiados dos vizinhos.

Meu pai, que ainda nada sabia, estranhou como Joaquina o estava evitando. Não mais o esperava em casa como antes – quase sempre não estava, e os vizinhos não explicavam a ausência. "Seu Vicente, é tudo culpa do padre. Ele envenenou a cabeça de todo mundo por aqui. Mas fique tranquilo, seu Vicente, que na semana que vem o Joca vai matá uma leitoa, de modo que o senhor pode continuá com suas rezas, que elas tão fazendo é bem pro povo." Dona Quitéria morava na casa em frente de Joaquina. Tinha uma filha – Carmem – que se afeiçoara muita a Estela, de quem a menina sentia muito a falta. Carmem viu a tia sofrer não só com a doença, mas com a injustiça. Os comentários dos adultos entreouvidos enquanto brincava no quarto bastaram para ela compreender quem era o culpado da desgraça de Estela, quem esticara a corda no pescoço dela, onde estava o mal, o demônio que invadiu seu peito e a devorou por inteiro. Pouco importava se a tia fumava um maço de Continental sem filtro por dia. Meu pai desenrolou a conversa com Quitéria e começou a entender por que Joaquina passara a recebê-lo sempre com visita em casa. Tornara-se santo sem saber ao certo como e por que e se lembrou do sermão do padre, revisto agora como inveja do pároco diante de suas obras. Temeu, no entanto, perder o lugar naquela igreja e ser tolhido da comunhão; afinal, o que era uma leitoa diante do corpo de Cristo? Reconheceu sua desvantagem e foi dali para a igreja de Itamarã.

Encontrou o templo sem ninguém e rumou até a sacristia, também vazia. Chamou pelo padre Bernardo uma, duas, três vezes até o sacerdote entrar pelos fundos, vindo da casa paroquial. "Padre, pequei por atos e omissões e preciso, pelo amor de Deus, me confessar. Agora." Expôs-lhe tudo o que soube e reclamou não ter culpa, afora a soberba e a vaidade de ser acolhido como não era mais nem em sua própria casa. Sentia-se útil e venerado em Itamarã, mas não entendia o motivo ou acreditava apenas na generosidade e hospitalidade da gente daquela comunidade; devia ser a pobreza que induzia tal comportamento, que favorecia a boa índole e premiava a firmeza e a retidão de caráter. Fora imprudente, descuidado, pavoneou-se de seu conhecimento e riqueza, mas tinha temperança suficiente para ouvir qualquer penitência e submeter-se à Santa Igreja, fora da qual salvação não havia. Disso ele tinha certeza.

Diante de si, o padre tinha uma solução e um dilema. Entregava-se incondicionalmente à sua misericórdia a maior ameaça que ele identificara à retidão da fé, à ortodoxia da causa dos santos naquela paróquia; podia esmagá-lo, expulsá-lo da igreja e ameaçá-lo com o peso de 2 mil anos da autoridade divina na Terra. Mas também podia conquistá-lo, impedir que, na ausência do santo, outro aventureiro surgisse, pois, se controlar alguém é uma tarefa possível, já não se pode pensar o mesmo da superstição, da crendice e da ignorância do povo. Propôs então um acordo: que ele frequentasse a paróquia e suas missas não lhe incomodaria, já que a palavra do Senhor é reservada a todos, mesmo aos gentios. Mas, diante de sua situação, não mais comungaria, a não ser que se mantivesse casto. Não importava que vivesse com Marília, que ela fosse a terceira mulher a ter um filho seu, desde que não fornicassem mais. Tinha ainda de se afastar das histórias de curas, de negar os milagres e de esclarecer que tudo o quanto acontecera fora um mal-entendido, que as graças alcançadas tinham outra causa: os anjos e santos e a Virgem Maria. Meu pai aceitou e assim continuou a comungar e também a pecar contra a castidade. Mas essa falta ele só confessava ao padre Jaime, em Santo Antônio. Sob o controle de Bernardo, podia frequentar a missa e comungar em Itamarã. O velho era incorrigível.

DIMAS

Nem Bernardo nem Jaime estão mais nas paróquias frequentadas pelo meu pai. Um se mudou antes de ganhar o título de monsenhor. Foi para uma nova comunidade, adaptada aos tempos do papado de Paulo VI: chamavam-na comunidade eclesial de base. Na cidade, a notícia se infiltrou pelos bairros aos poucos como a calúnia se introduz nas orelhas das pessoas até soar como um trovão. Padre Jaime agora usava barba, emulava os apóstolos e vivia em pobreza entre os excluídos da renda, do teto e da mesa. Tinham fome e de nada adiantava tratar apenas do espírito e deixá-los à míngua. Não seria cristão. Era preciso alimentar os corpos, não só apascentar as almas. Uns diziam que entrara em alguma ordem quase herege, outros, simplesmente, que se tornara comunista. "É um desses padres vermelhos, como aquele bispo de São Paulo ou aquele outro de Olinda", dizia meu irmão Mateus. Bernardo teve outro destino. Foi removido da comunidade de Itamarã porque era alvo de outro tipo de comentário e criava uma situação incômoda ao bispo da região: o padre caíra em tentação – não havia dúvida sobre a veracidade da história – e vivia em pecado aos olhos da Igreja. Pecado cometido a dois. No seu caso, com mulher. Mandaram-no a Sorocaba, mas a paixão era tanta que a moça o acompanhou, com o seu consentimento. Não demorou, Bernardo largou a batina, apanhou suas tralhas e foi recomeçar a vida no Sul, onde tinha família e fizera o seminário diocesano. Seu sucessor – padre Jonas – não teve de começar do zero, pois o colega lhe fez um relato, a pedido do bispo, de tudo o que o novo pároco devia saber sobre seu povoado, inclusive o rumoroso caso do santo viajante. Meu pai, assim, continuaria sob sursis aos olhos da Igreja, uma continuidade que lhe agradava, ainda mais porque se adaptava perfeitamente à ideia da perenidade da obra de Deus.

Mateus iniciara sua caminhada em direção ao ceticismo mais agudo de tanto ajudar os outros a fraudar o Fisco e a pagar menos impostos. Não acreditava em nenhuma solução coletiva, só lhe interessava o indivíduo – ele, principalmente. Era irascível quando discutia política, principalmente, diante do que ele chamava de "esquerdistas, baderneiros, terroristas", em suma de qualquer um que pudesse ser chamado simplesmente de "comunista". Lembrava as bulas papais que os excomungaram e espantava-se como "esse papa" permitia tamanha infiltração na Igreja de uma ideologia francamente contrária à religião – o ópio do povo. Ele parecia querer transformar a Igreja em um partido. Padres deviam rezar, não se meter em política, principalmente, ao lado de subversivos. "O Brasil é um país que vai decolar. Não haverá retorno à baderna e seremos grandes e desenvolvidos. E tudo isso com muita segurança." Quis ser militar quando era jovem, diante do prestígio da carreira logo depois do golpe de 1964. Pensava em matar nazistas, esmagar os comunistas, combater batalhas atômicas e disparar armas de laser. Seria um boina verde, como John Wayne. Entusiasmava-se pelas novidades da corrida espacial e mantinha um álbum com recortes de jornais e revistas sobre os projetos Mercury e Apollo e ainda sobre os astronautas Alan Shepard, John Glenn e Neil Armstrong – seus heróis. Segurou o fôlego durante todo o drama da Apollo 13 e acompanhou no rádio cada boletim sobre a reentrada na atmosfera, a zona de silêncio e, finalmente, o resgate no mar. Parecia ter encontrado uma profissão que substituíra os quartéis em sua lista: seria astronauta. Acabou contador.

Acordava às 6 horas e se lançava da cama ao banheiro para lavar o rosto, escovar os dentes e ter certeza de que estava vivo, que atravessara outra noite sozinho em seu quarto, que ficava do lado esquerdo do corredor, colado ao de minha mãe. Vestia a camisa de algodão com listras – seu gosto era quase uniforme – e, quando abria a porta, via minha mãe na cozinha, colocando a mesa do café para o único filho que a acompanhava em sua solidão glacial. Mateus cuidava da velha não só lhe dando afeto, mas prestando todo tipo de auxílio: acompanhava-a nas visitas ao médico, fazia as compras da casa, pagava as contas no banco, consertava luzes, chuveiros, armários, encanamentos e o telhado. Sobrava ainda algum tempo para levá-la ao baile do clube e ao cinema nos fins de semana. Mamãe continuava, apesar de sua dor e vergonha, uma pessoa vaidosa. Cuidava dos cabelos, usava maquiagem sem excessos e sonhava com as maravilhas das cirurgias plásticas feitas pelas artistas do cinema. Suspirara com Grace Kelly e o príncipe Rainier enquanto era casada com meu pai; quisera conhecer John Kennedy e Jacqueline e jantar com Clark Gable e seu bigode, Frank Sinatra e sua voz e Paul Newman e seu olhar. Talvez se contentasse com um café com Leonardo Villar. Via todas as "fitas bonitas" em cartaz no cinema. Enfim, chorara na *Noviça Rebelde*. Talvez, esteja aí a origem de minha sensibilidade, mas, como diz o caboclo, isso já são outros quinhentos. Tereza sempre foi bela e penetrante, como sua tristeza, e distante e irreal como sua imaturidade. Conservou a jovialidade desabrida e incômoda para as outras mulheres da cidade. Era sua forma de se proteger da vida, um personagem do qual nunca se despiu, nem mesmo quando ia dormir com meu pai. Houve satisfação, portanto, entre as vizinhas, quando a viram entristecer e apagar a luz desafiadora e ingênua. Sentiam que chegara ao fim os atentados da altivez, do porte e do carisma daquela mulher e não acreditavam que a separação fosse torná-la disponível a quem quer que fosse. Seus maridos – aquelas que os tinham – estavam seguros. Ao contrário do meu pai, não desconfiavam de sua honestidade. Nos últimos anos, emagrecera. Mas não quis amar ninguém, já que o sexo era um mal-entendido de uma realidade distante com a qual não se importava.

Esse traço de escuridão na alma de minha mãe se mostrava na ausência de luz de Mateus para os relacionamentos com as mulheres. Falta de jeito ou gosto ou interesse, fosse o que fosse, parecia dedicar-se apenas ao trabalho, onde depositava uma energia que logo impressionava os chefes, não só pela extensão, mas também pelo zelo. Talvez cuidasse de minha mãe como se fosse o patrimônio da família, que depois lhe seria deixado como herança. Talvez retribuísse daquela forma o cuidado que recebeu quando criança e era levado ao jardim público e ao cinema, ou a atenção com que ela o apanhava na escola e organizava as festas de seus aniversários. Ele, que vira cada dia da briga entre Tereza e Vicente até o final vazio, sem choro, grito ou vela, transformara-se em seu filho dileto. Nunca saiu de casa e viveu com minha mãe até o fim. Testemunhou ainda toda a trama que levou meu pai a conhecer Marília, pois ela trabalhava na Prefeitura, na repartição que expedia licenças e alvarás na cidade. Mateus já a conhecia, não ainda a desejava, mas a conhecia. E, foi voltando do almoço para o trabalho na agência bancária, que um dia avistara aquela loira. Viu-a passar e pensou: *Tu me fais tourner la tête*. Naquela tarde, o recatado Mateus assobiou a música o dia inteiro. No amanhecer seguinte, o contador quase saiu sem a blusa e sem escovar os dentes. Mamãe o chamou quando fechava a porta. "Mateus, Mateus, meu filho, o que foi que lhe deu? Você nunca saiu assim? E ainda estava deixando sua blusa para trás." Apanhou o agasalho, apertou o coração e aumentou o ritmo dos passos, pois passara a noite semiacordado, enquanto seu sonho ensaiava um beijo na moça – não se atrevia imaginar nada além disso, pois qualquer ousadia maior lhe parecia irreal ou grosseira. A gravata fechando a camisa xadrez de manga curta parecia presa dentro da calça social que subia até seu umbigo e lhe dava uma aparência característica dos amanuenses. Os óculos de grau – ele tinha cinco de miopia – e os cabelos longos castanhos completavam, penteados como os de Roberto Carlos, a sua figura. Não era um galã, mas nem por isso seria impossível impressionar a moça. Traçou uma estratégia para encontrá-la antes de ela chegar ao emprego: completaria o café da manhã no bar ao lado da Estação Ferroviária – a mãe não sabia, mas não se esquecera dos dentes, pois carregava a pasta e a escova na bolsa, para usá-las depois de avistar a moça. Marília era pontual. A saia preta que delineava seu corpo tinha o comprimento regulamentar do decoro na repartição: ficava um palmo abaixo do joelho e mostrava a meia fina presa, certamente, por uma cinta-liga que ele podia antever, o que o fazia tremer e suar. O sapato tinha um pequeno salto e a camisa listrada com os botões fechados até o pescoço escondiam os seios – e que peitos – que demonstravam um equilíbrio perfeito, como o do sistema solar. "Ah... Se Newton os visse... Seriam outras as leis da mecânica e da gravitação universal", balbuciou para si o jovem extasiado.

Foram dois minutos eternos que meu irmão comparou em importância aos passos de Armstrong na Lua. Viu novamente aquele rabo se afastando, como as galáxias após o big bang. Marília era filha de um caboclo com uma italianinha e a mistura lhe emprestava as formas arredondadas e os traços mais graciosos e brasileiros, de tal forma que todo aquele que a visse teria a certeza de que ela era bastante consciente de seus atributos e sabia como explorá-los. Menos meu irmão. No almoço, Mateus pediu ao chefe e saiu cinco minutos mais cedo só para surpreendê-la a caminho de casa – a moça, como quase todos na cidade, não se dava ao luxo de frequentar um dos três restaurantes de Santo Antônio se não fosse convidada pelo chefe ou algum colega. Observou-a naquele dia desde a porta da Prefeitura e manteve-se estático até vê-la passar. Teve ímpetos de segui-la de imediato, mas depois achou que seria impróprio e decidiu acompanhá-la à distância de um quarteirão. Andou dez minutos e a viu abrir o portão da casa modesta em que morava com os pais. Voltou sobre seus passos e a esperou no bar da estação. E lá presenciou, novamente, surgir a epifania na hora marcada pela sirene da fábrica de azulejos que chamava os operários de volta ao trabalho. Mateus voltou ao banco e ao cotidiano de números e contas e ordens e balanços em troca de um salário de merda que mal dava para roupas decentes, uma casa e um Fusca. Passou a odiar a deformidade dos carimbos, as assinaturas dos colegas e os pedidos do chefe, antes aceitos com todo entusiasmo que se deve à carreira e ao bom senso. Olhou a gravata larga e listrada de tecido barato e produzida em massa e pensou em ternos cortados em Londres, tapetes da Pérsia e lençóis de seda chinesa. Na garagem, um Ford Galaxie Landau 1971 e um Opala Grand Luxo, no mínimo. Imaginou viagens e 1001 noites nas Arábias ou em Acapulco. Tudo distante da vida de um contador. Mas seu negócio era com os números e não com os sonhos. Retomou a atenção no trabalho apenas o tempo suficiente para se recompor e terminar as tarefas do dia antes do fim daquele expediente. Saiu cabisbaixo, mas, ao pôr os pés na calçada, quase esbarrou em Marília, que ia para a única sorveteria da cidade amenizar o calor daquele dia, antes de voltar para casa. Era preciso dar um jeito naquilo. Pensou em abordá-la. Mas como? Quem a conhecia? Para quem se abriria naquela cidade, onde encontraria um alcoviteiro que não abusasse de sua confiança? E, antes de tudo isso, era preciso dinheiro. Naquela noite, sonhou com um desfalque perfeito para sustentar todos os gostos e caprichos que aquela mulher certamente teria.

O cochilo da noite lhe trouxe o seu plano. Faria moldes das chaves dos dois gerentes responsáveis pela abertura do cofre da agência. Viajaria a São Paulo para me visitar e ali encomendaria as cópias. Na sexta-feira da primeira semana do mês, agiria após a chegada do blindado com o dinheiro em malotes para ser distribuído pela região – havia 17 agências que dependiam dessa operação a partir da unidade de Santo Antônio. Ninguém vigiava o prédio – naquela cidade qualquer estranho seria logo notado por todos e até revistado pela polícia. A confiança coletiva se rompeu na manhã da segunda-feira seguinte, quando abriram o cofre e Cr$ 1,1 milhão havia sumido, o equivalente hoje a US$ 800 mil.

Mateus ficara na agência até todo mundo sair – havia emprestado o carro do pai naquele dia –, contara a todos que precisava adiantar o trabalho antes das férias e pretendia passar o fim de semana entretido em uma pescaria no sítio de um amigo, o que era verdade. Entrou no cofre, apanhou os três malotes e os pôs no chão do banco do passageiro do Fusca, acomodados ao lado das varas que reforçavam seu álibi. Parou ao lado do cemitério, no começo da estrada para Itamarã, jogou os malotes do outro lado do muro e pulou protegido pela escuridão da Lua nova. Procurou a sepultura de um pedreiro que morrera dois dias antes e cujo caixão fora enterrado direto na terra. Pensou que ninguém perceberia se revirasse o lugar novamente. Pensou ainda que aquela riqueza, sepultada ao lado do pedreiro, transformava aquele homem em um faraó insuspeito – nenhum caçador de tesouro desafiaria maldições e beduínos para encontrar os malotes naquele túmulo humilde. Calculou que teria tempo para dormir algumas horas, antes de a madrugada acabar e ele partir para o sítio do amigo sem ninguém desconfiar de seu plano.

Mesmo assim, suspeitaram de Mateus. A polícia indagou os gerentes sobre quem tinha acesso ao cofre, pois não havia sinal de arrombamento. Também questionou quem saíra por último da agência na sexta-feira. Se a segunda pergunta levava direto ao meu irmão, a primeira o absolvia. Era uma suspeita leve, diante de um álibi bem construído. Pensaram em prendê-lo e arrochá-lo. A ideia partiu de uma equipe de tiras que chegou de São Paulo para desvendar o mistério, custasse o que custasse – o banco pagava. Conduziram-no à delegacia, mas o titular era amigo da família e conhecera Mateus ainda criança – simplesmente não acreditava que ele pudesse ter algo a ver com o crime. O dinheiro jamais apareceu, nem os bandidos – em pouco tempo, surgiu a versão de que o crime era obra de ladrões estrangeiros ou subversivos. E mais uma vez meu irmão não era um nem outro. Passadas duas semanas, Mateus retomou a segunda parte do plano: conquistar sua amada.

Regressou às ruas e praças para segui-la de manhã e de tarde. Masturbava-se à noite imaginando-se com ela na orla de Cannes ou no Festival de San Remo. Ali sua blusa não estaria fechada até o pescoço e um enorme decote lhe mostraria até o meio daqueles seios que ofuscariam até Sophia Loren. Abriria botão a botão e a beijaria, beijaria, beijaria – sua imaginação já conseguia passar desse limite, que antes o pudor e a vergonha não lhe permitiam. Não se havia transformado em um ladrão por aquela mulher? Então, que mal haveria em uma simples punheta? Ejaculava em silêncio e tremia sentindo que penetrava sua amada. Restava, no entanto, um problema. Como se apresentar à moça, que o fizera contar sonhos, além de números? Como vencer a timidez e a vergonha? Roubar fora fácil, pois estava sozinho. Teve então outra ideia que julgou genial – pensava que em toda a cidade não havia então ninguém mais esperto do que ele –, mas hesitou na prática. Somente se decidiu depois que Marília foi trabalhar com um vestido preto estampado por petit-pois, com um cinto delineando o quadril e uma blusa branca, além do cabelo preso por uma tiara da mesma cor. Ele a esperou no bar da estação, mas, desta vez, a moça o notou, abaixou a cabeça ao ver seu olhar e sorriu. Sua beleza o paralisou, exceto o seu peito, onde a respiração ofegante deixava antever o pulsar de sua emoção. Procurou o pai no fim da tarde conforme definira em sua estratégia. Disse que precisava de sua ajuda com um trabalho importante no banco, pois seu emprego estava ameaçado depois de tudo o que acontecera na agência. "Uma mulher pediu um empréstimo, e o gerente me encarregou de analisar seu crédito. Ela afirma ter fiadores, que podem fornecer a garantia exigida em uma operação desse tipo. O senhor sabe, eles têm muita cautela para conceder qualquer crédito." Explicou-lhe então sua ideia. O pai se aproximaria da moça, que trabalha no setor de licenças e alvarás da Prefeitura. Como? Que inventasse uma desculpa qualquer, a necessidade de abrir outra loja ou construir uma casa nova. Em pouco tempo, poderia entregar-lhe algum presente, como se faz com todo funcionário público para apressar um serviço. Um dia, esperaria a beldade na saída da Prefeitura e a convidaria para um sorvete. Seria, então, que o filho apareceria e ele, o pai, apresentaria Mateus a Marília. O filho pagaria a conta e assim ele teria uma razão para abordá-la novamente com o mesmo convite, a fim de fazer todas as perguntas que o caso exigia sem despertar a suspeita da cliente. E pensava que, do sorvete, podia passar ao cinema, da matinê à sessão noturna e, depois, a natureza cuidaria do resto.

Meu pai ouviu tudo atento. Quem diria?! Mateus revelava uma engenhosidade inesperada e desconhecida. O velho já ficara espantado quando encontrara no carro um maço de notas novinhas, ainda com a fita da tesouraria bancária em seu Fusca, ao ajustar o banco do veículo no dia em que Mateus o devolvera. Era segunda-feira, e na cidade não havia outro assunto, além do furto milionário. Bastava juntar a prova ao suspeito. Seu filho entrara em uma bolada, e ele previra que, mais cedo mais tarde, Mateus voltaria a procurá-lo com alguma desculpa e lhe traria mais algumas peças do quebra-cabeça que agora montava. Correto. Lá estava o filho entregando ao pai o motivo do crime: cherchez la femme, diriam os antigos. Eis que o velho conselho dos detetives de toda história em quadrinhos se confirmava pela boca do rapaz. Marília era a razão de meu pai escolher o apelido justo para mais um filho: Dimas, o ladrão crucificado com Cristo. E assim o velho, que nos dera nomes de personagens bíblicos – todos apóstolos –, substituíra os três por outros personagens do Livro, menos elegantes, admiráveis e brilhantes. Éramos João, Paulo e Mateus e nos transformamos em Herodes, Barrabás e Dimas. Seus olhos de fúria, que deviam espancar o filho até ele revelar onde estava o dinheiro e obrigá-lo em segredo a dar um jeito de devolvê-lo ao banco, eram também olhos vaidosos e satisfeitos de ter acertado o palpite; seus olhos furiosos quiseram esticar a corda para Mateus se enforcar.

Vicente foi à Prefeitura e conheceu Marília. Ela não estava com nenhum vestido estampado, mas com uma saia azul e uma camisa branca com uma faixa azul claro sobre os seios que a deixavam tão bela que teve a certeza de que esse seria o rosto da Virgem Maria se a Santa lhe desse o prazer de uma visita. Passou mais um dia. E lá estava ele cuidando de mais documentos na repartição. Disse à moça que ia vender duas casas e abrir um novo mercado, além de comprar um carro – um Dodge Dart igual ao do filho. E foi inventando motivo atrás de motivo até que um dia, pela manhã, a convidou para o almoço. Ela sorriu e aceitou. Sempre tivera curiosidade em saber quem era aquele homem que se casara com duas das mais belas professoras de Santo Antônio. Meu pai foi gentil e simpático – contou piadas e arrancou gargalhadas da jovem. Não mais precisava ir à Prefeitura para vê-la. Passou a apanhá-la em casa e a passear pelos campos, fazer piqueniques. Logo, descobriu que o filho inventara toda a história do empréstimo só para enredá-lo em sua trama.

Enquanto isso, Mateus aguardava. Somente se impacientou quando meu pai não apareceu no dia marcado para o convite que levaria a moça à armadilha da sorveteria. Meu irmão se postara do outro lado da praça, de onde podia ver quem chegava e saía na loja e lá ficou por mais de uma hora com as andorinhas passando por cima do banco de concreto e deixando excrementos cada vez mais próximos de sua cabeça. Foi embora furioso. Sempre achou que não podia confiar no velho; se ele deixara nossa mãe, por que seria pontual com o filho? Donde imaginou que um novo plano, talvez, fosse necessário. Mas qual? Não suspeitava de nada. Tampouco podia. Uma semana depois, foi visitar nosso pai em sua casa. Encontrou o velho arrumando roupas em caixas e empacotando louça. Estranhou. "Cada louco com sua mania", pensou. Cobrou o pai e afirmou que assim ele punha o seu emprego em risco, que ainda acabaria demitido em razão de desídia paterna. O velho esclareceu que estava muito ocupado com umas coisas que estava fazendo em casa e com alguns negócios que surgiram inesperadamente na última semana. Mas tranquilizou o filho, prometendo retornar à Prefeitura na próxima semana. Foi o tempo que precisou para vender duas casas e comprar uma nova. Mobília e eletrodomésticos foram encomendados, inclusive uma máquina de lavar roupas, além do carro que arrematara na única loja de automóveis da cidade. Faltou, então, mais uma vez ao encontro marcado e, finalmente, disse ao filho que era incapaz da tarefa, que sentia "vergonha".

O desenlace foi rápido. Marília se apaixonara por Vicente e decidira contar aos pais que se casaria com aquele homem, não importando o que diriam na cidade. "Ninguém vai mexer comigo, até porque ele não é pobre, mas rico. Cometeu um erro na vida e paga muito caro por isso. Tem consciência, é honesto e me ama." Seu Jaime nada pôde fazer. Até pensou em surrar a filha, mas a coça de nada adiantaria, só a faria apressar a decisão de se juntar com Vicente. Os dois concordaram em casar na Igreja Católica Apostólica Brasileira, para que os pais de Marília a vissem de véu e grinalda e sentissem que as intenções de meu pai eram sérias e não uma vulgar aventura de um homem descasado. Dois dias depois de formalizar o noivado, Marília estava novamente radiante em um vestido xadrez com sandálias brancas quando cruzou com Mateus. Finalmente, tomou coragem. "Dona Marília, desculpe incomodá-la, mas eu precisava tratar de um negócio do banco na Prefeitura e vejo que o expediente já acabou." "Sim, já acabou." "Mas é só uma dúvida, não vai demorar. Podemos ir até a sorveteria conversar um minuto?" "Desculpe, mas não posso. Sou noiva e meu futuro marido não ia gostar de me ver passeando por aí com um desconhecido." "Ah.. desculpe." Foi tudo o que pôde dizer. Como ele não sabia disso? Por que nunca a viu acompanhada ou por qual razão aquele homem nunca a apanhou no trabalho? Sentiu-se arrasado, seu mundo fora invadido por marcianos e, como Flash Gordon, lutava em um planeta distante de casa contra um vilão que mal conhecia. Quem seria esse Ming de Santo Antônio, esse maldito inimigo encoberto? Abandonou-se ao desconsolo de uma dor inconsútil, impossível de compartilhar, porque única e tão íntima como a morte. Nunca se viu tão sozinho no mundo, envolto por um desamparo atroz, como o das crianças de Biafra. Perdeu o apetite, emagreceu dez quilos e não mais cantou Edith Piaf ou as canções de Roberto. Calou-se no banco durante uma semana e, depois, adiantou suas férias. Não queria sofrer diante de todos; bastava sua mãe perguntando a razão pela qual não comia ou estava amuado, fechado no quarto e por que tampouco sorria, quando ela o surpreendia com um pouco de cócegas. Sentia vergonha e, por isso, escolhia o silêncio. A mãe pressentira que tipo de dor era aquela, mas não quis provocar o menino. Ao vê-lo, compreendeu finalmente que, ao contrário do que ela e o filho pensavam, nossas dores não são – apesar das combinações infinitas entre a aflição, a energia, o ímpeto, a cor e aparência – únicas. Viu diante de si a composição do mito, do arquétipo das penas mais profundas impostas pela paixão infinda e soube identificá-lo porque aquela matéria estava presente em sua própria dor. Entendeu, então, o milagre da comiseração, da solidariedade e da compaixão e como esses sentimentos se manifestam em todo mundo, mesmo diante do mais improvável ser. Sentiu que a sua dor era a um só tempo a dor de todos, a nossa dor que, além de particular é indistinta, uma dor que também é coletiva. Por fim, percebeu que, sem esse conhecimento, seria impossível salvar o homem que se põe diante de seu próprio abismo.

Um mês depois, quando Mateus ensaiava deixar o transe de agonia e tristeza em que naufragara, a notícia fatal chegou pela boca de nossa mãe. "E essa agora?! Seu pai... Ficou sabendo? Vai se casar de novo." Ouviu aquelas palavras com desatenção, não lhe faziam sentido nem penetraram em sua pele. Mas Tereza continuou. "E a moça é nova, uma tal de Marília, cuja família vive lá pelos lados da estação ferroviária. Com seu pai é assim: não basta uma vez. Ele não aprende. O pior é que a cidade inteira vai voltar a lembrar de nós e a falar de mim." Mateus não conseguiu compreender direito a última frase. Um nome e uma informação lhe bastaram para sentir mais ódio do que julgou possível em toda a sua vida. Queria matá-lo, mas teve vergonha. Súbito compreendeu cada movimento daquele filho da puta. Comprara casa, carro e móveis pensando em sua Marília. Fizera ele de trouxa: passara o próprio filho para trás. O assassinato daquele lixo só lhe traria mais vergonha quando soubessem de toda a história. Mas era preciso fazer alguma coisa. Tocou a campainha da casa que o pai montara para a noiva. Chamou Vicente pelo nome, que estava com a moça arrumando os últimos detalhes da disposição dos móveis na cozinha. Ele foi atender. O velho abriu o portão lateral e, mal pôs a cara na rua, o soco do filho o jogou para trás, no chão. Foi quase um nocaute, à moda de Frazier. "Filho da puta, sem vergonha, canalha, maldito e ainda dilapidou o patrimônio da família para comprar casa, carro e uma vadia." O pai se ergueu lentamente e sentou na calçada de pedras portuguesas. O supercílio direito sangrava, mas não impediu que os dois olhos negros lhe respondessem com a fúria da peste bubônica. "E você, seu merda, que roubou um banco! Eu apenas evitei que um imbecil, como você, desgraçasse essa moça, que se casaria com alguém que mais cedo ou mais teria de visitar na cadeia." Mateus sentiu-se esmagado, na lona. Seu pai o cansara como Muhammad Ali, flutuara como borboleta, picara como abelha e o nocauteava com um único e certeiro golpe.

CARMEM

Voltamos da missa em Itamarã pouco antes das 11 horas. O calor era tanto que seria possível fundir uma barra de ferro no interior do Gol estacionado no sol. Constrangia-me toda vez que entrava em uma igreja durante uma missa, pois me sentia obrigado a fazer o sinal da cruz, a rezar o Padre-Nosso com os fiéis e ainda lhes desejar a paz do Senhor. Tudo me parecia sacrílego, uma bufonaria imperdoável, apesar de indesejada. "Por que você não comprou um carro melhor, com ar-condicionado?", reclamou o velho. Entrou devagar no banco dianteiro, perna após perna. Além da mão esquerda, a direita também tremia. Imaginei que a viagem o havia cansado e o tornara mais indisposto e iracundo. Abriu o vidro com a manivela da porta e mais uma vez ralhou. "Que bosta de carro. Meu velho Dodge era muito melhor do que essa carroça." Liguei o motor e parti. Não gostei de avistar Carmem na igreja. Não queria mais vê-la, como dizia na cidade, "nem banhada a ouro".

Carmem cometera o erro de todo estrangeiro que fala mal de meu país; por algum capricho estúpido pensamos que só nós, brasileiros, temos esse direito, o monopólio da crítica dessa terra de palmeiras e sabidões. Começou a trabalhar na casa de meu pai há uns três anos, quando a saúde do velho se deteriorou após o câncer de próstata. Nunca esquecera o que acontecera com Estela e tinha uma antipatia natural pelo nome Volpin, mas precisava de dinheiro e emprego e cuidar do velho lhe garantia ambas as coisas. Tinha então cerca de trinta anos e uma carteira assinada como auxiliar de enfermagem que lhe garantia a experiência e a formação para exercer o ofício, o que não era muito fácil encontrar naquela cidade. Santo Antônio se expandira muito desde o tempo em que eu era jovem. Mudara o comércio, a agricultura, os preconceitos não mais desfilavam na praça, impunes e senhores de si. Mas havia limites. O falatório privado era livre e era no berço que se descobria como e quando a criança chorava. Bastava uma reunião de família para que, aqui e acolá, reaparecessem nas conversas o racismo, o machismo e toda a violência daquele ambiente sussurrado em que o tempo se esvai vagorosamente, fixando memórias e ressentimentos. Assim era Carmem com sua história.

Era o início de um tórrido janeiro quando ela entrou na casa amarela e passou a cuidar de meu pai. Ele estava acamado e usava fraldas. "Arrrr.. arrrr... Ããããguaa." Pedia meu velho com todo esforço possível para alguém que se recuperava da segunda cirurgia. "Ããããgua." Carmem não ouvia. Ou melhor, fingia não escutar o pedido dele, do pai de João Volpin, o homem que desgraçara a sua tia Estela. A língua colara no céu da boca do enfermo antes de Carmem se decidir, após uma hora de súplicas, a levar um copo pequeno de água para o paciente. "Ôcê não me ouviu?", reclamou como um fanho. "Desculpe, seu Vicente, estava arrumando a bagunça na sua cozinha." E o mesmo ela fez com suas fezes e mijo. Deixava o velho sujar-se à vontade e não o trocava. Como sabia os horários em que costumava aparecer na casa, aprendeu rapidamente quando devia limpar o meu pai e abrir as janelas e ligar o ventilador para extrair de seu quarto o cheiro de merda. Sempre polida, não se esquecia de pedir desculpas ao "seu Vicente" por estar sempre tão ocupada. Como a casa era antiga, o espaço era a tal ponto grande que as coisas sumiam de uma hora para outra, mais ainda depois que a memória não mais ajudava meu pai. Carmem podia, portanto, dissimular a maldade sem atrair a raiva ou até mesmo a sua desconfiança. Passou a lhe dar beterraba e suco de laranja e outros laxantes para agravar a situação. Cuspia em sua canja e, talvez, tenha até misturado mijo com o óleo no caldeirão. Deligava a TV na hora dos programas da predileção do velho. Tinha sempre uma razão, um remédio a lhe dar, o descanso que se devia fazer após a operação, mas nada superava o momento das injeções. Picava o braço de meu pai sem dó e, depois, alegava que não conseguia pegar a veia para lhe dar o remédio com o soro. Se quisesse o teria matado. Mas escolheu a tortura, o castigo. Só prestava atenção no velho quando ele dormia. Acreditava que podia surpreendê-lo em seus sonhos e ouvir revelações de crimes e pecados e o que mais a consciência de seu paciente escondesse. Ouvia-lhe a respiração em busca de uma palavra, de uma confissão, qualquer coisa que pudesse usar contra os Volpin ou que aumentasse o seu tormento. Ia puxar o fio dessa história até o fim e, desta vez, dizia todas as noites: "A corda não vai estourar para o lado mais fraco." Esperava Vicente dormir para ensaboar o piso do quarto e encerava os tacos da casa. Queria ver um escorregão, uma queda, um osso quebrado, talvez, um grito de dor e uma expressão de impotência, como aquela que vira uma vez no rosto de Estela. Quando o velho quebrou o fêmur em casa e eu a ameacei de processo por negligência com seu paciente, chorou muito até soluçar e pediu perdão, que aquilo nunca acontecera com ela em mais de 10 anos de profissão; ofereceu referências, telefones de médicos e de hospitais e de outras famílias. Minha raiva foi cedendo e me senti um escroto por todo esse papo de advogado sempre tentando intimidar com a carteira e com os tribunais. Devo confessar que o hábito me divertia. Tinha um prazer tremendo em ver as pessoas balbuciando desculpas e prestando as devidas homenagens a essa grande classe de picaretas. Se Cristo tentasse hoje expulsar os vendilhões do templo, enfrentaria mais que um processo: carregaria a cruz, seria crucificado e ainda teria de hipotecar o paraíso para pagar, não tanto as indenizações dos lucros cessantes e dos danos causados, mas, principalmente, os honorários de seus defensores e os dos querelantes.

"Vê se não vai errar o caminho, que eu preciso ver o campeonato italiano." O futebol era de uma de suas últimas distrações. Não era um torcedor fanático nem dava tanta importância às partidas, mas gostava de assistir aos jogos desde que o UHF chegara a Santo Antônio. Ouvia os narradores e lembrava-se de alguns sons de sua infância. Mais uma vez, não respondi a sua provocação. Tive uma vida inteira para me acostumar com seu pessimismo desabrido e humor ofensivo. Parei em frente de sua casa, desci, abri a garagem e estacionei. Dei a volta e o ajudei a sair com cuidado – quando suas mãos tremiam de nada adiantava a bengala que usava desde que se recuperara das operações e do tratamento de Carmem. Mulata com cabelos alisados, seios grandes e um olhar sereno como o vento em um vale profundo, ela era pessoa metódica e organizada. Trazia uma agenda na bolsa na qual anotava toda a rotina de seus pacientes – e a sua também. Tinha uma capa plástica azul escura, e sua letra miúda e esquisita procurava imitar as das receitas dos médicos. Sem outra perspectiva profissional, aceitou de bom grado os hábitos e os símbolos que eram caros ao seu meio, assim como uma certa frieza diante do sofrimento. Adquiriu o costume de precisar ver o prontuário antes de começar a atender cada paciente.

Sem nenhuma premeditação – juro – apanhei sua agenda uma hora quando Carmem trocava meu pai. Ela ia folgar no dia seguinte, e eu procurava onde estava uma das tantas receitas de seus medicamentos. Abri uma página e depois outra e outra até que meus olhos começaram a decifrar aquela letra – era um velho hábito tentar compreender receitas, quase um desafio que eu me propunha antes de comprar um remédio em qualquer farmácia. Acho que tinha medo de que me vendessem um medicamento errado por um engano, que eu não conseguisse ou mesmo tentasse evitar. Foi então que li uma lista de horários e palavras como "sem água, sem troca, sem comida, desligar a TV, acabar com o repouso, espetar o canalha". Li duas, três, quatro vezes para me certificar de que não traduzira nada errado, principalmente, aquele "canalha" ao lado do verbo espetar. Meu corpo fraquejou e nem toda experiência me impediu de rasgar a página para ir esfregá-la em seu rosto. Respirei fundo, como aprendi com uma psicóloga que eu conhecera e tinha fórmulas maravilhosas para a felicidade e o autocontrole que, apesar de seu esforço e do meu, nunca tiveram o efeito esperado em meu cérebro. Um dia troquei sopapos com um babaca na sala de espera de seu consultório, interrompendo seu trabalho e causando furor e constrangimento – ela teve de escolher entre os pacientes: ele ou eu. Escolheu ele. Respirei novamente para não gritar e iniciei a conversa comigo mesmo que nunca funciona: "Paulo, não vá gritar, não perca a razão, não ameace, não agrida, não vá fazer merda". Dizia o roteiro como se fosse vidente. Xinguei, gritei e ameacei. Só não bati na filha da puta porque o legista não teria dificuldade em encontrar as marcas que poderiam me pôr no banco dos réus. Mandei apanhar suas coisas e procurar seus direitos na Justiça, que a demissão seria por justa causa. Ela ouviu meus berros, mas não lhe meti medo. Olhou em meus olhos e soltou sua voz e rancor. "Qual o problema de tratar esse velho assim? Ele está vivo, não está? E você ainda reclama do quê? Sede, sujeira, fome e dor não são nada diante da morte. Me faça um favor, doutor. O senhor devia processar seu irmão se buscasse Justiça, não é não? O senhor é igual a todos eles, todos os que têm esse nome maldito. Se acha esperto como uma raposa." Enquanto falava, Carmem juntava nos lábios a espuma da saliva, como quem prepara uma cusparada bem dada no desafeto. Tinha raiva de mim não só do passado, mas também porque a havia descoberto e a flagrado antes de terminar o serviço e a pena que planejara aplicar em meu pai.

A cólera que sempre me acompanhava em momentos de impulso e incerteza era o pior dos inimigos da memória. Como os grandes criminosos que precisam esquecer para se levantar de manhã, olhar no espelho e não ver a imagem de um estuprador ou de um assassino refletida, eu parecia esquecer os detalhes, as razões, os motivos de tudo o que tomara conta de mim, de meu corpo, o que fizera o meu sangue correr como Jim Hines e não perceber quando tudo acabava. Essa condição me dava coragem e decisão para fazer o que fosse preciso. Ela me permitia ir além do que eu teria ido se tivesse, no instante, a consciência de que o remorso conversaria comigo, apesar do cinismo habitual e da irreverência aguda advinda de meu ceticismo. Expulsei-a de casa, não lhe dei chance para dizer o que mais fosse, que tudo aquilo me enfurecia de tal forma que a qualquer momento podia pôr tudo a perder. Fui ver meu pai e a deixei partir, levando sua agenda. O velho dormia como se não se importasse com nada daquilo. Melhor assim. Depois, quando pensei em levá-la à Justiça, não mais encontrava a página onde ela escrevera seu pequeno tratado das penas com que afligira o velho durante os meses em que fora a senhora da casa amarela. Sou um advogado atrapalhado e desajeitado, raivoso demais e sincero ainda mais para uma profissão que exige reserva e autocontrole, de modo que todo planejamento se perdeu com a rapidez das reações químicas mais violentas. É por isso que mantenho minhas frustrações como os funcionários dos fóruns, que acumulam processos em cima das mesas de forma que a lembrança cotidiana os livre da pilha antes que ela cresça demasiadamente e chame a atenção do magistrado, que vai despachá-los. Fazia, pois, o necessário para apenas ter algum equilíbrio e creio que isso me permitia viver de meu trabalho. Mas não foi assim com Carmem. Ali era preciso calma, frieza e, principalmente, não me esquecer de onde enfiara a tal prova da qual dependia todo o processo, visto que nada mais podia ser apresentado na Corte, porquanto a ação da enfermeira não deixara vestígios, nem mesmo na memória do velho. A consequência de sua passagem pela casa, portanto, foi apenas aguçar as minhas desconfianças, o que me fez dar incertas quando contratei outra mulher para tomar conta de meu pai. Conhecia o velho suficientemente para saber que em cada esquina de Santo Antônio era possível encontrar alguém magoado ou ressentido com o seu comportamento ou que tivesse sido passado para trás ou roubado por Mateus ou despedido e humilhado por João ou destratado por mim de tal forma que a lista era grande demais para que qualquer controle de antecedentes pessoais fosse efetivo e seguro. Toda aquela vigilância me dava um trabalho danado, mas era o preço a pagar pela tranquilidade do velho em uma terra que se tornara inóspita depois de abrigar por quase um século a nossa família. Os Volpin chegaram ao momento em que a decisão acertada seria a de fazer as malas e partir. Assim deve ser toda vez que um lugar nos conhece de tal forma que se torna impossível esconder o que de pior existe em nosso caráter cotidiano. "Nem todo mundo tem o poder, o dinheiro e o prestígio para calar ou ao menos paralisar pelo temor a vingança, o desprezo e a maldade de quem não pôde exercê-los em razão de sua pobreza, insignificância ou mediocridade. Aprenda isso, meu filho", disse o meu pai quando lhe contei o que havia acontecido durante sua recuperação. Parecia só mais uma das frases banais e sem muito sentido que o velho usara a vida inteira. Mas não era.

Vicente resolveu se juntar aos 40 ladrões. Se muitos o odiavam na cidade, também tinha sua clientela e amigos para pequenos favores. Bateu na porta do escritório de meu irmão, transformado em um dos senhores da política de Santo Antônio, elegendo prefeitos e vereadores com sobrenomes que lembravam a todos quem mandava naquele lugar *ab urbe condita* (*me perdoem, mas qual advogado resistiria a escrever um tão longo depoimento sem nenhuma citação em latim*?). Aquele era um dos poucos momentos em que era possível pedir um favor a Herodes, um favor que tinha a ver com o mais doloroso momento de toda a sua vida. O grupo de João, que reunia o PFL, o PTB e o PDS, acabara de vencer as eleições em Santo Antônio, em Itamarã e Laranjal e era senhor de toda a região. "Dizem que é melhor ser rei no inferno do que subordinado no Paraíso. Nunca gostei muito dessa história, mas seu irmão acredita nisso, o que me dá certeza de que ele vai me atender." Estava certo. Primeiro, Carmem perdeu seu emprego na casa de um sobrinho do velho Ribeiro Passos. Foi fácil para João cumprir o desejo do pai. Custou um dedo de prosa e estava feito. Depois, meu pai foi mais além, 20 quilômetros mais longe. Conseguiu na Prefeitura de Itamarã que Carmem perdesse seu segundo emprego em um posto de saúde do município. Queria ainda que a Prefeitura desapropriasse sua casa, inventasse uma desculpa qualquer, passasse o trator por cima ou que a multasse pela calçada descuidada, por um muro malfeito, que envenenassem sua água; fosse o que fosse, sua vingança não ia parar no desemprego. Resolveu recorrer a um amigo, um cabo da Polícia Militar que o ajudara por anos vigiando seu negócio. O policial escondeu embaixo do botijão de gás no quintal de Carmem dez cartelas de medicamentos controlados envoltos por um elástico. Uma denúncia anônima deu conta do resto. Carmem foi parar na cadeia, acusada que fora de traficar os remédios desviados, talvez do posto de saúde. Só não permaneceu ali porque o promotor – recém-chegado na cidade – percebera que só haviam pedido o mandado de busca depois de terem invadido a casa e encontrado as drogas. Isso porque o jovem fiscal da lei lembrava de se ter manifestado apenas no fim da tarde sobre o pedido da autoridade policial, embora tanto a acusada quanto o investigador que a conduzira à delegacia diziam que a apreensão acontecera pouco depois do meio-dia. Ilegal a prova, flagrante anulado e acusada solta. Era raro, mas a Justiça foi feita. "É pai, você pode muito, mas não pode tudo." Carmem deixou a cadeia e a cidade. Teria mais sorte em São Paulo e lá ficou por três anos.

PROMESSA

Marília casou virgem. Nem ela sabe como isso foi ocorrer, mas é possível – assim acredito – que esse fato estivesse muito mais ligado à sensação de Vicente ter visto em seu rosto "a Madonna" do que em uma disposição de espírito da jovem. Logo engravidou e, assim, nasceu Madalena – meu pai continuara a consultar a *Bíblia* para dar nome aos filhos. Sua mulher era jovem, bela, elegante e demonstrava agora ser mãe cuidadosa. Só não era religiosa. Esse detalhe meu pai pensou que se resolveria pela iluminação ou pela convivência diária consigo. Tinha sede, Marília, e não era de amor, mas de lascívia, de sedução e provocações. Tirou a roupa do marido como ele nunca pensou que fosse possível na noite de núpcias. Era o instinto. Investigou o corpo desnudo de Vicente com sua boca até o sexo do velho de tal forma que ele passou a duvidar de sua inexperiência naquele mesmo momento. Sentiu ciúmes dos homens que antes estiveram com ela, mesmo que a tivessem tido de forma incompleta. No dia seguinte, indagou pelos nomes de seus namorados sem dizer a razão. Ela se esquivou e o esperou na cama para se despir em uma profusão de sonhos distantes e submetê-lo ao seu cheiro, ao seu sexo e ao seu desejo. Deixou meu velho exausto e teve prazer e orgulho com aquilo. A lua de mel durou quinze dias, o tamanho exato da felicidade daquele casal.

De volta a Santo Antônio de Pádua, meu pai quis levá-la à igreja Matriz e, depois, à igreja de Itamarã. Entregou-lhe um exemplar da *Bíblia* e outro da *Divina Comédia*. Marília gostava era de prosa, dos romances de Jorge Amado e Balzac que lera na casa dos pais. Deliciara-se com a história de Helena, a filha de Julie, em *A Mulher de Trinta Anos*, e imaginara que seu destino, talvez, fosse fugir com um aventureiro. Porém, descobriu-se cedo no papel de Julie e pensou que suas lágrimas teriam ofendido o marido e causado a catástrofe da separação e o sofrimento certo da filha. Devorou sua dor antes que fosse ela mesma devorada pelo turbilhão de horizontes e imagens. Engravidou novamente, e tiveram um menino – Tiago. A maternidade interrompeu sua luxúria, e Vicente pôde manter-se mais uma vez casto para comungar toda semana na missa de padre Bernardo.

Dois meses depois do nascimento, lá estavam o decote, a saia emoldurando os quadris, o rosto de Silvana Mangano, com cabelos longos, mas loiros, quando ele chegava do trabalho. Ela punha a mesa, cuidava dos filhos e se cuidava de um jeito que nunca pensara ser possível. Vicente não conseguia evitá-la, mas tinha de manter a palavra empenhada com o pároco. A Páscoa se aproximava e a semana seguinte era o Domingo de Ramos. Durante todos aqueles dias, Marília – que se licenciara do emprego na Prefeitura – vestiu-se como se fosse trabalhar. E ia visitar o marido na loja. Quando descia do Opala era possível ver a meia fina em suas pernas, o pequeno salto de um dos sapatos que trouxera do Rio – onde passara a lua de mel – e os seus cabelos e os óculos escuros. Era o próprio diabo que entrava naquele deserto de sacos de arroz e feijão, farinha de milho e mandioca e latas e massas e vinhos e frutas e frutos. Ninguém precisaria provar a maçã da árvore do conhecimento para saber do que se tratava aquela aparição; Marília o perseguia com sua presença voluptuosa e enérgica. Meu pai resistiu silenciosamente até se irritar. Discutiram, e ele enfiou a mão na cara de Marília. "Pare de se exibir como se fosse uma puta todos os dias. Pare de me procurar no mercado no meio do dia, como uma cadela no cio. Chega! O meu mercado é um local de trabalho, entendeu? Você entendeu?"

Marília abaixou a cabeça e chorou assustada. Despiu-se em silêncio e pôs um pijama; foi ao quarto dos filhos, cobriu e beijou as crianças e, antes de se enfiar embaixo do lençol de sua cama, sentou ao lado do marido, tomou um copo de água, pediu desculpas e afirmou que não tivera a intenção de ofendê-lo. Virou-se e passou a noite acordada. As lágrimas saiam em silêncio, como deve ser a desolação fria que despedaça o coração. Seu horizonte era a parede branca do quarto, um criado mudo e as ilusões atiradas à terra das fábulas distantes de sua infância. O marido era um bruto, um mal-humorado e, às vezes, um fanático, mas o desgraçado ainda assim era sedutor. Não havia sentido algum naquele homem. Não lhe parecia triste, mas tinha insolentemente um gosto pelo dramático que a atraía ao abismo. Era um gosto amargo de uma riqueza única, um fruto diverso e misterioso, como a lembrar que a vida não tinha sentido sem o conflito entre a distância do agora e depois, sem o infinito minuto do belo, que se reduz a um instante e nos faz infeliz para sempre. Marília queria romance. Vicente queria nomes.

Meu pai suspeitava da sombra naqueles dias. Uma mulher como Marília jamais seria casta, jamais controlaria seu desejo ou deixaria de chamar a atenção de outros homens enquanto fosse viva. Ela era dele, sua Madonna particular, que se pendurava jovialmente em seu pescoço e lhe beijava quando voltava à noite. Não queria estragá-la, mas queria dominá-la. Vicente tinha medo de que o desejo se perdesse em seu gozo. Também acreditava demais em Deus para se vender aos prazeres intensos de uma mulher que não pensava existir, mas que imaginasse ser quem Mefistófeles lhe ofertaria em troca de sua alma. Sentia-se um fraco diante daquele corpo, nem sábio, nem santo. Apenas um tolo. Negava à mulher o sexo que tão bem lhe fizera por causa de um orgulho – a comunhão – que o mantinha preso ao seu tempo e à terra, como um barco encalhado entre rochedos gigantescos, sob o risco constante de um naufrágio na mudança da Lua, ao sabor das marés. Estava preso às correntes marítimas dos oceanos revoltos e não deixaria marca, rastro ou nome. Enfim, nada que durasse mais do que um instante. Essa era sua ambição: manter a fé em participar do eterno.

Um dia soube de um namorado antigo da mulher e indagou sobre ele, sobre as carícias e até onde haviam ido. "Não me lembro", disse Marília. Ele insistiu, pois não fazia sentido, nem tanto tempo havia desde a ruptura. Ela devia lembrar. "Não me lembro" "Sexo oral?" "Acho que não." "Sexo anal?" "Não, isso não." Pelo menos havia uma resposta, o que não queria dizer nada; e se estivesse mentindo? Meu pai, que nunca tivera uma relação como aquela – ela era 25 anos mais jovem –, perdera a linha, o prumo. "Você nunca se lembra de nada, não é? Você acha que eu sou seu palhaço? Me faz de imbecil de propósito. Deve ter o costume, não é? É sempre assim, não é?", sugeriu o velho, sem gritar. A voz era quase melíflua, mas os olhos negros chispavam faíscas silentes. Pegou-a forte pelo braço. "Meu reino por uma verdade", disse Vicente. Marília imaginou o que o meu pai queria. Acariciou seus cabelos e apanhou sua mão direita, depositando-a em cima de seus seios. Esfregou-se em seu corpo e mordiscou os lábios. Levou um tapa na cara. "Vadia!"

Vicente trancou-se no quarto e chorou. Não conseguia dobrar aquela mulher. Teve medo de perdê-la. Sentiu-se egoísta, mesquinho e estúpido e reconheceu que não sabia como lidar com a situação de ter em casa uma companheira que pensava como seus filhos, que viera de outro tempo e espírito. O velho era dessas pessoas que buscam viver em uma intensidade baixa, contemplando os dias e as horas no balcão do mercado, na igreja e com as crianças. Não havia muito espaço em sua semana para a mulher com quem vivia em cada momento, não importa quem fosse: minha mãe, Francesca ou Marília. Matava seus amores de inanição. Chegaria o dia em que Marília se cansaria da violência e da vida sozinha. Pensou em Mateus, que não fora preso e, talvez, nunca fosse. Mas logo o esqueceu: ainda era melhor que ela estivesse com ele do que com aquele moleque maluco, que quase incendiou o mercado quando era pequeno ao fazer uma fogueira no cesto de lixo do banheiro. Ainda bem que ali só havia azulejos brancos e azuis em vez de caixas de papelão e produtos. Ao menos foi o que disse à minha mãe, quando chegou à casa com o menino com marcas dos golpes nas costas. Meu irmão tinha oito anos e nunca esqueceu aquela surra – foi a sua primeira com a cinta.

Marília teve tenacidade e clarividência para indagar sobre as razões de seu destino absurdo. Não entendia por que mantinha a esperança nos confins de uma existência vazia, onde tudo lhe parecia inalcançável, menos os filhos. Era como se a vida trocasse falas com a morte, resultando em um espetáculo incompreensível e árido. Gritou ao marido naquela mesma noite em que ele se trancara no quarto chorando. "Vicente." Ele abriu a porta. "Mas eu sou, enfim, a mulher que lhe deu amor, não?" Meu pai teve a vontade de responder como Dom Juan. "Enfim? Não. Só mais uma vez." Mas visto que sempre acusava de falsidade e de inconstância suas outras mulheres, achou boa a piada, mas a manteve para si. Marília cansou e foi se deixando abater pela dança onírica das ilusões que substituem o empobrecimento de um cotidiano moldado por emoções partidas e desperdícios de alegrias e carinhos, tudo aquilo que a vida não nos perdoa, mas que ninguém consegue evitar.

Não mais procurou Vicente naquele mês. Apanhou outras vezes por causa da beleza, ou do ardor ou porque o marido já não conseguia dominar suas suspeitas. E Marília se perguntava se aquilo era vida até que um dia foi às compras com as crianças e encontrou um velho colega, um daqueles nomes que o velho também tentara descobrir: Pedro. Ele estava de férias em Santo Antônio e visitava os pais e os tios. "Vocês ainda têm a chácara?" "Sim, vou visitá-la ainda hoje e fico lá uns três dias." Tiveram naquela propriedade um desses momentos de descoberta dos quais não nos esquecemos jamais, um entre tantos que perturbavam Vicente. Pedro perguntou das crianças e soube seus nomes e idades. Conhecia meu irmão Mateus, mas não se lembrava de meu pai. Ficaram de se ver algum dia com outros colegas da escola. A caminho de casa, Marília tomou uma decisão: deixou os filhos com a empregada, vestiu-se com a saia mais curta e desabotoou a sua blusa até exibir o sutiã. Apanhou seu Opala e dirigiu até a chácara. Sentiu o tal frio na barriga e o seu corpo se encheu de vida. Parou o carro em frente da porteira, e viu que havia gente na propriedade. Pedro não estava só – tinha a companhia de um amigo da faculdade, que ela não conhecia. Não tiveram nem tempo para muita conversa. Tomou coragem, entregou-se aos dois e gozou pensando em Vicente. Vestiu-se e foi até a venda. Queria exibir o seu corpo a todos, que todos vissem que aquela mulher não abaixaria a cabeça nem em nome dos filhos ou do dinheiro. Ia voltar a estudar e trabalhar na Prefeitura. Cansara da vida reclusa e, se o marido não a quisesse, tanto fazia, tinha ainda outros nomes que ele não desconfiava ou nem conhecia.

Meu pai a viu do fundo da loja. Pressentiu o seu cheiro, olhou para os céus e pensou que o padre Bernardo ia perder um fiel naquele domingo. Ela parou no meio do corredor entre as frutas e as verduras. Ele largou lápis, papel, máquina registradora com o seu gerente. Entrou no Opala e a deixou dirigir até a casa. Vicente não fez nenhuma pergunta naquele dia. Apanhou a mulher pelos cabelos e a jogou com violência na cama. Só saiu de casa para fechar o mercado. Marília ficou no quarto; não quis pensar em mais nada, nem mesmo nos filhos. Compreendia que tudo aquilo era inútil, não fazia sentido, enfim, não se podia nem mesmo querer que ela aceitasse os fatos como um inescapável destino. Escolhera Vicente porque se encantara com a sedução; a ternura e a inteligência completaram os atributos que lhe moldaram o desejo em torno daquele homem. Descobriu muito tarde que ele não a trairia com outras mulheres, nem seria capaz de desassombros. Ao voltar para casa, Vicente ouviu uma a uma as exigências de Marília. Inesperadamente concordou com todas, mas lhe fez um pedido. Que não fosse mais ao supermercado com aquela saia e com a aquela blusa no meio da tarde. Os clientes tinham olhos e muitas famílias levavam suas crianças até o lugar. Marília se sentiu satisfeita.

No dia seguinte, passou na chácara mais cedo. Pedro estava sozinho e achou divertido quando a viu descer mais uma vez do carro para abrir a porteira. Estava com uma saia preta, meias cor da pele e cinta-liga. A camisa cinza ficou no banco do Opala. Dessa vez, Marília obedeceu ao marido: não passou no mercado na volta – mas chegou em casa toda lambuzada. Não era Vicente quem tanto chamava as ex-mulheres de putas, que a xingava de vadia e lhe dava tapas na cara sem que o tivesse ainda traído? Não era ele que a privou do amor e da fantasia que se lhe apresentara com seus olhos negros como o repouso noturno? Não seria Vicente o homem que não lhe perguntava mais nada e odiava surpresas? Não era aquele ser o pai dos seus filhos, que nunca lhes dera comida, nem levantava nas noites de choro para saber se era fome ou doença? Não fora ele que a fez derramar os seus anos mais belos em uma rotina vazia, sem planos, nem movimentos – rotina seca e áspera como a carestia daqueles tempos? Vicente não se importava; se um dia a amara, fora tão pouco que talvez nem se lembrasse. Nem em sua Igreja se haviam casado. Era tudo uma farsa para aprisionar sua alma, uma peça que ele lhe pregara e, agora, era a sua vez de encontrar um sentido para tudo aquilo. "Minha vida por uma esperança. Mesmo pequena, não importa", pensou Marília. Ela estava descobrindo muito rápido o que toda a família já sabia: a frieza de um olhar que não só assustava as crianças, mas intimidava os adultos; o orgulho selvagem daquele homem e a vaidade robusta em seu peito, o espírito incerto de cada manhã e em cada noite e os gritos de quem não teme a réplica. Vicente se tornara tanto mais seco quanto mais doce a mulher se mostrava; quanto mais se cuidava, mais ausente meu pai queria ser. À sedução de Marília respondia com tapas e xingamentos, passando a um terreno em que ele jamais estivera: o do homem que bate em mulher. E a cada tapa Marília sorria, lembrando da chácara, da casa de seu primo Ernesto e do jovem colega de Prefeitura que se despedia de Santo Antônio depois de passar no concurso da magistratura. "Bate, bate na sua mulher. Bate, seu frouxo, que é só o que você sabe fazer!" As crianças estavam no quarto brincando com a babá naquela noite. Vicente parou. Ouviu a mulher e sua raiva espumante e explosiva como um champanhe. Marília mostrou-lhe os dentes de raiva. Podia mordê-lo, agarrar seus cabelos, unhá-lo, podia até mesmo deixar aquele homem, aproveitar a Lei do Divórcio e mandá-lo às favas. "Bate!!! Bate..." E começou a chorar, um choro infantil, sem sentido, que era de fome e doença ao mesmo tempo, que era o absurdo e a náusea daquela vida. Vicente deu as costas à mulher. Preferiu o desprezo a mais violência.

Mas não esqueceu a palavra: 'frouxo". Sentiu que ela o traía, decerto com algum velho amigo seu que frequentasse o casal; ou seria Mateus, aquele imbecil que nem conseguiu gastar o dinheiro do banco? A violência de seu descontrole passara aos poucos; a desconfiança de seus pensamentos, não. Não quis indagá-la de nada naquela semana. Mas aproveitou um momento no leito com ela, quando Marília o agarrava com força e jeito, para perguntar "quem era o frouxo?" E imaginou que o instante o redimira, que ela fora sua de novo; e teria a mulher sempre na hora que decidisse e na cama que escolhesse. Ela arranhara suas costas e mordera os seus lábios, e ele ficou vaidoso daquela violência. Uma violência que não conseguia emular ou penetrar em sua origem, uma violência diante da qual se ajoelharia em sinal de respeito, apesar de saber desde sempre que não lhe seria fiel. Nem por um dia ele a teria só para si: os prazeres da moça eram irreconciliáveis com o seu ascetismo.

Meu pai sempre se soube capaz de matar, mas foi ali que teve a certeza de que o faria se ela o pedisse naquele momento até mesmo a cabeça de um João Batista. E Marília pensou em um novo começo, que devagar convenceria aquele homem: o que a vida não conseguiu fazer em quase cinquenta anos, ele o faria em cinco. E foi subindo as saias e até comprou uma lingerie, dessas que o marido dizia ser "roupa de puta". Oras, ele a vivia chamando disso, não é? Então ela seria essa mulher. E Vicente teve prazer com a novidade, mas não falou; visto que sempre condenava a lascívia, pareceria agir menos por uma questão moral e mais porque nunca tivera a coragem de confessar o seu gosto.

O armistício durou seis meses – o tempo exato para padre Bernardo ir embora. Vicente retomou as manias antigas e passou a se irritar com Marília e as suas saias, blusas, sapatos e vestidos. Foi quando ela ameaçou deixá-lo pela primeira vez. O velho explodiu, jogou um isqueiro em sua cabeça e pulou como um grande felino em cima da esposa, jogando-a no chão. Chutou a mulher uma, duas, três vezes; gritou e não parou nem mesmo quando viu as crianças na sala. Urrava e bufava. "Não vou permitir. Entendeu?" Ela se levantou vagarosamente, como quem espera mais golpes ou não quer desafiar o agressor. Sangrava entre as pernas e sentia uma dor aguda que a deixou assustada; faltou-lhe a força até para se apoiar no sofá e se manter. O marido não entendeu o significado daquela cena até a ouvir revelar: "Eu estou grávida. Quer dizer, acho que estava." Vicente ficou parado, sem saber o que fazer ou dizer – queria que tudo aquilo fosse só fingimento ou suspeita –, no hospital lhe diriam que era mentira. Não era. Marília perdeu o sétimo filho de meu pai depois de ser espancada – ao médico disse que caíra da escada quando trocava uma lâmpada.

Foram tempos silenciosos. Ela passou a dormir no quarto de visitas, pois Vicente se recusou a sair de sua cama. Ninguém sabia o quanto aquela situação duraria. Obteve atestado atrás de atestado para não voltar ao trabalho – o marido aquiesceu no repouso e passou a cuidar temporariamente das coisas da casa. Levava mantimentos, apanhava pão e leite e passava na farmácia. Até que esqueceu o talão de cheques e voltou para apanhá-lo no meio da tarde. Encontrou Marília em uma saia bege de cintura alta e uma camisa verde com colarinho grande sobre os ombros com dois botões abertos. Estava de salto e acabando de passar o batom. "O que é isso? Onde você está indo a essa hora?" Marília olhou o marido pelo espelho, terminou a maquiagem, apanhou sua bolsa e a chave do Opala. "Ei, estou falando com você. Aonde você vai?" Ela parou na soleira da porta e se virou. Olhou bem para os olhos de meu pai e disse com toda calma: "Vou dar. Entendeu? Estou saindo para ir dar. Não acredita? É só me seguir." "Como? O que você disse, Marília?!" "Quer que eu repita? Sua mulher vai dar pra outro homem que me come melhor que você. Eu vou botar um galho bem grande na sua cabeça. E não me venha xingar, nem bater, porque não vai adiantar. Desta vez, não. Eu não sou uma puta? Não sou? Mas a puta aqui dá essa buceta pra quem ela quiser, entendeu?" Vicente não conseguiu dar dois passos. Estava atordoado e pensou que era mentira, que a louca só ia visitar uma amiga. Sorriu nervoso. Ela olhou e entendeu a reação dele. "Você não acredita, né? Tanto pior, depois não vá dizer que eu te traí. Você perguntou, eu falei, contei a verdade." Virou-se e saiu de casa. Meu pai só ouviu o barulho do carro. Aquilo era ainda a pressão pela perda do filho e sentiu-se culpado da confusão que tomara conta do espírito de Marília. Estava enganado. Sua mulher lhe contara a verdade de forma tão clara que era impossível acreditar em cada uma daquelas palavras, visto que nada se desvela assim na vida de forma tão límpida. Jamais temos consciência do que nos afeta: era o que ele sempre pensava; daí porque nunca se preocupou em investigar o passado, entender o presente e prever o futuro – o que lhe fora dado saber, sabia; o resto era inútil indagar. Somente os ciúmes dos antigos namorados de sua mulher o fizeram abrir uma exceção em sua "regra de ouro", e a atitude só lhe mostrou o quão acertada era a sua antiga disposição.

Marília demorou 20 minutos para chegar à chácara de seu antigo namorado. Pedro ia passar o fim de semana prolongado em Santo Antônio com um casal de amigos e telefonara para ela na Prefeitura. Disseram que ela tirara licença médica e decidiu ligar para sua casa e saber como estava. Marília atendeu ao telefonema no quarto e se surpreendeu. Contou que estava melhor e, talvez, até voltasse ao trabalho antes do fim da licença. Pedro revelou que estava pela cidade e ia passar o feriado da Proclamação da República na chácara. "Seu amigo está com você?" "Está, mas desta vez ele veio com a namorada." "Que pena, né?" "Mas eu estou sozinho..." "Não está mais." Marília voltou quando já era noite. Estacionou e viu o marido na porta da sala da casa. Pegou sua bolsa, empurrou Vicente somente o suficiente para poder passar e foi ao banheiro mijar. Deixou a porta aberta – ela havia bebido três cervejas e fumado maconha.

Vicente foi atrás e mais uma vez se deteve na porta. "Posso saber aonde a senhora foi?" Ela levantou a cabeça, olhou para o marido e disse. "Fui na Igreja, comungar com o padre na sacristia e me deitar com as freiras e iniciar os seminaristas. Depois me confessei e está tudo bem. Zero a zero. O padre me disse que Deus me perdoa, menos você." Vicente viu que o diálogo era impossível e reconheceu que podia mesmo ser melhor acabar com tudo aquilo, dar-lhe o divórcio antes que tivessem um final ainda mais melancólico. "Sua bêbada." "Sou. Sou sim! Bebi, e daí? Só não pode me chamar de puta porque não cobrei nada." Ela mexeu a cabeça para baixo e sorriu, sentindo-se bem com cada palavra. Achou graça, mais que isso, começou a gargalhar. "Não cobrei nada, mas recebi!" E gargalhou novamente. Ele virou as costas e saiu. Marília se levantou com a saia e a camisa amassadas e, sentindo as marcas das mãos do amigo em sua bunda, foi até o bar e apanhou um copo do uísque do marido. Queria que ele a visse comemorando aquele dia em sua cara, queria humilhar o filho da puta; se pudesse teria trazido o amigo até lá para foder na sua frente. Marília tinha mais do que raiva; tinha desprezo e isso não passa, nem cura. A separação demorou ainda dois anos. Ela ficou com a casa, o Opala e a guarda dos filhos de 8 e de 6 anos. Compreendeu que seu fardo, que todo o alvoroço em seu casamento, que o destemor ao enfrentar um marido daquele eram coisas menores e insuficientes; continuava a faltar um sentido em uma vida em que a iniquidade do tempo não conhecia limites, bem como a maldade dos homens ou o descaso divino. Se Ele existia, por que aquilo lhe acontecera? Por que o amor se fez ódio e a paixão, um escárnio? Por que se sentia antes de tudo vencida, como se o corpo soubesse da pena antes que o cérebro pudesse compreendê-la?

E a cada minuto que seu pessimismo lhe retirava um novo horizonte, sentia a Terra menor, como se um dia o planeta inteiro pudesse caber em um palco e nele surgisse Polichinelo para nos decifrar com sua voz aguda. E mostrar nosso temperamento maléfico e a nossa inquietude esnobe e, então, esquecer todas as lições do fantoche porque, afinal, tudo seria apenas irreverência e nada mais. Marília sobreviveu. Ao casamento e a si mesma.

AGGIORNAMENTO

Meu pai nunca mais voltou a bater em mulher. O fim do casamento não passaria despercebido na cidade, pois o fez subitamente rejuvenescer: comprou um Maverick V8 e as visitas à igreja de Itamarã foram suspensas temporariamente. Adquiriu a primeira calça jeans e deixou o cabelo crescer – não muito, é verdade. Era o seu *aggiornamento*, parecia finalmente render-se à igreja de Paulo VI, ao Vaticano II e a ouvir rezar a missa em português. Frequentava a igreja de São Benedito e passou a ajudar na preparação de suas quermesses, doando produtos do mercado e reunindo prendas para a festa que devia arrecadar fundos para as obras assistenciais na cidade. O padre Vitório testemunhava aquela transformação com curiosidade e frieza; não a estimulou nem lhe fechou a porta. Como pastor de almas – dizia –, abriu seu rebanho a meu pai e o acolheu entre o seu povo. Não comungava naquela igreja, mas, mesmo assim, não sentia a exclusão ou a incômoda vaidade ferida pelos olhos dos demais fiéis. Então já era comum um católico não mais entrar na fila da hóstia sem que o gesto lhe marcasse o caráter em sua comunidade – era visto como um penitente, uma alma sincera, que um dia alcançaria a comunhão com Deus e com a Igreja. No fim do ano, perguntou ao padre se podia ajudá-lo na missa, nem que fosse apenas para recolher as oferendas ou na liturgia, lendo uma das duas leituras da celebração. "Seu Vicente, a sua disposição e trabalho são sempre bem-vindos na paróquia, mas veja a minha situação: há membros da comunidade que há anos se revezam nessas tarefas e me seria muito complicado retirá-las deles para entregá-las ao senhor, que ainda está se adaptando a este rebanho. O senhor sabe que há tempo de semear e há tempo de colher. Cultive sua alma e ajude a Igreja em suas obras, e não se esqueça de que o Senhor nos associou a todos na mesma promessa do Cristo por meio do Evangelho, que, por mais que você, Vicente, tenha conhecido a Palavra de Deus desde a infância, francamente, parece-me que só agora o Espírito do Senhor tem a chance de se revelar em sua vida." Padre Vitório logo compreendeu que era preciso fazer o velho sentir-se envolvido por sua atenção e afeto, mas que era também necessário impor limites à sua ambição. Ao mesmo tempo, não queria deixar a ovelha se desgarrar de suas mãos – creio eu – e perder tão assíduo benfeitor. Buscou uma solução de conciliação. E foi assim que meu pai se tornou o responsável pelo time de futebol dos meninos da paróquia, fornecendo material esportivo, bolas e transporte para os garotos nos campeonatos disputados na região.

Depois que meu pai foi embora, Marília se desfez da cama e do enxoval, transformado em mortalha de seu amor. Não queria mais nada que tivesse envolvido o corpo do pulha e estendeu a repulsa a tudo mais que o lembrava: atirou a *Bíblia* ao lixo e doou o volume da *Divina Comédia* à Prefeitura, que Dante não devia pagar por suas chagas ou pelo caráter de seu ex-marido.

Rasgou toda memória e só não vendeu a casa para não se expor ao preço aviltante que se oferta às viúvas, aos órfãos e, agora, às divorciadas. Não precisava do dinheiro e isso a protegia. Voltou a estudar e conseguiu uma vaga na Faculdade de Direito da Pontifícia Universidade Católica de Campinas. Formou-se com uma certa distinção, o que lhe garantiu o primeiro convite para trabalhar em um escritório da cidade. Teve de tomar a decisão de largar as pretensões por um emprego público mais "elevado" e tirar os filhos de Santo Antônio. As crianças haviam crescido ao lado de brigas, sopapos e ofensas que Vicente distribuía sem pensar nas consequências. Depois, os pequenos viveram com os avós maternos, que os buscavam na escola e os deixavam na sala com a TV ligada. Os velhos não lhes davam grande afeto, mas eram presentes e calmos.

Foi nessa época ainda que Mateus resolveu retomar sua história inacabada com Marília. Fumava dois maços de cigarro por dia e ainda era bancário – agora, do Banco do Brasil. Pouco antes de deixar a cidade, um ano depois de romper com meu pai, esperou nova noite de lua nova para invadir o cemitério e apanhar o dinheiro que havia furtado. Era a primeira vez que mexeria naquelas economias. Precisava, então, da grana, pois pretendia comprar uma casa em Cruzeiro do Sul, onde trabalharia após ter sido aprovado no concurso público. Pulou o muro perto de onde se recordava ter sido enterrado o pedreiro. Fora uma única vez ao cemitério durante esse período para não levantar nenhuma suspeita: aproveitou o Dia de Finados para se certificar de que tudo estava como havia deixado na tumba de seu faraó. Procurou a mesma rua com a lanterna e não achou a sepultura. Voltou pela alameda até avistar a cruz meio caída. Era ali. Agachou-se. Ia começar a cavar, quando ouviu passos e se viu enquadrado por uma luz forte. O coração quase lhe saiu pela boca. Eram dois guardas que haviam sido chamados por uma vizinha que vira "um homem pulando o muro do cemitério". Mateus foi detido e conduzido à delegacia. Disse que passava por ali quando ouviu vozes e que entrara no cemitério para ver o que era. "Pensei no túmulo da família, se alguém queria roubá-lo." "Sei", disse o investigador Onofre que recebeu o suspeito das mãos dos guardas municipais. "Ô, Santos, chegou aqui mais um cidadão honesto que quer prestar concurso para a polícia." "Apresenta pra ele as acomodações da delegacia", retrucou Santos. E completou, dirigindo-se ao preso: "O senhor sabe, né, cidadão: todo mundo tem de partir de baixo antes de poder proteger a sociedade", disse o escrivão Santos, com sua corrente exposta no peito e cigarro na boca, sem erguer a cabeça. No momento seguinte, reconheceu o suspeito. Pegou sua carteira, pediu que esvaziasse os bolsos e entregasse o cinto. Deu a chave do xilindró para o investigador e, com um gesto largo com o braço direito, apontou ao meu irmão o caminho da cela: "Por aqui, excelência". Horas depois, como não encontraram nada ilegal com meu irmão, o investigador e o escrivão decidiram soltá-lo sem registrar a ocorrência, mas não antes de lhe dar uma canseira em uma das celas da delegacia. "Você deu sorte. O doutor Batista está hoje bem-humorado. Deve ter matado alguém ontem à noite para aliviar o estresse", disse Onofre antes de abrir o xadrez e soltar o preso. Acompanhou Mateus até a porta. Santos viu os dois e abordou meu irmão: "Desculpe qualquer coisa, mas é o nosso trabalho. O senhor compreende, né? A gente mal consegue fazer esse serviço direito. Veja aqui a máquina de escrever. A fita está um lixo.

Não tem papel no banheiro e a viatura está sempre quebrada. O irmão do senhor bem que podia doar algumas coisas para a gente, não?" Amanhecer aquele dia na cadeia foi o máximo de punição que aconteceu a Mateus pelo furto milionário.

Ele deixou passar mais quatro semanas. Tinha certeza de que ninguém havia desconfiado da razão de sua aventura noturna. Era de novo Lua Nova e foi ao cemitério, desta vez, pelo outro lado, para evitar a vizinha insone que vigiava as almas penadas e os contadores suspeitos de Santo Antônio de Pádua. Pulou o muro sem dificuldade e foi como um cachorro procurar o seu poste. Ajoelhou-se na terra e começou a cavar com a pequena pá que trazia. Ia abrir aquela tumba e finalmente teria as riquezas que tanto sonhara e com as quais convivia somente em papéis e relatórios. Ia se libertar das obrigações do dinheiro, poder dispor dele sem prestar contas ou fazer cálculos e preencher formulários. Cavou, cavou, cavou. Sentiu a terra estranhamente fofa, fácil mesmo de ser removida. De repente, chegou ao caixão. Como assim? Era impossível. Lembrava-se de ter disposto os malotes envoltos em lona em cima da madeira simples que guardava o pedreiro. Não era possível. Apanhou a cruz que havia posto de lado para ver o nome e a data. Não havia dúvida. Cavara o túmulo certo. Olhou para os lados, para as outras sepulturas e teve certeza de que todas as referências e marcos se mantinham intactos, reafirmando que ali era o lugar exato onde deixara o seu pequeno tesouro. Olhou para os lados e se achou vigiado, derrotado e perdido. Mas por quem? Quem ou o quê havia sumido com o seu dinheiro? Nem se lembrou de apanhar a pá e fechar a sepultura – que o coveiro o fizesse! E saiu do lugar aos prantos, como nunca chorara até então por nenhum defunto.

Foi só quando voltou à cidade que descobriu que Onofre e Santos podiam até ser dois policiais broncos e sem refinamento ou cultura, mas não eram bobos. O primeiro se tornou dono da agência de carros da cidade e abriu o puteiro mais chique da região. "Faz quanto tempo?" perguntou meu irmão ao reencontrar João no aniversário de mamãe. "Vixê, já tem mais de três anos. Diz que tirou a sorte grande na loteria, mas eu acho mesmo é que trombou com algum contrabandista ou deu um tombo em alguém que não pôde reclamar para a Justiça. Você sabe como é a polícia, não sabe?" Se não sabia, começava a desconfiar. "E o escrivão Santos, que fim ele levou?" "Esse foi outro que enriqueceu e ninguém sabe como. Um dia apareceu aqui na cidade com um Opala. Depois comprou um sítio e umas cabeças de gado. E agora tem um matadouro em Laranjal. É... Bem que o doutor Batista sempre me dizia para explicar essas coisas: 'A polícia abre porta, seu João. Basta estar preparado para as oportunidades'." Mateus sentiu que ele havia sido uma daquelas oportunidades que surgiram na vida daqueles policiais. Imaginou que sempre tivessem desconfiado de sua participação no furto milionário, afinal, jamais uma pista melhor sobre o crime havia surgido em todo aquele tempo. Nenhum informante, nenhum alcaguete ou fio da meada fora desenrolado em um pau-de-arara das muitas delegacias que indagaram sobre aquele delito. Foram vários os assaltantes que tiveram de prestar contas por causa daquela bronca. Quem foi que roubou o Mercantil de Santo Antônio? Ninguém tinha a resposta. Quantos bandidos caíram na linha de produção dos cavaletes noturnos erguidos entre as mesas do Departamento Estadual de Investigações Criminais por causa do roubo? Ninguém sabia contar. Nada de concreto aparecia, mas o dinheiro existia, fora levado nos malotes pelo blindado da Brinks.

Até mesmo a equipe do carro-forte fora investigada. E se tivessem sumido com o dinheiro antes de entregá-lo? Seria o crime perfeito. Mas os vigilantes também estavam limpos. Tudo voltava ao ponto de partida, mas como meu irmão levava a mesma vidinha e tinha as costas quentes na cidade, resolveram deixá-lo para lá. Mateus imaginou que esses dois filhos da puta – Onofre e Santos – não se haviam convencido da razão de sua incursão noturna ao cemitério e podiam ter ligado os pontos. Era isso. Tinha certeza. Foram ao cemitério nos dias seguintes ou talvez no mesmo dia, enquanto ainda estava detido, com a desculpa de que investigavam a sua versão de que alguém estava furtando os túmulos e, então, – sim, foram eles – saquearam o túmulo desconhecido do faraó. "Canalhas, canalhas; cidade de canalhas!", pensou antes de olhar para o meu irmão e dizer: "Você tem razão: não se pode confiar na polícia!"

A vida afetiva de Mateus ainda estava em pandarecos quando soube da separação de meu pai e de Marília. Mamãe já havia morrido e ele vivia sozinho na casa amarela entre seus papéis e memórias. Esperou quase um mês de casamento desfeito para procurar Marília. Ela estava descontraída, os cabelos presos, formavam um rabo de cavalo que realçava ainda mais as expressões de seu rosto. Não havia mais espaço para qualquer indecisão e partiu para o ataque frontal. Abordou-a quando ela saía do emprego e entrava no carro para seguir para casa. "Oi, Marília, tudo bem com você?" Marília olhou meu irmão e não soube o que responder àquela pergunta cretina, que não sabia se era uma cortesia ou apenas mais uma excentricidade daquela família. "E as crianças? Tudo bem?" Respondeu com um sim e abriu a porta. "Escuta..." E meu irmão se aproximou da janela do carro. "Não é todo Volpin que é um canalha. Eu precisava dizer isso para você." Marília respondeu apenas: "Eu sei, Mateus. Não se preocupe. Além disso, tenho dois filhos em casa que têm esse sobrenome". Ligou o carro e saiu. No caminho pensou: "Como pode ser tão descarado? Como é que pode eu ainda me surpreender com essa família?! Como é que pode? Vem com essa conversa de cerca Lourenço para tentar comer a ex-mulher do pai dele? Meu Deus, são todos uns filhos da puta." Depois, pensou que talvez tivesse interpretado errado aquela aproximação. Mateus quisera ser apenas gentil, demonstrar preocupação com os irmãos. Estava ainda rearranjando as coisas em casa e explicando a situação às crianças, quando Mateus apareceu. Trazia presentes para os irmãos – um carro de bombeiro que funcionava a pilha, piscando luzes e girando de um lado para outro, e uma boneca com mamadeira para beber água e fazer xixi. Marília o recebeu de camiseta branca, calça jeans e tênis. Nunca vira aquela mulher tão descontraída, fora do ambiente formal do trabalho ou da sedução do desfile pelas ruas a caminho do emprego.

Descobriu que fumava, quando Marília acendeu um cigarro antes de preparar um café para Mateus. Era tarde de sábado e a empregada só voltaria na segunda-feira. Fazia mais de oito anos que meu irmão estivera pela primeira e única vez naquela casa sem passar pelo portão lateral. Na sala principal, ele entregou os presentes para as crianças, que agradeceram ao "tio Mateus" com um beijo. Conversavam sobre a última chuva que destelhara algumas casas da região, quando se espreitou entre eles como um ato falho o tema da separação. "Eu imagino como você deve estar. Não é fácil conviver com aquele monstro." Marília olhou para Mateus e concordou com a cabeça. Meu irmão continuou contando à ex-mulher de meu pai o que ele fizera com minha mãe, sua ausência no enterro, as surras nos filhos – todo mundo nesta cidade sabia que Vicente batia em Marília –, suas mentiras na Igreja, suas loucuras, enfim, muito do que ela conhecia ou imaginava depois de ter convivido tanto tempo com aquele sujeito. "O que você está me falando, Mateus, eu vivi de perto. A diferença entre nós é que eu escolhi o meu destino." Foi a vez de meu irmão concordar, como parte da preparação para a cena que ele antevia desde que chegara àquela casa. Quando ela foi lhe entregar o café, Mateus se deixou assaltar por sua nova e inesperada coragem e apanhou a mão de Marília. Meu irmão a puxou para perto de si e sentiu pela primeira vez os seios daquela mulher encostando no seu corpo com força. Abraçou a madrasta e ela aceitou o afeto em silêncio. E aninhou sua cabeça em seu ombro por quase um minuto. E, depois, olhou em seus olhos negros e enxergou em sua boca os traços dos lábios carnudos de Vicente. E antes que a repulsa e o nojo a fizessem rejeitar meu irmão, ele a segurou forte e a beijou sem aviso. Marília sentiu o gosto amargo e violento dos Volpin lhe invadir a boca usurpando seu corpo e dilacerando a paz recém-conquistada. Empurrou meu irmão e se viu livre de novo. Mateus se deteve envergonhado. Roubara aquilo que lhe havia sido roubado. Se funcionava com todos assim naquela cidade, por que só com ele as coisas não dariam certo? Por que só ele chegava atrasado na escola, na missa, no jogo de bola e com Marília? Certamente o culpado era seu pai, que sempre atrasara a sua vida. "Você está louco, Mateus?" "Desculpe, mas é que..." "Olhe, as crianças agradecem os seus presentes e eu também a sua atenção, mas creio que está na hora de você partir." Mateus concordou. Pediu novamente desculpas e saiu.

Marília teve então a certeza de que meu irmão só era mais outro canalha daquela família, que não respeitava nada, nem mesmo o seu sangue, nem mesmo a sua honra. "Infame", pensou, lembrando de como seu avô, pai de sua mãe, xingava os desafetos acentuando cada sílaba daquela palavra. "São todos infames!", concluiu Marília. E temeu pelo futuro de seus filhos.

MADALENA

A virtude nos faz amargos e o vício nos liberta. Se isso é verdade, Marília devia sentir a extensão dos dois caminhos e a amplitude das vozes da multidão de escolhas diante de si. Abraçava os filhos então como quem tem um bilhete da loteria. Sabia que podia perder sua aposta, mas não desistia do jogo. Ela ia enterrar ali seu tempo, seu dinheiro e seus planos, que seus filhos eram a sua esperança; só assim se mantinha firme. Em seus pensamentos, Madalena era quem mais fornecia evidências à mãe desse jogo do qual não se podia escapar. A menina era esbelta, loira de olhos verdes e seus cabelos esvoaçavam ao menor vento. Marília dava graças a Deus que nenhum dos filhos tivesse nascido com aqueles olhos negros da peste que expulsara de casa e foi educando cada um deles com a consciência de um pedreiro que ergue uma obra. Do alicerce ao telhado, sabia cada material necessário para dar firmeza e beleza àquelas crianças, por onde o vento entraria para arejar cada cômodo e como o sol aqueceria o imóvel sólido, que protegeria seus donos de toda intempérie. Legaria a cada um deles uma casa de tijolos, como na fábula dos porquinhos. Não tinha receio de exagerar em suas preocupações com as crianças, que elas bem mereciam alguém que lhes servisse de escada, de corrimão e farol. Que fosse dela, pois, o trabalho de desbravar o sertão, marcar os caminhos e consolidar as picadas, antes de estender os fios do telégrafo para avisar que tudo estava seguro, e o serviço, concluído. Seria dela o risco de enfrentar as feras desconhecidas e as tribos de selvagens com zarabatanas e flechas envenenadas; seria dela a tarefa de erguer as muralhas e estabelecer os correios e a vigilância noturna para quando seus filhos chegassem. Que eles pudessem encontrar água e esgoto e, assim, pensar que o mundo daquela forma fora criado, que não precisara do esforço de milhares de vidas, que não nos cobraram o seu preço em milhares de mortes. Um dia me disse ter compreendido que as crianças não esperavam pela sabedoria e pela experiência dos velhos e, talvez, nem precisassem das duas, que todo seu esforço seria como se de nada valesse. "Escute, Paulo: a fonte de todo valor para os filhos está no que devem fazer de novo – por eles e somente por eles – em um mundo de eterna conquista." Tudo seria só fim e começo? E os trabalhos e dias de Marília se repetiriam na criação particular e infindável que levou o homem de um lado ao outro do globo? Ela atravessara um tempo de reconstrução e retirara a educação dos filhos de alguma literatura sapiental, com seus preceitos, conselhos e admoestações sempre envolvidos pelo canto de Marília. Madalena e Tiago eram seu povo, e sua Justiça não se exercia com a rigidez formal dos tribunais. A mãe temia o terrível espírito agônico embutido naquela educação; sentia que mais cedo ou mais tarde o único estímulo possível aos filhos seria colocá-la de lado, votá-la ao ostracismo, a fim de que o conflito e a disputa reaparecessem entre os meninos e lhes fizessem sentido. As trilhas deles seriam limpas e o palco preparado para a boa luta, que é exercida contra a supremacia de um gênio absoluto e inumano. Os conflitos se aproximavam. Ela concluíra que, se não era possível se bater contra todos os males, ainda mais os do espírito, que, pelo menos, seus filhos encontrassem em alguma medida justiça, trabalho, beleza e sabedoria. Acreditava que só os tolos não sabiam que a metade valia mais do que o todo, que as lutas revelavam uns como deuses e outros como homens e separavam quem era livre de quem era escravo. Marília ensinou às crianças caminhos que deviam levá-las bem longe do pai, visto que temia, acima de tudo, a ideia de ter parido dois novos Vicentes – o mundo não suportaria a presença de outros iguais a seu ex-marido. Queria mostrar tudo às crianças, onde havia fome e tristeza, onde a lei e onde a mentira; que seus filhos despertassem nos outros o desejo de serem melhores e lutassem a sua luta, a que valia a pena ser vivida. Tinha uma ética mediterrânea, vinda da Itália no porão de um navio com seus avós, que lhe ensinaram muito do que aprendera. Não tinha mais esperanças de que estaria protegida da fúria dos outros, da inveja, da mentira, enfim, de todas as misérias de quem vive a vida e não se suicida.

Madalena aprendeu cedo e rápido essa ética, esse ambiente criado em casa depois que meu pai foi embora. Mas nem toda sabedoria do mundo conseguira evitar que Marília transmitisse à sua filha a mesma sensualidade que a levou à beira do abismo. Já com 12 anos seus seios eram belos e ela rivalizava em altura com Marta, a irmã de sua mãe. Tinha a pele alva como se julgaria imprópria para as nossas latitudes. Nos olhos, o verde misturava-se a raios de mel e o quadril já se definia como símbolo de uma fertilidade ancestral. A mãe lhe comprava romances, revistas e discos. Muitos. Ouvia Beatles, Simon & Garfunkel e Queen, mas se divertia mesmo com musicais como *Grease*. Adorava Olivia Newton-John e prendia os cabelos como Sandy – e assim ficou conhecida na escola. Tinha uma beleza ainda inocente, bem diferente da sensualidade arrebatadora de Brooke Shields. Erguia a mão na sala de aula para fazer uma pergunta com o entusiasmo de quem brinca de "põe o dedo aqui" e tinha aquele rosto de alívio quando o professor elogiava sua dúvida, dizendo: "boa pergunta, muito pertinente a sua questão". Ouvia, então, extasiada a explicação que ajudaria o professor a iluminar a classe – era como se fosse a sua ajudante. Envolvia-se com todas as coisas da vida de forma urgente, à maneira de um "corre-cotia", quando o pano era deixado em suas costas.

O pai não a visitava e isso era motivo de grande dor para a menina – mesmo que quisesse, Vicente não seria recebido por Marília. A mãe queria aquele homem afastado da criação das crianças, longe o suficiente para que nenhuma influência daquele caráter se transmitisse aos filhos. Madalena perguntava pelo pai em seus aniversários – ainda se lembrava das brigas terríveis em casa e se recordava de um dia ter visto seu pai bater em sua mãe. Mas tudo aquilo era distante e, além disso, a mãe silenciava sobre as misérias vividas em seu casamento, deixando um espaço para a saudade da filha criar um homem ideal e bonito, charmoso e carinhoso, como deviam ser todos os pais. Aos 13 anos, a menina deu seu primeiro beijo – algo inocente, sem consequências, pensou a mãe ao saber da história pelas amigas da filha. E queria ter razão. Mas aquilo resultava da prontidão da filha para viver sua vida, para sofrer se preciso e, sobretudo, para levar adiante as suas tarefas e resolver seus conflitos. Madalena, recém-promovida à adolescência, tinha uma ideia difusa do que lhe esperava o futuro, como o peso de ter de tomar suas próprias decisões. Iniciava o processo de se livrar todo dia um pouco de tudo o que a mãe lhe ensinara sem saber que esse era um trabalho necessário e inútil e se estenderia até o fim de sua vida. Não conhecia a astúcia divina e a irreverência que a pusera de pé e a fizera falar, como um presente aos seus pais. A mãe acompanhou passo a passo as transformações da menina, seus novos interesses e amigos. Mudou a família de cidade e achou que isso seria melhor para manter os filhos mais longe de Vicente. E conseguiu tudo sem a oposição de meu pai. De fato, Vicente não tinha muito interesse na menina nem no menino que estavam sob a guarda "daquela filha da puta". Marília era a única ex-mulher de meu pai que merecia o xingamento completo.

O velho acabou de ver o jogo e desligou a TV. "Barrabás!" Havia momentos em que eu odiava o apelido e aquele era um deles. Sabia que ele queria ajuda no banheiro. Fizera merda a vida inteira e, agora, quase na hora da morte – amém –, eu era o único filho que se dispunha a ajudá-lo a se limpar e ele ainda assim me chamava pelo apelido. Creio poder explicar essa submissão porque tinha consciência de minha culpa – se meu pai soubesse tudo o que fiz, não me deixaria chegar nem perto da porta de sua casa. "Barrabás, caralho!" Fiz o que tinha de ser feito e ele se recompôs com minha ajuda. "Você se parece um pouco com cada mulher que eu tive. Sabe, é a cara da sua mãe, tem a inteligência da Francesca e é safado como a Marília, aquela filha da puta, aquela grande piranha... Não sei se você sabia, mas eu roubei ela do seu irmão Mateus, aquele imprestável." Pensei que, finalmente, havia chegado o momento. Mas ele resolveu contar apenas como fizera para conquistar sua terceira mulher. Eu que conhecia uma parte da história agora podia montar todo o quebra-cabeça. Quando acabou seu relato, fiz só uma pergunta: "Por que você nunca quis saber de seus filhos?" "Que filhos? Os daquela piranha? Uma virou vadia como a mãe. Aliás, essa foi a única vez que eu acertei na escolha de um nome. Nem precisei colocar apelido na menina. Já tinha nome de puta, que, você sabe, o fruto não cai longe da árvore. Sim. Não cai e sabe disso porque você se parece comigo, apesar de não acreditar em Deus... Bom, e o outro, o menino é um inútil. Era um maconheiro e agora virou evangélico, sabia? Culpa da mãe, aquela *puttana*!!!" Quando queria ofender para valer uma mulher, dizer que ela era uma puta ou filha da puta não lhe bastava. Usava o "troia", "puttana" ou qualquer outro nome que queria dizer a mesma coisa em italiano. Marília se tornara uma "puttana", o que a colocava no posto mais alto da sua lista de ex-mulheres. "Você deve ter amado muito ela, hein?" Quis acender o pavio de meu pai. "Ora, vá à merda, seu imbecil!" E os olhos negros, que passavam então o maior tempo apagados, voltaram a brilhar de forma doentia. Ela foi a única mulher que conseguiu mostrar ao velho que ele fazia parte da mesma humanidade que todos nós, compartilhando conosco uma existência sem nenhuma esperança terrena ou divina. Marília despertara emoções que poderiam tê-lo resgatado do sonho, daquele mundo onírico no qual vivia como um personagem da história que construíra, e deixá-lo à mercê das vozes humanas, que sempre lhe foram inaudíveis. Ela o desafiava todos os dias e o convidava a viver sua vida no meio dos homens. Por isso ele a odiava, como se odeia o demônio.

Sua ex-mulher teve alguns namorados depois da separação. Quando os encontrava deixava as crianças com os pais, na velha casa perto da estação ferroviária de Santo Antônio. Continuava uma mulher exuberante. Sua beleza amadurecera como se fosse uma Bernadette Lafont ou uma Sophia Loren; e ela sabia que a sensualidade era, talvez, uma das poucas coisas que davam algum sentido à sua vida, o prazer de arrumar-se, de vestir uma saia que a deixaria senhora de muitos olhares. Gostava daquela arte e não hesitava em conjurar os sortilégios que enredam os homens e os deixam estupidamente indefesos diante de truques tão fáceis e antigos. Marília os tinha na medida certa.

Madalena não. Era por demais jovem para se livrar das armadilhas da idade; antes, queria correr em direção delas, pois via prazer em seus desafios. A mãe lhe ensinara essa confiança e uma curiosidade infinda, desafiadora. Estudava. E muito. Não saía de casa para ver as amigas antes de concluir a lição – Marília me contou algum tempo depois. E obtinha sempre antes do fim do ano, no terceiro bimestre, as notas de que precisava na escola. Sua transformação foi rápida em Campinas. Uma vez voltou para casa às onze da noite. A mãe estranhou o horário, perguntou onde estava, mas a menina desconversou. Marília não prestou atenção, mas a menina já queria ter a sua vida e, dia a dia, essa angústia aumentava. Enquanto isso, a mãe trabalhava e cuidava da casa. E de um pulo Madalena passou a ir às festas, sair com os amigos, andar pela cidade, namorar – com um menino do terceiro ano. Parecia que a menina faria um pouso feliz em sua vida até que apanhou uma carona com um amigo da escola. Conheciam-se de vista: ela em uma classe e ele de outra. Madalena seria a última a descer do carro do rapaz – ele deixara duas outras amigas em suas casas antes de ficar a sós com a minha irmã. Eram 2 horas. Madalena só chegaria em casa às 4 horas. O canalha apanhou a Rodovia D.

Pedro, entrou na primeira saída que conseguiu encontrar e parou. Agarrou Madalena e a estuprou – ela estava bêbeda e nem conseguiu reagir, como depois pensava que devia ter feito. Ela se lembrou de ter tentado empurrá-lo, tirá-lo de cima de seu corpo, mas foi tudo inútil. Disse não, mas ele não lhe deu ouvidos. Depois de fazer o que quis, fechou a calça, ligou a Brasília e a levou para casa. Ainda buzinou ao se despedir, como se nada tivesse acontecido. Madalena lembrava que havia dito o não, mas já não tinha certeza, apenas vergonha, a enorme vergonha de chegar a casa com aquela sujeira escorrendo entre as pernas. Abriu a porta e foi ao banheiro. Queria lavar sua alma, mas não conseguia nem mesmo abrir o zíper da saia. A mãe acordou e foi ver que barulho era aquele ao lado do quarto. Encontrou a filha chorando o mais baixo que a sua vergonha e as suas forças exigiam – não queria acordar ninguém, não queria falar nada ou ter testemunhas de sua condição. O que poderia fazer? Contar para sua mãe? Por onde começar a falar sobre aquilo se não sabia direito o que lhe havia ocorrido? "Filha, filha, o que houve?!!" Madalena conseguiu tirar a roupa sozinha e ligar o chuveiro. "Filha, filha!" Madalena parou quando molhou a perna na água ainda fria e se voltou para abraçar a mãe. "Mãe, eu fui estuprada!" Marília tremeu, tremeu como se lhe tivessem enfiado a mais longa e afiada lança em seu peito, como se água fosse vinagre e sentiu um abandono maior do que o de todas as surras e ofensas que experimentara em seu casamento. Era a mãe que agora não sabia o que falar para a filha. Fizeram silêncio. Marília levou a menina ao chuveiro e banhou Madalena como fazia quando a tirava do berço. Apanhou o sabão e o passou pelas pernas da filha até alcançar o seu sexo; depois lavou as costas, a barriga e cuidou do umbigo da sua menina; levantou o braço direito e depois o esquerdo e, por fim, tirou sua roupa e – nua – abraçou sua criança e deixou a água correr sobre as duas. Não disse palavra, não lhe perguntou nada. Naquela noite, Madalena dormiu com a mãe como se fosse pequena. Chorou em busca de algum esquecimento; chorou e sua mãe já não sabia se era de fome ou doença. Não havia remédio nem leite para aquela tristeza, e Marília até duvidou que seu colo tivesse alguma valia. Mãe e filha se abraçaram assim até o amanhecer.

Marília foi à casa do menino; não queria polícia, escândalos ou o que mais fosse que expusesse sua filha. Foi atendida pelo pai do rapaz, que ouviu sua história e nada fez. Começou a desejar vingança – e mandou Madalena de volta a Santo Antônio para a casa dos avós. Não conseguia mais trabalhar, pensando que o moleque estava livre e sorrindo depois do que fizera com a menina. E, pela primeira vez, sentiu que devia ligar para o velho e contar o que havia acontecido com a filha. Achou que, apesar de tudo, ele soubesse o que fazer nesse caso; talvez, ajudasse a encontrar alguém que torturasse o rapaz, que o fizesse sofrer. "Aquele filho da puta deve conhecer alguém", pensou. E telefonou. Vicente atendeu a ligação em seu supermercado. Fazia sete anos que não ouvia aquela voz e estremeceu ao reconhecê-la de imediato. "Vicente, preciso de sua ajuda." Mal terminou a frase e ele bateu o telefone no gancho. Ela respirou fundo e ligou novamente. As grosserias de meu pai não a surpreendiam mais. Discou o número que ainda lembrava de cor e salteado. Ele atendeu. "Vicente, não desliga. Eu preciso mesmo falar com você. Nossa filha foi estuprada e eu preciso de ajuda." Meu pai respirou depois de ouvir as frases ditas em um só fôlego por sua ex-mulher. "Já são sete anos, Marília. Onde você estava? Certamente foi dar a buceta que é sua pra alguém, enquanto sua filha fazia o mesmo." "Como? O que você disse, Vicente?" Achou que aquilo já era passar dos limites, mesmo para o velho. "É isso mesmo que você ouviu. Isso é o resultado da educação que você deu para a nossa filha. Deve ter transformado ela em uma puta, uma vadia igualzinha à mãe, porque o fruto, Marília, não cai longe da árvore." Marília desligou e se arrependeu de não ter arrumado um pistoleiro para matar o meu pai. Teria pagado com sexo o resto de sua vida ao homem que desse um fim naquele canalha.

TIAGO

Tiago estava dormindo na casa de um amigo quando sua irmã foi violentada. Tinha 15 anos e estudavam todos na mesma escola de padres jesuítas. Era um maloqueiro; estava sempre com seu olhar perdido e só se metia em encrencas, provocando pessoas na hora errada ou às voltas com uma compulsão para o sexo que o fazia se masturbar no banheiro do colégio, durante o intervalo. Uma vez o bedel entrou no vestiário atrás de Tiago, pensando que ia flagrá-lo fumando, mas não havia fumaça ou cheiro no lugar. Apenas uma das portas das latrinas estava fechada. O homem subiu na divisória para espiar o que Tiago fazia ali em silêncio e o viu com uma revista masculina. O menino perdeu a revista já bem folheada e passou a procurar outros lugares na escola para relaxar sem ser importunado pela vigilância onipresente dos padres. Nos anos seguintes, descobriu a biblioteca da escola e os livros de Lévi-Strauss e Pierre Verger. Apaixonou-se aos poucos pelos estudos dos dois e observava os olhares da secretária da biblioteca quando ele apanhava um livro e sentava para examiná-lo em silêncio. Talvez ela estranhasse a sua presença ali tanto quanto o velho professor de matemática ligado à esquerda católica, de cabelos encanecidos e voz tonitruante, um homem grande e forte como um zagueiro. De início, admirava-se que Tiago se abandonasse à leitura durante o tempo livre entre duas aulas. O jovem que folheava livros fora percebido pelo professor como um estrangeiro que aos poucos se tornava familiar, simpático e curioso no momento em que Tiago acrescentara à sua pequena pilha de livros um volume de Teilhard de Chardin, *O Coração da Matéria*. Ao ver o jovem dar os primeiros passos no caminho da reconciliação entre o espírito e a matéria, o velho professor apanhou na estante um volume da *Introdução Geral à Filosofia*, de Jacques Maritain, e o deixou sobre a mesa do estudante. "Você vai gostar deste também." Era a primeira vez que o professor rompia a barreira invisível que o separava dos alunos para conversar com Tiago.

Meu irmão tinha o azar – e a sorte – de morar em uma cidade do interior, onde tudo parece lutar para permanecer desconhecido. Roubava bebidas em supermercados e nunca foi apanhado. Uma vez a polícia deteve um suspeito dos furtos feitos por Tiago e seu grupo e chamou uma testemunha para o reconhecimento – um segurança. Perfilaram cinco pessoas na sala, entre eles o homem detido. Em uma cidade como aquela de então ser testemunha era coisa séria. Não se podia falhar, esquecer um rosto ou um detalhe. Qualquer um queria a glória de mandar para cadeia um ladrão. Os cinco homens entraram na sala, cada um carregando um número no peito, e a testemunha por um buraco devia apontar quem era o criminoso. O homem olhou, olhou e olhou de novo até que sorriu para o delegado que estava ao seu lado. "Nossa, doutor, o senhor prendeu a quadrilha inteira?" Testemunha que era testemunha – pensou o homem – não podia ter dúvida. "Tava todo mundo lá, doutor. Tenho certeza." Não importava se entre os cinco havia um policial e uma vítima de roubo que concordaram em participar do "auto de reconhecimento" para ajudar o delegado a preencher as formalidades do inquérito.

Depois da bebida, o próximo passo para Tiago foi descobrir o cigarro. Quis fumar por solidão e esperança; queria ser aceito, que o vissem não apenas como um jovem inteligente e estranho. Reservava então a cultura e a erudição para se relacionar com os mais velhos, os adultos, onde a inteligência lhe garantiria admiração; aos colegas queria se mostrar capaz das mesmas irresponsabilidades e transgressões. Era uma época em que os garotos ouviam *Bark at the moon*, de Ozzy Osbourne, ou redescobriram a MPB de Chico e Caetano. Para sua mãe, entrar naquele universo era reconhecer que o espírito do tempo mudara a passos menores do que o de duas décadas. Já não era mais possível a Tiago viver sem tomar decisões que deviam ser suas e não as de Marília. Mais tarde, o filho lhe contou como começara a fumar. Comprou um maço e passou a noite em uma rua perto de casa acendendo um cigarro atrás do outro. A fumaça não entrava em sua garganta e tossiu mais da metade daquela carteira, antes de o fumo penetrar em seus pulmões em espiral para, enfim, soltá-lo sem engasgar. Naquele tempo, os cabelos de Tiago tocavam seus ombros, enquanto sua mãe temia pelo seu futuro, pois não enxergava a inteligência e o brilho do filho em nada do que ele fazia – da escola a uma simples conversa em casa, tudo lhe parecia ter a mesma superficialidade a delatar a mediocridade do menino, o que era um evidente exagero. Marília acreditava, no entanto, no caráter e na retidão de Tiago, um rapaz sensível e incapaz de maldades, que devia passar maus bocados na escola com seu jeito estranho, cabelo ensebado e o maldito hábito de não passar desodorante. Logo percebeu que suas preocupações eram tolices, que, por trás do linguajar e do comportamento, o menino buscava esconder o orgulho de saber e conhecer, como se assim o fizesse apenas para contrariar a mãe e não lhe entregar de mão beijada tudo o que esperava do filho.

Com seus adolescentes em casa, Marília achava poder ficar tranquila para trabalhar em seu primeiro emprego em um escritório de advocacia. Redigia os textos para a segunda instância em casos que envolviam a Fazenda Pública, quase sempre uma causa ganha, pois o recurso do Estado era obrigatório e servia apenas para protelar o recebimento do que era devido a viúvas ou a proprietários de imóveis desapropriados. Também trabalhava com créditos tributários e se sentia cada vez mais envolvida com a tarefa, ao mesmo tempo que concedia aos filhos o direito a uma espécie de liberdade assistida, cessando a vigilância materna em cada minuto do cotidiano daquelas crianças. Ela experimentava a prosperidade depois da separação. Em pouco tempo, propuseram-lhe sociedade no escritório e seu guarda-roupas cresceu em sapatos, tailleurs e outros sinais de que se havia tornado a doutora Marília, que litigava com o poder público de forma até mais eficiente do que fizera com o ex-marido. Arrancou de Vicente tudo o que pôde para alimentar os filhos, o que só enfureceu ainda mais o meu pai, que se dizia "assaltado por uma vadia", a ponto de o velho pensar em transferir todo seu patrimônio para alguém. Mas para quem, se não tinha no mundo ninguém em quem confiasse? Não daria esse mole jamais aos filhos, fosse qual fosse, pois tinha certeza de que o internariam no dia seguinte em um hospício e se lembrava de *Um Estranho no Ninho* – Vicente adorava o chefe índio. A obra de Milos Forman era das poucas que o haviam emocionado nos anos 1970, pois meu pai era espectador de uma outra época do cinema, de filmes como *Os Dez Mandamentos*, *Ben-Hur* ou *Marcelino Pão e Vinho,* por razões óbvias. Abria exceção para as comédias de Jerry Lewis e os faroestes, é claro. Todos eles, especialmente *O Homem que Matou o Facínora*. Identificava-se com o personagem de John Wayne. Nele via refletida um pouco de sua história, sempre seguro de suas convicções e sendo arrastado para um redemoinho, quando queria ser deixado na segurança de seus afazeres, do lento escorrer dos grãos de areia de sua ampulheta. Via-se compelido pelas forças da história a se envolver em brigas e disputas que não eram as suas, pois imaginava que o seu reino não era deste mundo, deste tempo, desta vida. Queria conservar o entorno em que aprendera a viver e tomar decisões, e creio que a frustração diante de um universo em mudança plantou uma das sementes de seu caráter mandão e autoritário. Era a marca do descontentamento. Um mau humor contra uma paisagem que a cada instante ficava mais irreconhecível aos seus olhos, assumindo aspectos e formas estranhas, desconexas, que lhe dificultavam a leitura. "Não entendo essas palavras, esses números e esses costumes. Tudo mudou e continua mudando", dizia. O desconforto do esfarelamento de tradições que julgava genéticas ou intrínsecas da condição humana, que se revelavam em valores tão perenes que podiam pautar as profecias de todos os tempos, levava ao motim diário que meu pai organizava em suas relações com os homens. O refúgio no sagrado representava essa ponte com um passado que sempre lhe pareceu imorredouro. Para o seu desespero, seu mundo não parecia deixar nenhum traço nos hábitos de jovens como Tiago.

Não veria no filho caçula um mísero grão de seu tempo em razão não só da aparência do jovem. Vicente desistiria rapidamente de qualquer investigação para descobrir a verdadeira substância dos átomos que agiram na formação do garoto; não sabia como lidar com a inconstância dos sentimentos do filho e sua busca de uma forma que fosse a um só tempo estável e transformadora. Vicente era de chumbo.

Quando era mais jovem, Tiago apanhava toda semana na escola; na educação física lhe davam rasteiras e, nos intervalos das aulas, levava tapas no pescoço ou era imobilizado por um grupo de meninos que lhe puxavam a cueca até o umbigo. A exemplo do pai, o garoto não chorava e reagia na medida de suas forças e possibilidades de sucesso. Buscava conversar com os meninos mais fortes e assim obter alguma proteção. Logo compreendeu que devia ser menos estranho aos olhos de todos. E o caminho para isso era ser um jovem destemido, o que lhe traria um lugar, um papel em seu mundo, reconhecido pelos demais, que, finalmente, o deixariam em paz. Fumou maconha. Gostou do entorpecente desde a primeira vez que o experimentou na casa de um amigo mais velho, mais forte, um jovem que repetia por causa de faltas e notas. Meu irmão sentia um abismo entre o discurso dos professores e dos outros adultos sobre a droga. Logo viu que seu uso não lhe mandava para o inferno previsto na imaginação de um mundo contra o qual se debatia para ir mais além de suas fronteiras e regras. Cresceu. Amadureceu. Deixou as frivolidades dos adolescentes para descobrir as veleidades dos adultos. Refugiou-se na criação de um caminho particular e coletivo, que imaginava um exemplo para quem o conhecia, que não fosse por medo ou conformismo, mas pela autoridade adquirida.

Seu mundo se tornava aos poucos um imenso conflito rodeado por desafios às vezes incompreensíveis, mas tão importantes que poderia um dia morrer em razão deles e teria sido justo e preciso. Não creio que fosse o antípoda do pai, apenas faziam a curva cada um ao seu modo, enfrentando a força centrífuga de um cotidiano que lhes parecia estranho. Também não eram iguais. Tiago falava em libertação; meu pai, em obediência. A violência para o menino teria aquela qualidade que Frantz Fanon viu no colonizado. Pensava que o gênero humano era uma impostura que servia para cobrir práticas cruéis que mantinham a dominação de uma elite sobre o povo; essa elite mesma diluía nossa capacidade de distingui-la em seu conceito de humanidade. Os miseráveis rebelados que, como ele, buscavam a sua verdade, com um único golpe revelavam a fraqueza de quem explorava os desgraçados da terra. Essa elite, que se fazia homem contra a maioria, mostrava a sua verdadeira natureza: a de uma gangue. Tiago retirava as asas das fábulas dos adultos para construir um chão mais firme e generoso. Não fizera essa trajetória sozinho. Tinha na mãe o exemplo da importância de olhar no fundo dos olhos da aristocracia humana e de seus valores e descobrir que essa classe, que deseja sobreviver ao naufrágio futuro, é afetada apenas pelo sentimento da culpa cristã. O garoto via que o mundo de seu pai fazia água e não aceitava a passividade em um tempo que exigia dele ser o sujeito de transformações para enterrar um passado comum de barbárie. Nos intervalos, fumava maconha. Não violentava mulheres, roubava os colegas ou batia nos fracos. Seu mundo seria diferente. E isso bastava para a mãe, que sentia orgulho de como criara o filho.

Aqui devo esclarecer que ele nunca se tornou evangélico, como meu pai dizia nos últimos anos de vida. Tiago se tornou antropólogo e creio que a figura paterna o levou a estudar as religiões, principalmente, as pentecostais. E, como frequentava os templos da Assembleia de Deus e da Congregação Cristã do Brasil de nossa cidade, porque o universo de Santo Antônio lhe parecia diverso do que encontrara em São Paulo, meu pai imediatamente o associou "aos crentes", aqueles "fanáticos que não podem fazer nada, nem mesmo assistir à TV ou comer carne". "Seu irmão vive lá naquelas igrejas. Pergunta se o filho daquela vadia entrou algum dia na igreja Matriz? Pergunta lá para o padre Ricardo se algum dia ele viu seu irmão na missa? Mas isso é castigo. Castigo. Ela queria ser puta, não queria? Deus lhe entregou um filho crente, um fanático. Se tivesse me ouvido, nada disso teria acontecido", dizia o velho, para quem a Providência Divina se manifestava na terra por meio de sua vingança. Não tive paciência para explicar ao meu pai que ele estava errado em relação ao seu filho, que o castigo divino não definia um objeto de estudo de um doutorado, embora, às vezes, diziam os doutorandos, definisse as idiossincrasias de um orientador ou impusesse um prazo exíguo diante de seus compromissos diários. Para meu pai, nada daquilo interessava. Era como se Tiago não fizesse nada, fosse um vagabundo. "Do que vive o menino? Na certa deve apanhar parte do dinheiro do dízimo desses pastores, falsos profetas que enganam o povo." O que sabia de Tiago era pouco. Viu raramente o menino após a separação e todas as vezes nos últimos três anos, quando, finalmente, foi possível unir os irmãos em celebrações de família. Seus mundos continuaram diversos até o fim, o de Tiago incompreensível para Vicente. O filho enxergava seu pai como um universo distante e temia que algum Pierre Verger lhe mostrasse os fluxos e refluxos entre seus dois continentes, vencendo a distância oceânica do pai para o filho para lhe permitir compreender por que ele fora tão seco, tão duro e ausente em toda a sua vida. Seu pai era o viajante perdido, um Ulisses que sua mãe não chorava nem desejava de volta. Em seu mundo, Tiago ouvia os relatos das desgraças que se haviam abatido sobre Vicente, mas não conseguia nomear quem eram seus companheiros de viagem; sentia que nosso pai o considerava um peso, um desafio e, talvez, o velho o visse mesmo como só mais um ninguém em sua história.

Meu pai saiu do banheiro e me acenou por ajuda para seguir até a cozinha. Estava com fome e pediu que fizesse o seu prato – as folhas que ele colhera em sua horta pela manhã, um tomate e uma cebola primeiro. Apesar do que diziam os médicos, exigia dia sim e dia não uma porção de linguiças caseiras fritas que ele misturava ao arroz e ao feijão. Tinha de colocar uma colher ao seu lado, pois não era sempre que conseguia comer com o garfo. Almoçava em silêncio, apontando o que desejava na mesa, da limonada a mais feijão em seu prato. Grunhia com a comida na boca como um bicho, um bonobo ou qualquer outro macaco. Nos momentos em que tremia mais forte, o braço descrevia um lento arco para alto, como se fosse tocar um violino imaginário e mergulhava em um instrumento vazio até se apoiar sobre a mesa e recuperar um equilíbrio distante. Parava o almoço e olhava para frente para desviar a atenção do espetáculo ou para esconder de si mesmo a sua debilidade. Queria atacar a comida como um felino, tão rápido que surpreendesse a sua doença antes que o corpo pudesse lembrá-lo de seu estado naqueles últimos tempos. Retomado o autocontrole, com o fim de sua crise, apanhava de novo a colher – ou pedia uma nova se a outra tivesse caído no chão. Assisti a tudo pensando no que ia dar aquilo. Pensei onde a doença o levaria mais tarde, se ficaria cego, mudo ou se perderia de vez a razão que nunca foi lá essas coisas. Envelhecia aos saltos, de forma abrupta. Chegara o momento em que o despertar de manhã se tornara uma aventura diária. Em cada quina ou passo um desafio o aguardava. Um esforço enorme de quem pretende lutar contra o peso de milhares de minutos decisivos, de palavras pesadas e dos gestos sem consciência de suas rotinas, cada vez mais expostos pelas dores e pela inexorável decadência física. Fumara muito até os sessenta – parou pouco antes do câncer na próstata.

Terminou de comer depois de quase 50 minutos de luta. Fui tirar seu prato da mesa, quando ele me pegou pela mão. "Sabe, Barrabás, tudo o que existe em sua vida só existe por minha causa. Eu sou mais do que um pai. Eu fiz um mundo com meus valores e lhes dei sentimentos. Tudo o que vocês sentem, sentem por mim. Você era criança e eu ficava horas depois que voltava para casa ao seu lado, ao lado de seus irmãos. Deus fez uma coisa curiosa com a memória de toda criança. Apagou tudo o que ela tem do nascimento ao momento em que pode andar e falar. Se não fosse assim, nenhuma pessoa poderia viver ou desafiar os seus pais, pois saberia que não é só a vida, um espermatozoide e um óvulo, que eles lhe deram. Deram muito mais. Deram as palavras, as primeiras imagens, o choro e o riso, o primeiro passo. E o erro que todo pai em sua vida comete é pensar que aquilo já foi suficiente, porque está em sua memória tudo o que fez por aquela criança. Mas só ele sabe, só ele pode saber esse segredo, um segredo terrível que Deus rouba à memória dos filhos para que possam por meio do arbítrio escolher entre o bem e o mal, entre o que dizem os pais ou o seu instinto. Mas a verdade é que eu os incomodo. Incomodo a todos os meus filhos, pois sou a testemunha viva de tudo o que houve. Tenho na minha memória cada aflição, de cada dor de barriga, cada medo e perigo nos dias perdidos de suas histórias. Eles estão todos comigo. Sem exceção. E eu não os perdoo, porque vocês nunca pensaram que um dia poderia ser a vez de vocês. Essa minha mágoa não vai acabar. Nem vocês teriam como quitar uma dívida que nunca se paga. E, enquanto eu viver, vai ser assim. Serei a testemunha da injustiça maior que vocês fizeram para mim: a ingratidão e o esquecimento." De repente, o velho encontrava para os filhos um único apelido: "Vocês são todos Judas, o Iscariotes".

MARIA

Maria era a irmã que ninguém na família conhecia. Até o seu nome era quase um mistério. Maria Cecília ou Ana Maria? Não perguntavam ao velho porque intuíam que a resposta seria "não interessa", daquelas que ele dizia dando as costas ao interlocutor. Ninguém sabia se os olhos eram castanhos esverdeados como os da mãe ou coléricos como os do pai, se tinha a graça, a ternura e o sorriso entristecido de Francesca ou os traços crispados, secos e duros de Vicente. Era alta como os Volpin e suas linhas bárbaras ou predominava em Maria o conjunto miscigenado, um pouco normando, outro tanto grego, judeu e sarraceno e, por fim, espanhol da família Russo.

Maria Russo Volpin não foi batizada em Santo Antônio de Pádua pelo padre Jaime. A união entre os pais acabara, por sorte, antes de a criança ter a idade para receber o sacramento. Teria sido mais um tormento na vida de meu pai tentar obrigar o pároco a aceitar aquela criança – Jaime não faria abertamente um desafio à sua comunidade e teria exigido de Vicente um batismo quase secreto, feito somente aos olhos de Deus e da Igreja para não ferir as suscetibilidades da cidade já balançada pela rumorosa separação na família Volpin. Mas nada disso fora preciso. Francesca entrou no trem para São Paulo, depois de despachar suas bagagens, com a pequena Maria ainda no colo. Na Estação da Luz era aguardada pela mãe, Isabella Bassone, que a vira partir dois anos antes para a minha cidade, sabendo que, um dia, receberia de volta a filha. Para ela, Francesca devia exercer o magistério em São Paulo e não em meio à poeira vermelha do interior paulista. Só não imaginava que teria uma neta da filha solteira para aguardar na estação. Isabella havia crescido em São Paulo depois de chegar à cidade com os pais, vindos de Nápoles. Era a filha mais velha de Giuseppe, um marceneiro que ergueu a casa no Cambuci onde a família vivia depois de sair do Brás, e de Donata, que ajudava a família costurando roupas em uma fábrica na Mooca. Isabella tinha cabelos volumosos e ondulados e protegia Francesca, a filha mais velha, das "investidas educadoras" do pai, o mecânico Pietro Russo, um homem apaixonado por carros velozes e mulheres robustas; um falastrão, diriam, nos tempos de hoje. Conto essa linhagem toda de Maria porque lá de onde venho ninguém é conhecido só por seu nome. Em Santo Antônio, todos temos, depois do prenome, o inalienável patronímico. Assim, eu sou o Paulo, filho da Tereza, a primeira mulher do Vicente, e por aí vai. Trata-se de uma forma de identificação da pessoa mais rápida e eficiente do que as fichas policiais.

Isabella apanhou a filha e a neta e foram em um táxi, um Fusca Zé do Caixão, até o Cambuci – Pietro não conseguira consertar seu Corcel a tempo para buscar a filha. Maria cresceu com os avós brincando nas ruas do bairro, mesmo depois que Francesca se casou com Nelson. Era a primeira neta e essa primazia afetiva a menina nunca perdeu na casa dos Russo. Em pouco tempo se afeiçoou à avó, como se não houvesse ninguém mais nesse mundo. Fazia festa e sorria quando a mãe lhe dizia que ela ia passar o dia ou a tarde com Isabella e seus doces e passeios pelo parque, incluindo a oficina do avô Pietro, lá embaixo, naquela descida que só aumentava o entusiasmo da menina em desfrutar de cada metro em direção ao distante Glicério. Sentia que a casa dos avós era como um castelo. Do alto do morro, dominava a região e imaginava dragões e príncipes lutando pelas princesas ao som de *A Bela Adormecida*, de Tchaikovsky. A criança cochilava no fim da tarde, exausta de tanta visita e caminhada nas ruas do bairro ao lado da avó, que tinha sempre muito o que fazer e mostrar à menina. Francesca pôde seguir a carreira acadêmica e refazer sua vida com Nelson sem se preocupar com as limitações mais urgentes que o dinheiro impõe aos pais. Não precisava comprar os seus livros, que o marido sempre dava um jeito de consegui-los. Quando não os tinha em estoque na loja, fazia permuta ou importava usando os seus antigos contatos para que tudo chegasse sem nenhum embaraço às mãos da mulher. E esse era apenas um de seus confortos.

Quando Francesca me procurou para falar de Maria, uma longa e dolorosa discussão em família havia precedido sua decisão. Isabella e Pietro eram contra. Diziam que a menina não tinha nenhuma necessidade de se ver exposta a um pai que jamais a procurara. "Nem um telefonema, presente ou cartão, ano após ano em seus aniversários ou no Natal." Ademais, a menina se habituara a chamar Nelson de pai e faziam gosto que as coisas fossem desse jeito, que o genro era um comerciante dinâmico, um pai justo e atencioso. Francesca – pensavam os avós – não sabia o vespeiro que estava trazendo para dentro de casa, confundindo a cabeça da neta dileta. Por último – diziam –, se o pai da menina fosse digno desse tipo de preocupação, por que Francesca o havia deixado? Certamente, porque a filha sabia com quem se envolvera, pois não era mulher de se meter em aventuras com homens casados. Era evidente que ela fora enganada, que Vicente era alguém dissimulado o suficiente para enredar Francesca em uma trama ardilosa, que quase estragara a vida da filha. "Você devia acender dez velas a Santo Antônio por ter encontrado outro homem, um homem tão bom quanto o Nelson", repetia sua mãe.

Desde o momento em que Nelson entrou em sua casa pela primeira vez, Isabella sentiu uma enorme simpatia pelo genro. O comerciante tinha alguma coisa que lhe era familiar; um jeito de acender o cigarro com o isqueiro protegido pela mão ou a compulsão de passar a mão no cabelo para se certificar que estava como o havia deixado ao se pentear no espelho. Nelson brincava com os fios que lhe caíam na testa como um pai que busca uma criança na praia para levá-la embora porque é chegada a hora e até o sol já se pôs atrás do horizonte. Mas a criança resistia, voltava para a areia e pedia ao pai só mais dez minutos para aumentar o tamanho de seu castelo. E lá vai o pai pouco depois implorar para o filho que já é mais do que hora de ele apanhar as suas coisas e voltar para casa. Nelson unia então a mão direita à esquerda e passava as duas da testa à nuca como uma tiara imaginária que restabelecia a ordem do penteado criado diante do espelho.

Isabella o protegia e dizia à filha que o genro não devia ser aporrinhado com esse tipo de capricho, que era antes da filha do que da neta. Francesca respondia que esse não era o caso, pois Nelson compreendia que, mais ou cedo ou mais tarde, a filha sofreria com a angústia de não saber quem é o pai biológico.

Mesmo que ele fosse frio e ausente, a menina indagaria a razão de nunca terem promovido aquele encontro, o que poderia ser depois um problema que ninguém mais – só ela – teria de resolver. Ela e a filha. Nelson não discordou do plano de sua mulher, pois sabia que não tinha a última palavra quando Maria estava envolvida e era bom que fosse assim. Assentiu com tudo o que a mulher planejou e arrumou para Francesca o endereço e o telefone do cartório onde eu trabalhava; queria desembaraçar-se daquele assunto que bagunçava um pouco as coisas em família.

Houve uma mistura de alívio e consternação entre os Russo quando souberam do resultado das conversas de Francesca comigo. Maria estava ali no primeiro encontro e, até onde pude saber, a decisão de nosso pai não mudou a trajetória da menina ou lhe impôs algum fardo para o qual sua mãe ou seu padrasto não estivessem preparados. Testemunhei nos anos seguintes que minha irmã jamais sentiu a necessidade de ter alguém – além de Nelson – para chamar de pai. E permaneceu sempre a mais distante de todos os que receberam de herança o sangue sulfuroso e ácido de Vicente Volpin. O humor, no entanto, era o do pai biológico. Indubitavelmente, por isso, foi-lhe mais fácil excluir de sua vida o desejo de conhecer aquele senhor de uma terra distante, de uma cultura estrangeira e selvagem. Depois de me ter encontrado em companhia da mãe, a menina disse a Francesca que não queria saber de ir visitar aquele homem que sua mãe insistia em colocar em seu caminho. "Mãe, não quero viajar para lá, não quero saber de conhecer ninguém; eu já tenho pai." E ouviu a explicação de sua mãe com ansiedade de quem não concorda e já quer retrucar cada palavra que o outro lhe diz. Não importava se o que lhe contavam era importante, que ela era pequena para decidir sobre isso ou se daria mais tarde razão à sua mãe pelo que estava fazendo. Nada daquilo fazia sentido para a menina. "Não quero ir e não vou." E lançou mão da única arma ao alcance de uma criança: o choro. Chorou no meio da rua, com um vermelho intenso no rosto e lágrimas de um rio caudaloso que dobra os pais de aflição e vergonha. Francesca encontrara um desses obstáculos intransponíveis para o engenho humano, como a morte, a doença incurável ou o amor destruído; enfrentá-lo seria como viajar além da velocidade da luz. A filha cedo havia entendido as linhas das ondas que ligavam a sua força à da mãe, e esse magnetismo tinha em Maria o corpo com a maior massa. Era Francesca quem lhe orbitava. E assim a menina vivia enquanto os pensamentos da mãe não eram capazes de ver que o centro daquele sistema era ocupado pelo astro que aquecia os seus dias. Maria cresceu em intensidade e massa como toda estrela. Poderia, no fim, tornar-se um pulsar ou buraco negro e arrastar com sua força tudo em sua volta para a desconhecida escuridão de um coração humano. Esse era o risco de se conviver com alguém de semelhante brilho e atração.

A mãe encontrou uma explicação mais simples para a reação da criança: era coisa da avó, que, certamente, pôs na cabeça da neta tanta caraminhola. Minha irmã ainda soluçava quando chegaram à casa dos pais de Francesca. "O que houve com essa menina?" "A senhora devia saber, não? Andou enfiando sei lá que minhoca na cabeça dela." Não adiantou Isabella negar sua relação com o motim da menina e afirmar que nunca deixara escapar uma palavra contra o projeto da filha na presença da neta. Francesca não acreditava, mas não discutiu; bastou-lhe mostrar que não era idiota, que sabia o que a mãe fizera.

Foi nesse contexto que chegou à família Russo a recusa de seu ex-marido de conhecer sua filha longínqua. Ex-marido... Nem sabiam ao certo se podiam chamá-lo assim. Seus pais certamente não concordavam com o título, que a filha casara uma única vez, com Nelson, o genro afável e sempre disponível para o trabalho e para a família. Isabella pensou que a Justiça vencera o capricho da filha, enquanto Francesca achou que o capricho da mãe vencera a Justiça. Estavam ambas erradas. Foi o sangue Volpin que as derrotara, o mesmo que surgia aos poucos em Maria como uma herança, cuja renúncia é impossível; era o legado que o pai desconhecido deixara à criança como um fantasma que acompanhava seus passos até deitar em silêncio em sua cama. A menina tinha o seu gênio, era feita da mesma matéria detectada nos traços da luz que emitia, conforme se distanciava do ponto de seu nascimento. Na adolescência, o caráter irascível foi causando desgosto ao padrasto, que esperava a qualquer momento ouvir a frase que mudaria para sempre a relação entre os dois: "Você não é meu pai." E Nelson foi aos poucos evitando qualquer discussão com a jovem, pois pressentiu que não teria a coragem para se manter de pé e enfrentar o ataque se o momento exigisse.

E ele chegou no dia em que a menina quis viajar com uma amiga para um fim de semana no Guarujá. Deixou Nelson paralisado como ficamos diante dos grandes atos de violência. Por mais que o excesso faça parte das possibilidades humanas, nunca estaremos preparados para a boçalidade inaudita de uma ofensa gratuita: o soco na cara de um amigo ou o empurrão que nos surpreende na plataforma do trem quando a composição aponta na curva da estação. Assim também ocorre aos pais e aos filhos por mais que a convivência nos torne senhores dos hábitos, dos temperamentos e das reações esperadas de alguém com quem compartilhamos o teto. A antevisão ou o conhecimento não nos priva da frustração de ver realizada cada profecia diária, quando só nos resta dizer para nós ou para o outro: "Eu avisei". Nelson sentia que se transformava aos poucos em chato diante da filha que nunca teve. Sentia que aquela relação era só mais uma das tantas que lhe traziam insegurança e temor. Pois, se era desafiador e decidido em seus negócios e tivera a felicidade de encontrar Francesca, sabia o preço que lhe fora cobrado para ter seu quinhão de felicidade. Deixara escondido em sua alma um desejo esquecido em algum passado quando decidira não mais pensar que, talvez, os meninos também lhe atraíssem, não só as meninas. Lembrara que sonhara com homens que o seduziam e ele os teria em sua cama. E até mesmo colocara sozinho em casa o mais belo vestido que sua mãe guardava no armário embutido, cuja porta empenada rangia toda vez que era aberta. Olhou-se no espelho e sentiu-se bonito e acariciado pelo tecido azul que lhe envolvia o copo. Era este um de seus mais caros segredos, desses que nunca contara a ninguém, nem mesmo ao padre quando fez sua primeira comunhão, um constrangimento que desapareceu depois.

Maria ainda o destrataria outra vezes e, com o tempo, passaria a pisar no pescoço da mãe para obter tudo o que bem entendia e julgasse correto e apropriado. "Você prometeu" era a frase que anunciava o começo de qualquer discussão da filha com a mãe, que foi deixando de lado oportunidades que lhe surgiram na vida acadêmica com o receio da reação de Maria. Se a jovem colava nas provas ou se descuidava do estudo, tudo era para a mãe um problema que lhe remetia a uma mesma origem: a rejeição de Vicente. A filha, no entanto, não se importava com o pai ou com qualquer outro homem. Tinha o afeto embotado e a fúria de uma certeza fanática em todas as suas decisões. Não havia o que a fizesse parar diante do desejo de namorar um menino, nem mesmo se estivesse comprometida com outro. Rompia seus casos como quem vai à padaria e pede, um dia, meia dúzia de pãezinhos franceses e, no outro dia, duas ciabatas para o café da manhã, sem precisar dar satisfação de seu gosto ao balconista que lhe atende. Esteve presente somente uma vez em um dos poucos encontros que reuniram todos os filhos de Vicente e foi por insistência minha. Por algum motivo estranho estava sempre bem-humorada quando eu a procurava. Jamais me deixava esperando ou dava alguma desculpa apressada e mal costurada; era como se o que me dizia fosse inconsútil, sem nenhum remendo ou reparo. Deixava mostrar em toda sua força escorreita, sua natureza selvagem e brutal, como as planilhas da profissão que escolhera: Maria era economista. Uma vez lhe perguntei por que me tratava tão bem, logo ela que tinha a fama de ser impaciente e cínica e recusava qualquer contato dos outros membros daquela família: os Volpin. "Você não sabe por quê? Ah... talvez você soubesse a resposta se tivesse tido filhos." "Como assim?" "Ora, Paulo, você não se lembra do que você fez para mim quando minha mãe me levou em nosso primeiro encontro quando eu era pequena?" Pensei o que podia ter feito, talvez, ter me calado sobre a resposta de nosso pai. E corei em novo silêncio. "Paulo, você me comprou um doce e algumas balas. Vai me dizer que você não sabe o impacto que isso pode ter na vida de uma criança?" E deu uma grande – e rara – gargalhada, o que me fez ter certeza de que falava a verdade, que o fruto nunca cai longe da árvore.

SODOMA

O casamento fez Nelson assistir aos desdobramentos de sua vida afetiva com as lágrimas amargas da grande angústia dos condenados, quando se lhes anunciam um futuro sem alvorecer, apenas com a fome escura e insaciável. Permanecia um espectador de suas emoções, cujas vozes fingia não escutar, deixando-as falar sozinhas pelos cantos de sua existência. Fechar os ouvidos aos seus instintos era muito mais difícil do que descer ao submundo para obter o capital necessário a um negócio lícito. Só ele sabia que a mulher, embora a encantasse, causava um cansaço só compensado pela segurança que ela lhe dava de poder ser um homem, ter um casamento e criar uma filha. Achava que todo mundo tinha sua cruz e a obrigação de desistir o quanto antes da procura por um amor ideal, por uma relação feliz e tudo o mais que lhe contavam os livros de fadas e romances do século 19. Onde encontraria a força de um Monte-Cristo ou viveria a paixão egoísta de Bovary? Era impossível em seu tempo. A vida não concedia a ninguém essa força. Então, qual o sentido de insistir em uma busca infértil, sem nenhuma chance de lhe trazer o lenitivo de um cálice sagrado? Não encontraria jamais a sua Isolda, nem mesmo trairia o seu rei para ter sua rainha. E se fosse viado? Que importância isso teria? Viveria muito bem com o que tinha obtido sem precisar dar respostas às vozes que lhe perseguiam.

Antes de conhecer Nelson e suas aflições, foi Francesca quem me atraiu. E, quando escrevo essa história, as notas iniciais de *Scheherazade*, de Rimsky-Korsakov, invadem-me os ouvidos. Talvez me devesse deter, não por mim, mas por Nelson, que jamais imaginou que eu pudesse expô-lo um dia. Devo parar porque creio que fui longe demais? Que a partir deste ponto ninguém vai acreditar no relato? Pois tudo o que conto é apenas um pedaço do que sei e está em cada detalhe oculto no rosto de toda pessoa que vive. Eu não sou o único que tem os seus segredos e dores, o único canalha que resolve acertar suas contas com os medos diários e o pânico de ser rejeitado. Escondi-me demais de meus pais a vida inteira e fugi de casa para descobrir que toda fuga é impossível. E eis me aqui, diante de todos, um homem como os outros – apesar do que pensam o doutor Palhares e os que se debruçaram sobre o meu caso.

Não me foi difícil saber onde Francesca dava suas aulas às terças, quartas, quintas e sextas e encontrá-la com alguma desculpa sobre nossos laços de família. Não seria difícil depois de tudo o que lhe contara sobre meu pai, como dele me distanciara, assim como ela um dia o fizera. Disse que tinha um presente para Maria e queria que ela o entregasse. Francesca me despertava uma curiosidade inexplicável, como já havia experimentado com Maria, a prostituta que um dia humilhara meu pai. Era como se aquelas mulheres guardassem um segredo da maior importância, um novo tipo de arma atômica; um segredo mais dilacerante do que a explosão do hidrogênio e mais intenso do que Martha Argerich ao piano, no *Concerto N.º 1 de Liszt*. Queria escutá-las, ouvi-las na intimidade e ser surpreendido pela suavidade do piano e das cordas e até ser atropelado pela força do primeiro movimento, que me envolveria em sua vertigem exata. E foi atrás da imensidão desse piano que me movi em direção de Francesca, seguindo seus movimentos, acompanhando-a com a medida do desafio e com aquela promessa feita à aurora de segui-la todos os dias a fim de iluminar minhas angústias. Ele me renovava a tarefa de permanecer nessa terra diante de toda a incompreensão, desencontros e enganos que nós construímos imperceptivelmente em nossas vidas. Por que, em algum momento, a nossa consciência resolve nos contar a grande, a maior de todas as mentiras humanas: ela resolve nos assegurar que estamos fazendo a coisa certa? Eis a pior de todas as nossas ilusões, aquela que governa os nossos juízos e os nossos pensamentos.

Não era o perfume de Francesca ou a história da prostituta Maria que me atraíam. Descobri que não era apenas a cultura da primeira e a idade da segunda, mas hoje tenho certeza de que algo nelas me levava até o meu pai. Não me venham com a solução fácil de dizer que nelas eu tinha o amor que nunca tive ou que me vingava de um velho canalha. Para mim era só coincidência me sentir atraído por aquelas mulheres, não me importavam as histórias delas com Vicente; não era meu objetivo atingi-lo. Hoje tenho certeza de que fui um herdeiro como poucos no mundo; recebi de meu pai mais do que um código genético. Dele obtive essa herança que me levou a amar as mesmas mulheres, a me sentir envolvido pelos seus sorrisos e desejar vencer onde meu pai havia sido vencido.

Posso lhes dar um exemplo desse desafio: um dia mandei para Francesca um poema que havia recém-escrito. Era a forma de me exibir em um terreno em que meu pai havia sido batido pelo gênio de sua amada. Quatro estrofes. Nada mais, pois sabia de cor a história da versão dela da *Divina Comédia* que foi o estopim da briga entre meus pais.

Sou homem e somos muitos,
mas não sei qual devo ser
e quanto mais me descuido
mais labirinto ao me ver.

Sinto um amargo nos dedos
que me inquieta devagar.
Vem o maior dos meus medos,
que é não saber disfarçar.

Sempre essa luta insensata,
que não me cede jamais.
Sempre que volto pra casa
tudo o que fiz me refaz.

– tanto tempo sem repouso
que este corpo fatigado
esquece a carne no fogo,
ferve em futuro e passado.

Francesca sorriu ao me ver dois dias depois de receber o manuscrito com o pequeno poema – creio que foi o maior elogio que tive até hoje para minha condição de poeta diletante. Ainda que o Raul de Leoni de *Luz Mediterrânea* me tivesse inspirado a escrever esses versos, acreditei ter ido além e senti o meu ego perfeitamente recompensado pelo sorriso de Francesca. "Mas veja só, parece que a poesia deitou raízes nessa família. Agora vejo que o filho é o pai." 'The child is the father of the man."

"Desse jeito meu coração pula, meu caro. E olha que ainda não vi o arco-íris." E não me restou alternativa do que dar uma sonora gargalhada diante da resposta exata daquela mulher e, de imediato, entendi por que com meu pai sua história se havia esfacelado em tão pouco tempo. Então completei com o gesto mais teatral que pude encontrar em meu repertório. "Or let me die!" Ela sorriu. E me apresentou à tradução de Péricles Eugênio da Silva Ramos de *L'après midi d'un faune*. Francesca estava em uma fase mallarmaica e me disse que eu devia experimentar a leitura de William Carlos Williams. E foi assim que conheci Nelson, enquanto tentava seduzir sua mulher, surpreendendo-a em seu terreno com a ajuda involuntária de seu companheiro. Entrei na livraria de seu marido no meio da tarde e fui até a estante dos livros de poesia. Examinei cada prateleira em busca de Ferreira Gullar e acabei em um volume de *The Wind Among the Reeds* e me agarrei com Yeats, com uma volúpia, que resolvi levá-lo para casa e mantê-lo comigo. Encontrei ainda um volume do *Romancero Gitano*, pois quem podia criticar Lorca naqueles anos em que tantos o reclamavam como uma herança? Nelson me surpreendeu em minhas dúvidas e se aproximou de mim. "Gosta da poesia de Lorca?" E me levou até Jean Genet e seu *Querelle de Brest* e, sentindo-se ousado demais, recuou em direção à *La Recherche du Temps Perdu*. "Já leu?" Acabou que eu levei Lorca, Yeats e o primeiro volume da *Recherche*. Voltei duas semanas depois com a suspeita de que ele também me esperava. Recebeu-me com um sorriso discreto e me observou, examinando as prateleiras dos volumes de poesia. "Olá." Eu me voltei e vi seus olhos amendoados me examinando em segredo e me enchi de curiosidade. E, quando ia sair da sua loja sem levar nenhum volume, Nelson pediu que um balconista me chamasse.

Caminhei até o balcão onde ele estava. "Tenho uma coisa que vai agradá-lo." E retirou de trás do balcão um LP com as *Polonaises* de Chopin gravadas por Maurizio Pollini. "Para mim?" Vi que me cortejava e minha vaidade me levou adiante: disse que o mínimo que poderia fazer era lhe pagar um café. Nelson me pediu dez minutos para se livrar dos afazeres da livraria. Esperei diante de um frio incomensurável – era fim de maio – em uma mesa do Café Paraventi (creio que era esse o nome), um lugar frequentado por comunistas, libertários de ambos os sexos e por mim. Nelson apareceu como se me quisesse levar a um concerto de Gershwin, pois tinha um olhar de *Rhapsody in Blue*. Contei-lhe a minha impressão e ele sorriu, puxou a cadeira e me tratou como uma mulher. Gostei de como me levou para conhecer os prédios do centro da cidade e sua arquitetura, como se me guiasse pelo inferno. Olhava aquele homem que eu descobria e sabia onde ia parar, mas decidi viver aquela brecha, aquela concessão à vida e ao corpo ágil e malandro de Nelson. Era um homem que sabia tomar conta da cama, o que, segundo ele, não o fazia pior ou melhor aos olhos de Deus. Houve uma vez em que me pediu para esperá-lo em um hotel perto da boca do lixo. Deu o número de um quarto onde devia aguardá-lo. E ele chegou vestido como uma princesa, mas agiu como se eu a tivesse encontrado na rua se virando em troca de um punhado de cruzeiros. Fiz tudo o que me pediu. E no dia seguinte mandei um ramo de rosas anônimo para a livraria com um cartão que tinha uma única palavra: "Gershwin".

Vivemos um ano com os nossos livros e discos e nossos encontros esporádicos – creio que foram quatro ou cinco. Lembro que foi mais ou menos quando Caetano Veloso lançou *Odara* que tudo acabou. Talvez quisesse cantar, dançar, enfim, que tudo só fosse joia rara. Nelson começou a ter a dramaticidade do 4.º ato da *Forza del Destino* e tive a impressão de que aquilo não ia acabar muito bem, que não era bem claro quem era Leonora e quem era dom Alvaro naquela ópera azarada. Quando o vi pela última vez, pensei em lhe contar sobre Francesca, e lembrei de dom Alvaro:

> No, non fu disonorata.
> Ve lo giura un sacerdote!
> Sulla terra l'ho adorata
> come in cielo amar si puote.

Cantarolei esse trecho sem lhe dizer a razão. Foi sim a quinta e última vez que nos vimos. E um dia pensei em lhe enviar por meio de sua mulher um poema – que refiz anos depois e a cópia estará no fim desse relato –, mas desisti para não acrescentar mais nada a esse mal-entendido. Nele incluí os versos de Francesca para meu pai e os meus para ela, criando entre nós uma cumplicidade que jamais temos coragem de denunciar ou de rejeitar. Creio que Francesca, sem saber da minha pequena desonestidade, sentiu que em sua vida também lhe faltavam esplendores, coisa que nem um dicionário pode explicar o seu significado a pessoas como o doutor Palhares – por alguma associação estranha, toda vez que ouço o nome desse ínclito delegado de polícia me lembro de *Olha o Padilha*, a música que ouvi na voz de Moreira da Silva. Palhares, que certamente vai ler este relato com olhos de lince e cérebro de ameba, gastará 30 dias para concluir pelo que já se havia convencido desde o começo: atender às conveniências de sua carreira e de seu cargo.

É provável que Francesca soubesse que o marido vivia com seus dedos amargos e longos em torno de seu próprio pescoço, querendo enforcar-se por vergonha de seus instintos. Não sei se

Nelson guardou sua fúria ou se teve algum outro amigo depois – creio que sim, pois, se para mim tudo ficou naquela experiência, para ele o impulso deve tê-lo levado além daquele único momento. Nunca mais tive outra relação assim tão simples ou que pudesse ter um começo tão direto, como a menor distância entre dois pontos sempre será uma reta. Vivia então em outros tempos, onde experimentar fazia sentido. Era uma libertação, uma viagem além das fronteiras de um império que negava as múltiplas identidades para reafirmar a verdade de uma única classe de homens. Deixava para trás não uma ditadura, mas várias, com suas pilhas de corpos, sequestros e torturas. Nenhuma opressão arrogante e colérica impediria o grande espetáculo do surgimento de milhares de pequenas esperanças com as quais ganhamos um pouco mais de tempo antes de nos darmos conta de que só criamos novas faces para a mesma existência. Francesca começou naquela época a se ocupar dos problemas práticos da vida daquele casal, envolvendo-se até no cotidiano da livraria, enquanto Nelson vagava às tardes pela cidade.

Queria saber agora o que meu pai diria às minhas escolhas. Creio que, depois de me proibir de apertar sua mão ou usar o seu nome, teria sentido um enorme prazer em saber as histórias do marido de sua ex-mulher. E assim pensaria que a vingança dos Volpin a teria afetado em um de seus mais caros objetos, atingindo seu orgulho e provocando-lhe uma dor semelhante à que provocara nele quando decidiu deixá-lo. Sim, ia saborear sua vingança contra Francesca. Essa é uma pule de dez de um páreo já corrido e ganho. Difícil pensar em outra barbada tão grande como essa, exceto a surpresa que teve menos de um ano depois, quando voltei a Santo Antônio trazendo um "dr."

na frente do nome. Era agora o doutor Volpin, advogado especializado em direito de família, trabalhista e criminal, pois no interior um advogado tem de saber de tudo um pouco e atuar com o *Vade Mecum* embaixo do braço. O velho estava às voltas com o caso de uma das "namoradas" – foram duas – que teve. Voltara a morar na casa amarela depois da morte de nossa mãe e de Mateus ter deixado o imóvel para viver em uma casa de um condomínio novo, perto da pista de pouso do clube de aviação da cidade. João continuava a enriquecer – seu poder político também se expandiu desde a morte do doutor Neco. Abri meu escritório perto do fórum da cidade e, dias depois, surgiu meu primeiro cliente: meu pai.

DOUTORES

Meu pai entrou pela primeira vez em meu escritório quando a linha telefônica nem havia sido instalada. O velho estava com uma calça marrom escura, sapatos pretos e uma camisa bege. O relógio Tissot carregava no bolso como uma espécie de amuleto contra o envelhecimento relâmpago que experimentava depois dos cinquenta anos. Tocou a campainha pouco depois do meio-dia e abri a porta, já que a secretária que pretendia contratar ainda estava fora das minhas posses e honorários. "Ô de casa", foi logo dizendo como se estivesse na soleira da residência de um velho compadre, em uma dessas visitas que a boa educação exige que se repita todos os anos. O velho abriu o pequeno portão que dava acesso ao pequeno átrio do imóvel. "Vamos entrando, mas não repara na bagunça, não", respondi como o dono da casa deve dizer aos seus visitantes antes de lhes oferecer um café. Meu pai apanhou a xícara olhando para o fundo do copo, enquanto lhe servia a bebida, como para adivinhar se havia colocado a quantidade certa de pó no coador – ele não gostava de café ralo. Sentou-se diante de mim, apoiou a mão direita na mesa e se ajeitou na cadeira antes de começar a expor o motivo da visita. "Então, o doutor voltou para sua cidade, mas será que já está preparado para assumir uma causa que lhe renda honorários?" "Mas é claro. Dependendo da causa e do cliente." "Bom, a causa é simples: revisão de valor de pensão alimentícia e o cliente é esse homem aqui que vos fala." Ajeitei a gravata só para poder fazer aquele comentário sobre a necessidade de me adaptar novamente ao calor de Santo Antônio e assim ganhar tempo para pensar na resposta que lhe daria. "Mas é evidente que sim, pai. Agora, o senhor está patrocinando a defesa de algum funcionário?" "Não. O trabalho é para mim mesmo." E, então, me explicou que desde o Plano Cruzado as vendas estavam difíceis por causa do congelamento de preços; tudo subia, menos o seu faturamento. "Culpa do bigodudo. Tudo culpa dele." O mercado perdia clientela ainda para uma loja aberta por uma grande rede de supermercados, que resolveu estender seus negócios até Santo Antônio. "Em suma, meu filho, essa pensão se tornou escorchante. Não tenho como sustentar a vida nababesca que a mãe proporciona àquelas crianças." Falava de Marília, que eu mal conhecia, pois estive quase todo o tempo de seu casamento em São Paulo e ela, agora, morava em Campinas.

Em três dias fiz a petição e a apresentei ao meu primeiro cliente. Ele leu, concordou com o retrato que traçava e apresentou cópias dos livros do supermercado para mostrar que as entradas haviam quase desaparecido. Lembrei-lhe que, dificilmente, o juiz aceitaria seus argumentos, pois seu patrimônio não se restringia ao mercado e, na cidade, todos sabiam disso, inclusive o juiz do caso. Respondeu-me que não importava o que pensassem; a Justiça estaria ao seu lado, pois seus argumentos eram equilibrados, a prova os corroborava e todo seu histórico de provedor cioso dos filhos não podia ser desprezado. Ademais, contava para sua causa a fama de que sempre agira de boa-fé nos negócios, bem como na vida. Concordei como se faz com clientes determinados, mas, no fim, adverti novamente de que "não estava muito confiante de que o pedido prosperaria". "Olha só, não tá só escrevendo como doutor. Tá falando também. Muito bem! Tenho certeza de que você vai vencer." Meu pai percebeu de pronto muito mais do que a mudança do meu vocabulário, um mero complemento ao terno e à gravata que agora vestia. Percebeu que estava diante de alguém que estivera nas fronteiras da terra que ele conhecia e trazia em sua bagagem histórias sobre monstros extraordinários, povos selvagens e culturas estranhas. Aguardou pelos meus relatos, mas eu me calei. Observou o meu rosto, o tom de minha fala, os meus gestos no escritório, o que era muito diferente de me observar em família, e esperou para ver em qual direção o sapo ia pular. Sabia que precisava ser mais esperto do que a sua presa, como o veado que volta no rastro para depois saltar de lado no mato e assim despista o caçador. Queria escutar minhas histórias para saber para onde aquela distância toda havia levado o seu filho.

Entreguei a petição no cartório do fórum com a procuração assinada pelo meu pai e esperei o juiz designar a data da audiência. Sabia que o velho não mudara nada. Era muito mais sua avareza do que a confiança em mim que o levou a pedir que eu cuidasse de seu caso. Com o passar dos anos ficara ainda mais sovina – foi só quando soube das extravagâncias que fez por Marília que percebi o tamanho da força daquela relação – de uma forma que se transformava em tema de conversas nos bares da cidade. Era o homem que atravessava a piscina com um sonrisal na mão sem fazer bolinhas. Diziam que ele desistira da ideia de pôr um escorpião em cada bolso quando descobriu que teria de alimentar os bichinhos ou que se recusava a tomar qualquer remédio para a memória porque assim tinha uma desculpa para esquecer a carteira em casa. E, como o problema era de memória, esquecia-se do medicamento todos os dias. Quando voltei só me fez uma pergunta: quando eu iria casar. Queria saber se teria de gastar dinheiro com presente ou se eu tinha dinheiro para a festa, a lua de mel e outras coisas para as quais os filhos sempre pedem ajuda aos pais. "Não tenho intenção nenhuma de me casar ou de ter filhos, portanto, não se preocupe: seu patrimônio está seguro." Quis fingir indignação com a resposta, mas o alívio instintivo impediu-o de desempenhar o papel como estava no script. Ficou tão pão-duro que achava que bastava sua boa-fé para reduzir à metade a pensão para os filhos de Marília. Além de ser barato, contratar-me lhe dava ainda um álibi na cidade caso não conseguisse convencer a Justiça de sua causa: cometera o erro de pôr os laços de parentesco na frente da competência exigida e, assim, acabara sendo defendido por um advogado inexperiente e desastrado. Se ganhasse, tanto melhor, mas como era meu pai, não precisaria pagar o preço de um advogado bem estabelecido. Não tinha, portanto, muito a perder.

Foi assim que meu velho – com toda a esperteza que a vida no interior proporciona ao homem do campo – foi cometer o mesmo erro que meu irmão Mateus cometera havia pouco mais de dez anos: não esperou o pulo do sapo antes de decidir por qual lado devia passar. Acabou surpreendido pelo bicho em cima dele, pronto para engoli-lo. Havia dito ao meu pai que não pretendia me casar. Mas não disse que me tornara casto. Era sim um desconhecido e inexperiente advogado, o único que já era chamado de doutor na cidade antes mesmo de ter o diploma e ser admitido na Ordem. Muita gente ainda se lembrava da carta que eu havia deixado em casa antes de partir para São Paulo. Só que o sapo não se mede pela feiura, mas pela precisão do pulo. Podia até perder a causa, mas não ia sair dessa com as mãos abanando. No dia marcado, fui ao fórum e esperei no corredor que o funcionário chamasse as partes. Meu pai não estava presente, creio porque não quisesse cruzar com Marília. Quinze minutos antes do horário, vi dobrar o corredor aquela mulher que meu pai tanto odiava. Marília me fez desejar a derrota de minha primeira causa porque achei uma injustiça vencer uma doutora com um tailleur tão sério e belo que só podia imaginar o seu efeito – para o bem ou para o mal – no plenário de um júri. Condenaria ou absolveria o réu, a depender do lado em que estivesse a força dos argumentos que Marília mostraria aos jurados. Estava acompanhada de uma amiga que cuidava de seu caso. "Boa tarde, doutora." Passei a chamá-la assim: Doutora. Não tinha mais nome, apenas a sua profissão. A audiência foi remarcada para outro dia e, na saída, conversamos um pouco sobre a cidade e lhe perguntei como estavam os garotos. Creio que foi a primeira vez – desde que Mateus tentou agarrá-la – que um dos Volpin lhe perguntava como estavam Madalena e Tiago. Ela me fez um breve relato das notas na escola e quais faculdades pretendiam fazer. Não me disse uma palavra do que se passara com Madalena no ano anterior. Disse-lhe, então, em um impulso, que julgava a minha causa perdida e fiz essa confidência cochichando em seu ouvido. Não precisei do vento para sentir o perfume de Marília, mas não foi essa a mais forte lembrança daquele primeiro encontro. Ainda que seu cheiro me causasse abstinência, foram seus lábios que me convenceram estar diante de alguém que podia arrastar qualquer um à ruína.

"E aí? Deu tudo certo no fórum?" Encontrei com o velho na porta de meu escritório. Contou que estava pela cidade e resolveu dar uma passada. Desconfiei. “Ela estava lá, né?” O velho queria saber de Marília, ter notícias da “maior das *puttanas* de sua vida”, a única que o fizera sofrer e cujos beijos lascivos ainda lhe despertavam uma saudade pecaminosa e imorredoura. Respondi com um sim seco, falado com descaso e desatenção, antes de lhe contar que a audiência havia sido adiada. “Hum... hum... acho que vamos ganhar. Confio em você.” Bateu nas minhas costas e saiu andando até o seu carro.

A nova sessão foi marcada e lá estava de novo Marília. Não conseguia tirar os olhos de seu decote e tive a certeza de que a mistura dos cheiros e dos seios era a coisa mais explosiva que já se havia de mim aproximado em um fórum. “Bom dia, doutora. Preparada para ganhar?” Devolveu-me o “doutor”, acrescentando o meu nome inteiro em seu cumprimento. “Estou pronta, sim.” E se aproximou do meu ouvido para cochichar. “Se todas as partes contrárias que enfrento fossem como você, Paulo...” Marília sentou-se do outro lado da mesa, em frente ao juiz. Uma escrevente de cabelos grisalhos entediados com os formalismos processuais buscava novas formas para sustentá-los naquela cabeça a cada cinco minutos; as mãos hábeis da estenotipista logo obrigavam os fios à mais estrita obediência de seu penteado. Marília abriu uma pasta e exibiu anotações à advogada que a representava. Manteve-se depois flutuando pela sala, tornando a mim difícil qualquer busca pela palavra correta ou argumento justo. Sua beleza me desconcertava. Tartamudeava ao tentar esconder o meu olhar de seus olhos e seios. Era melhor o silêncio, perder a causa, mas não aquela mulher. E ela me olhava e tomava notas, naturalmente, como um espião. E fazia isso enquanto eu falava, como se esperasse a minha confissão, a de que meu cliente agia de má-fé e devia pagar por seu gosto pelo litígio, essa paixão incontrolável pela briga e pela ausência de limites em suas patifarias. Bastaram vinte minutos e tudo estava decidido. O avarento perdeu. Mas, não, eu não seria derrotado. Tampouco sairia com as mãos vazias.

Fora da sala de audiência, fui corajosamente até Marília e a cumprimentei pela vitória. "Posso convidá-la para o almoço?" Ela se deteve por um momento, retomou o passo e olhou sorridente: "Desse jeito o doutor só vai trabalhar em causas perdidas". "Gosto delas. Pagam melhor." Parou novamente e concedeu: podia almoçar na cidade antes de voltar para Campinas. A conversa seguiu por quase uma hora e meia. Despediu-se com um elogio: "Hoje conheci a ovelha negra da família Volpin". Percebi o ressentimento que Marília guardava de meu pai, mas não sabia ainda os detalhes do que transformara aquela paixão juvenil em um ódio maduro. Tínhamos mais de 30 anos e cada um motivos diversos para sentir atração pelo outro. Pensava que, para Marília, eu até podia ser uma oportunidade como poucas para machucar o velho como ele a havia machucado. Dias depois, telefonou-me. A doutora me queria trabalhando para seu escritório, impedindo ao meu pai o acesso à "justiça gratuita". Melhor seria ainda se Vicente desconfiasse que "sua *puttana*" estivesse saindo com um de seus filhos, o único que ele ainda respeitava, porque havia vencido na vida sem dar nenhum golpe ou receber sua ajuda. Era o filho que crescera por seus próprios méritos e voltara para a terra cumprindo a promessa que lhe havia feito. E se quisesse um dia esfregar-se em mim diante do velho e acrescentar a maior de todas as humilhações à lista daquelas que sonhara para o desgraçado que ofendera a própria filha só para atingi-la? Não me importavam – devo dizer – quais seriam seus motivos, se ela decidisse me agarrar onde quer que fosse naqueles dias. Sendo assim, aceitei seu convite, fui um dia até Campinas para visitar o escritório em que ela trabalhava e aproveitei para marcar outras visitas: desta vez, aos meus irmãos, em sua casa. Nesse meio-tempo, meu pai soube que perdera a ação e começou a espalhar pela cidade que eu era uma boa pessoa, mas incompetente. Culpou a avareza e o amor filial pela derrota, como eu previra. Só não me arrasou o escritório porque passei a assumir os casos que Marília repassou para mim na região de Santo Antônio.

Tudo se passou muito rápido. Aos poucos, estávamos nos falando constantemente e, de ovelha negra dos Volpin, ela passou a me chamar de "flor de lótus". "Um doutor que nasceu do lodo", dizia. Um dia me deu uma carona até a Rodoviária. Ao se despedir, olhou-me fixamente e se aproximou do meu rosto, autorizando meu próximo movimento. Beijei aquela mulher. Era como lançar-me em um redemoinho, cujos traços podia encontrar no processo sobre o divórcio de meu pai e na pensão que o velho pagava em dia apenas por medo de ir parar na cadeia. "Ela é pior do que o governo. Se eu deixar de pagar um imposto, nenhum policial vai aparecer na minha porta, mas experimenta deixar de pagar aquela *puttana*! E foi com o meu dinheiro que ela se tornou advogada. Vê se pode!", disse meu pai no dia em que lhe contei que não poderia mais advogar para ele, pois havia sido contratado pelo escritório em que Marília trabalhava. "Sinto muito, pai, mas era isso ou morria de fome." "Eu compreendo, filho. Pelo menos assim uma parte do dinheiro que investi nela voltará para a família." Meu pai não sabia de meu primeiro beijo e nunca soube dele ou de muitos outros que ela me deu quando me deixava na Rodoviária. Passados três meses, sua ex-mulher me levava outra vez para lá quando parou o carro em um semáforo e me pediu: "Paulo, me beija". Quando Marília faz um pedido como esse, todo o seu corpo mostra a resposta que ela espera de olhos fechados. Beijei Marília, o semáforo abriu e seguimos em direção à Rodoviária. Tinha vergonha de avançar o passo, de ser rejeitado por aquela mulher – eu era um Volpin. Na próxima esquina, a doutora olhou para mim e me fez a pergunta mais estrondosa que ouvi em toda a minha vida: "Paulo, você só beija?" Olhei os seus seios fechados em sua blusa cinza sobre a saia preta e pedi que parasse o carro ali. "Bom, sua pergunta é certamente um convite, e a doutora fique sabendo que posso despachar essa petição de imediato. Não precisa de vistas ou remarcar audiência." Sedução entre advogados é um processo que mereceria todo um estudo etnográfico. Saímos dali e fomos para um hotel na saída de Campinas, um prédio redondo e grande, perto da estrada. Depois daquela noite passei a desprezar um pouco mais o velho pelo que fez com aquela mulher. Marília era vaporosa e esvoaçante e seu olhar me perguntava uma única coisa: quando ia comê-la. Apaixonei-me pela mãe de meus irmãos, por uma ex-mulher de meu pai e, desta vez, não tive de pagar por sua atenção. Cada novo encontro me abria uma nova galáxia de estrelas recém-formadas. Marília já não tinha o medo de quem deve tatear o terreno para saber como agradar um homem. Era pródiga em lingeries e – desculpem a indiscrição – ficava maravilhosa quando vestia meias e cinta-liga pretas e se despia aos poucos, deixando o quadril levantado em minha direção, depois de abrir o zíper e fazer a saia escorrer até o chão. Minha excitação terminava em sua boca e talvez ela pensasse em meu pai quando gozava ou quando eu terminava. Não importa se era amor ou vingança, Marília me deu o melhor sexo que tive em toda minha vida e me fez feliz. Mas não foi só. Tinha uma força medonha, uma confiança e competência que faziam dela o maior perigo que um homem pode enfrentar em toda a sua existência: a união da prontidão com a qualidade, da sensualidade com a seriedade. Se alguma vez desejei casar com uma mulher foi com minha ex-madrasta – sou, portanto, a própria negação dos contos de fadas, dos medos infantis e antigos. Acrescentei outro fantasma às famílias, mais um na lista dos inimagináveis ou dos apenas inconfessos, aquele do filho que se apaixona pela madrasta. Quem conheceu Marília, de certo, compreenderia minhas razões.

(*Desculpe, Marília de muitas Marílias, não sei qual de você vai ler esse relato, mas espero que ao menos uma vez entenda isso tudo. Sei que você nunca foi a minha mulher, nem eu podia ter essa pretensão, apesar de a querer indistintamente descabelada e até com bafo ao despertar, desde que fosse na minha cama. Queria uma Marília de saia no meio da tarde e abraçá-la em um shopping para que todos soubessem o que deveriam sentir; que ela me usasse o quanto quisesse de tal forma que lhe bastasse dizer a hora e minha razão fosse tão tua que até mesmo o mais abstrato pensar revelaria as curvas de sua impossível realidade desnuda. Abro esse parêntese em meu depoimento para dizer de forma clara o único pensamento que ainda hoje me resta depois de a conhecer: Eu amo você, Marília, e me perdoe se nunca lhe dei antes essa notícia.*)

Sentia a distância entre Santo Antônio e Campinas se transformar na viagem mais esperada, como a criança que pergunta aos pais se é hoje que todos vão para a praia ou quantos dias ainda faltam para as férias de fim de ano. Ou ainda no meio da estrada, quando, finalmente, a viagem acontece, se ainda demora para chegar ao destino, quanto ainda falta para cumprir o trajeto? Assim o meu corpo sentia cada quilômetro da estrada entre as duas cidades. Escrevi cartas imaginárias, pois a discrição me impedia de postá-las. Era melhor entregar pessoalmente a Marília as minhas notícias e preocupações. Escrevi algumas poesias para essa mulher, dois sonetinhos e um poeminha, o primeiro que lhe entreguei, com título e tudo. Era simples como sempre deve ser.

UMA CARTA PARA VOCÊ

Escrevo para abraçá-la
um poema que nos entrelaça
os medos meus nos teus dedos
– que meu mundo se desfaça
se te mantenho em segredo.

Escrevo para abraçá-la
com verdades e mentiras
nesta folha de papel;
que linha se equilibra
no mais alto arranha-céu?

Escrevo para abraçá-la
palavras que me desvendem
sob olhares conhecidos
e leio para as paredes
que as paredes têm ouvidos.

Escrevo para abraçá-la,
para expiar o pecado
de não dormir contigo,
para sonhar descuidado
e despertar no infinito.

Marília apanhou a folha de papel e perguntou: "É uma petição, doutor?" "Não, doutora, é só uma confissão de culpa que a senhora deve arquivar em nosso processo." E me deu um beijo que valeu todo o esforço de brigar com os sons e os ritmos de nossa língua em suas infindáveis manifestações. O duro de escrever poesia não é simplesmente pensar claro e ritmado, mas conseguir capturar a voz de cada palavra, pois dezenas de milhares começam a falar ao mesmo tempo quando queremos buscar apenas uma delas, aquela exata e escorreita que pode completar a miséria de um verso ou dar uma nova imagem a um antigo fenômeno já desgastado após tanto uso. E revirar o signo de ponta cabeça e balançá-lo até o leitor espiar cada jogo de cores que o quebra-cabeça do autor lhe revela. E, se é verdade que o pensamento só nos ocorre quando deixamos o mundo de lado, eu me tornei um poeta bissexto porque nunca conseguia me ausentar da minha vida. Tive relações rápidas como os cometas, que deixavam um rastro de gelo e poeira em suas passagens, prenunciando catástrofes e resultando em nada. Mas também tive outras ainda mais raras que me desenharam a minha vida com um pouco de barro e um sopro divino, que me deram todos os frutos que se pode encontrar. Exceto dois. Não tive filhos. Também não fui capaz de determinar a substância de que eram feitas minhas relações, pois me era vedado o direito de conhecer seus atos, seu tamanho, suas formas e os seus limites enquanto passavam seus dias comigo. E Marília foi o sopro mais intenso de uma divindade, a companheira que me devia resgatar das penas e suplícios de um paraíso perdido. Foi o que tentei lhe dizer no segundo poema, esse pequeno soneto que lhe escrevi.

Se os teus olhos não viram, o mundo não sabe.
Que vale a primavera aberta neste quarto
ou serve tanto cálculo e concreto armado?
Se tuas pernas não eram, que o prédio desabe!
Se teu sangue não ferve, o fogo não queima.
Que o medo da alegria, de todos é mais forte
nesse amor que é mais ciente cada vez que foge,
que a vida em tua presença esconde a verdadeira.
E o que as mãos não fazem, é tudo mentira,
mas, se nada consola, que mais está certo?
Qualquer objeto tem mais alma que este verso,
nenhum inferno tem mais diabos que esta vida.
    Se o coração receia toda vez que estás perto
    é por temer o belo rosto descoberto.

Marília tinha seus caprichos. Nunca me permitiu dizer que era seu namorado ou tornar público nosso caso. Fugíamos de lugares onde seus filhos ou amigos pudessem nos ver e assim conhecemos Americana, Sumaré, Vinhedo e Valinhos. Toda cidade próxima era uma promessa de horas tranquilas roubadas ao trabalho e às nossas rotinas. Sobretudo significavam a reserva e a segurança exigidas para a manutenção de um segredo. Não que minha bela companheira me permitisse ali, nessas cidades, demonstrar meu afeto em público sem antes olhar ao redor, esquadrinhar a paisagem e certificar-se de que o lugar estava limpo. Ela mantinha então a discrição de forma tão disciplinada que seria difícil imaginar um contraste mais formidável ao sentir a desenvoltura de seu sexo. Tenho a impressão de que abria uma única exceção ao sigilo dos nossos atos: quando estava em Santo Antônio era como se fizesse questão de mostrar sua proximidade comigo. Visitava meu escritório com a frequência de quem vai a uma escola. E sempre se esmerava em ficar ainda mais bela quando me encontrava. Deleitava-se nos almoços públicos em exibir uma simpatia e um interesse por mim que mesmo os mais distraídos teriam a atenção despertada para aquela relação. "Virou amiga do filho. Desfila com o Paulo a toda hora. Imagina a raiva do pai? Essa família é esquisita." Eram algumas das frases que se diziam então sobre nós na cidade. "O doutor deve saber o que andam falando sobre o senhor e sua madrasta." Assim minha secretária um dia, uma antiga funcionária do mercado de meu pai, resolveu puxar a conversa em um fim de expediente. Eulália estava em silêncio desde o momento em que lhe abri a porta do escritório. Chegara cedo naquele dia depois de uma noite de sono rara – não acordara nem para fazer xixi. Fui ao escritório com o ímpeto de quem acredita que concluirá todas as coisas pendentes em um único dia. Processos, pareceres e contas a pagar e a acertar. Sísifo parecia estar próximo do topo com sua enorme pedra. Um breve alívio e alegria se aproximavam trazendo com eles a agonia de encontrar um novo começo. A frase de Eulália interrompeu minha visão do topo, acrescentando um pouco de desordem aos meus planos. "Essa gente fala muito, dona Eulália. Marília é jovem, bonita e solteira. Eu nunca me casei e também nunca me casarei. Trabalhamos juntos em vários processos. E aí já começam a ver mais um escândalo na família Volpin. Como se fosse preciso acrescentar sempre um novo volume a essa farta literatura. Ora, dona Eulália, toda família deve ter os seus precedentes."

As passagens de Marília pela cidade e a prodigalidade de seus gestos de apreço por mim chegaram aos ouvidos de meu pai. Ouvi o barulho do motor de um carro acelerar duas vezes bem fundo em frente do escritório – era um hábito de Vicente fazer isso sempre antes de desligar o veículo, que na época era um Diplomata. Bateu a porta e tocou minha campainha. Suas visitas ao meu escritório se haviam tornado uma raridade depois que deixei de atuar em seu caso. Não deixei Eulália atender, pois pressenti o tsunami que invadiria o escritório quando abrisse. E ele veio. Passou direto por mim, olhou a secretária e entrou em minha sala, sentando na cadeira diante de minha mesa. Acompanhei o seu passo e sentei só para depois me levantar novamente, pois tudo foi tão rápido que eu deixara a porta da sala aberta. Fechei-a e voltei para minha mesa, enquanto ele me acompanhava com seus olhos negros de fúria. Não me deu o tempo suficiente para me sentar e perguntar o que ele queria e já foi disparando com a mira de seu canhão em tiro tenso. "Você tá comendo aquela vadia?" Devolvi a pergunta com um simples "o quê", daqueles que dizemos quando queremos deixar claro que não acreditamos no que acabamos de ouvir. "Eu vou repetir: você está comendo a puta... Aquela puta da Marília?" Respirei fundo e rezei para todos os santos que a sua questão não me ruborescesse. Olhei para ele e ri, que é o que faço quando quero enganar quem me prensa na parede com uma questão de vida ou morte. Ri e disse ao velho. "Não acredito que até você se deixe levar pelos fuxicos dessa gente desocupada de Santo Antônio. Pelo amor de Deus, meu pai, como é que eu poderia fazer isso? Comer uma ex-mulher tua, sabendo de tudo o que sei? Francamente." O velho não se deu por vencido; tinha certeza de que alguma coisa havia entre seu filho e sua ex-mulher. Talvez me perdoasse até mesmo o incesto, mas jamais me absolveria se soubesse que Marília o havia trocado por mim, desfilando pela cidade com "o menino" para humilhá-lo diante de toda a sua gente. Acredito que me teria matado ali, em um acesso de fúria para o resgate da honra que, mesmo esgarçada por tantos escândalos, não poderia conviver com tamanha ignomínia. "Meu filho, já passei por tudo nessa vida. Deus é testemunha de quanto tentei me manter no caminho da justiça e da bondade. Mas eu lhe garanto que não terei medo de pôr uma pedra em seu pescoço e atirá-lo ao mar. E não terei medo de me jogar em seguida nesse precipício, que a vida então não terá mais serventia. Não há perdão nesse mundo para uma traição tão infame, meu filho. Por isso, tome cuidado. Não se deixe enredar pelos encantos daquela sereia. Ponha cera em teus ouvidos se você precisa dela em teus negócios. E, sobretudo, honra teu pai, que lhe deu a vida e lhe ensinou o caminho justo e correto de viver nessa terra. Honra teu pai e não te desonres, meu filho. É só o que eu tenho para lhe dizer." O velho se levantou sem me deixar falar mais nada. Abriu a porta e se foi do escritório em silêncio, carrancudo e com a incerteza guardada consigo.

Marília me encheu de beijos e afeto quando lhe relatei a conversa. Tivemos uma noite de sexo que só terminou ao amanhecer. Lembro-me de Marília de pé, de costas e com as mãos na parede, só de salto alto. Gozei onde quis. Eram mais de seis horas quando a deixei na esquina de casa. Vi quando desceu do carro e caminhou passo ante passo, provocando-me com as ancas de um lado para outro. Parou alguns metros adiante e olhou para trás para me constranger, pois sem dúvida alguma a estaria espiando. Poderia dizer que sua saia era dedirrósea como a aurora de Homero ou que sua camisa branca era uma cortina translúcida diante do brilho daquela mulher, mas naquela manhã me lembrei de seu regozijo com o sofrimento do velho e não consegui me deixar envolver pelo encanto lançado por Marília.

Dirigi até Santo Antônio em uma solidão de pensamentos e distâncias, de imagens apocalípticas e raciocínios desconexos. Passava pelas faixas e pelos carros como se cada seta ou farol me fosse dizer uma verdade, revelar um caminho novo e correto em minha vida, um caminho que me fizesse sentir o que fosse exato, preciso como um relógio atômico. Superei em cada caminhão um obstáculo, enquanto acertava o meu rumo para casa e, conforme aumentava a distância, sabia que devia enfrentar o desafio de me perguntar o sentido de tudo aquilo, se o que eu fazia era belo e justo; se era sincero ou apenas capricho; se me encantara com uma mulher que me tornara cego, surdo e inimigo de mim? Se era verdade esse meu medo, por quanto tempo o encanto se manteria? Cheguei, estacionei e cochilei três horas antes de ir trabalhar. Não sonhei com nada, mas nunca me foi tão difícil me lançar do leito ao banheiro, lavar minha cara e me convencer de que devia cuidar dos assuntos menores que nos ocupavam a maior parte do tempo. Vesti o terno e a gravata de todo dia e disse boa tarde a dona Eulália, que passava das 12 horas. Não cuidei de processo nem tinha audiência no fórum e nenhum prazo acabava naquela sexta. Tranquei-me na sala e pedi a Eulália que não me incomodasse por nada, nem mesmo se meu pai chegasse ou se o prefeito me telefonasse – havia resolvido escrever mais um poema para a minha Marília. Queria fazê-la entender o quão difícil era a sua presença ao meu lado, sabendo o quanto ela também me era distante e como era duro manter-me na linha no meio desse conflito. Entreguei-lhe o texto uma semana depois, quando entramos no carro.

DISTÂNCIAS

Livra-se do buraco negro a luz
capturada no instante de um olhar
mais intenso que o brilho do pulsar,
mais íntimo que a mais pesada cruz.
Desliza em tua coluna um arquiteto;
sua principal virtude foi traçar
em teu seio um estreito Gibraltar,
estrada de um infinito mar aberto.
Nada é mais distante que teu corpo,
o estranho desconforto que se cala.
Trazer em minha boca o teu gosto
e a forma mais exata da palavra,
e fazer, e perder... Manter a linha
e viver quando a vida mais duvida.

Ela leu, mas talvez não tenha entendido tudo o que quis lhe dizer com os versos. Gostou, guardou o papel na bolsa, sorriu e me beijou dizendo: "Meu poeta". E em *quel giorno più non vi leggemmo avante.*

ELEITOS

O velho terminou seu discurso depois da comida, pediu a bengala e se levantou sozinho. Quando fiz menção de acompanhá-lo, dispensou-me com um gesto irritado e dois outros grunhidos, uma sílaba longa e uma breve. Pigarreou em seguida e deu o primeiro passo. Estava firme; as mãos não mais tremiam e caminhou lentamente até o quarto. Pensei que ia dormir, como fazia então após o almoço. Sempre. Enquanto o via caminhar pelo corredor lembrei-me do desprezo que sentia pela primeira vez em minha vida por aquele canalha. Estava ali, naquele domingo, porque, como disse, a família não havia encontrado ainda ninguém para cuidar dele nesse dia e, dados os riscos de uma nova Carmem, decidiu-se que a melhor solução seria eu mesmo – o único filho ainda solteiro que morava na cidade – cuidar de nosso pai. Minha raiva pelo que fizera com Madalena, com Marília e comigo não passaria tão cedo. O velho entrou no quarto, fechou a porta. Imaginei-o deitado e roncando. Não teria sido ruim se um sicário o surpreendesse dormindo e mandasse esse lixo ao encontro de seu Deus. Minha raiva dizia que ele deixara um rastro de rancor e miséria para os filhos, apesar de se achar vítima dos seis que tivera, um bando impiedoso e frio, que lhe conspurcava o nome e a memória. Um bando que ao cabo de tudo o abandonara e o tratava como um estorvo, como se cada um de seus membros não desejasse outra coisa que a sua morte. E nos enumerava pelos apelidos – já ia me esquecendo de lhes contar que Tiago era para ele Ismael, porque se desviara "do caminho de Israel traçado por Isaac, filho de Abraão". "Um dia, ele ainda vai construir uma mesquita aqui em Santo Antônio. Escreva o que eu estou dizendo", dizia do filho. E assim acrescentava profecias sobre todos. João, o Herodes, por exemplo, devia se preparar para o inferno, pois era "mais fácil um camelo passar por uma agulha do que um rico entrar no Reino dos Céus."

João virou, de fato, o homem mais rico de Santo Antônio e cuidava com esmero dos negócios dos Schmidt, enquanto Rosa educava sem muito equilíbrio Bruno e Felipe, os filhos do casal. Os meninos eram inteligentes e despreocupados com seus atos, como se nada pudesse atingi-los na vida. Eram afáveis com a mãe e um pouco distantes do pai, apesar de João ser a mais importante referência de ambos. Os dois aprenderam a ter orgulho da figura paterna em razão de sua posição na cidade e tinham consciência de que eram os filhos de João Volpin e da filha do doutor Neco. Meu irmão vivia distante de meu pai, desde que não mais precisou tolerar as manias e loucuras do velho. Ainda ostentava o título de professor João, apesar de não exercer seu ofício havia mais de uma década. "Os negócios não deixam", esclarecia, em uma lamentação que buscava reafirmar seu compromisso com a educação para despertar a um só tempo a admiração e a comiseração no seu interlocutor. Ele se tornara peça importante na política local: além de secretário da Educação, ocupou a pasta do Governo. Nos anos 1980, era difícil uma candidatura vitoriosa ser lançada na cidade sem a sua bênção. E foi assim até que seu grupo chegou a um impasse: queriam lançá-lo candidato a prefeito para garantir a certeza de que os diretórios dos partidos aceitariam a estratégia de um nome único contra a oposição dividida em dois grupos: o peemedebista e o petista.

Na época, meu pai havia vendido o mercado fazia um ano depois de concluir que não conseguiria manter o negócio por muito mais tempo. Ao receber a oferta de uma grande rede, entregou tudo por uma bolada. Vicente pôs tudo no banco, protegido por juros e correção. Mas não conseguia viver sob a sombra de que podia morrer de um dia para o outro e aquele dinheiro ir parar nas mãos de seus filhos, sustentando até mesmo depois da morte o luxo de Marília e sabe-se lá o que de Francesca. "Pelo menos Tereza está morta. Não vai levar um tostão do meu bolso", disse uma vez para Eulália. Minha secretária o visitava de tempos em tempos por causa das obras da igreja de São Sebastião e gostava do velho, que havia arranjado o primeiro emprego para seu filho, Ricardo. O menino foi contratado como office-boy por meu irmão e, depois, começou uma carreira no escritório que administrava as empresas de João. Eulália era parte da clientela quase invisível que meu pai mantinha na cidade, fruto de suas relações e pretensões dentro da Igreja. E foi na conversa com minha secretária que ele teve a ideia de repartir os seus bens. Metade ia doar às obras do padre Vitório; e a outra guardaria para si, para sustentar sua velhice. Ia gastar tudo até o dia de sua morte e ainda faria os filhos pagarem por sua mortalha e caixão.

Queria o enterro ao lado da igreja de São Benedito, embora tivesse naquele tempo voltado a assistir às missas em Itamarã –

comungava de novo e se sentia "liberto por uma castidade redescoberta", como dizia aos amigos, que lhe perguntavam se não pretendia casar de novo. O pároco da cidade não o conhecia, e a história de seus milagres era coisa enterrada no passado do lugarejo. Quando soube da decisão de meu pai, João me procurou no escritório. Queria que eu assinasse com ele a ação pedindo a interdição do velho. Explicou que tinha o apoio de Mateus, com quem já havia conversado no dia anterior, quando o filho de Eulália lhe contou a conversa que tivera com a mãe, que estava encantada pelo temperamento e bondade do velho. "Vai deixar tudo para os pobres", dizia Eulália, como se ela mesmo fosse entrar naquela bolada. Escutei os argumentos de meu irmão e disse que pouco havia a fazer, pois os bens eram dele e o velho podia dispor deles como quisesse; não havia lei que impedisse a caridade e, provavelmente, a Justiça não nos seria favorável nem a cidade, que enxergaria naquela ação apenas mesquinharia e se tornaria mais um problema para sua campanha à prefeitura. "A oposição vai dizer que você quis tirar dinheiro dos pobres e vai lembrar que nosso pai sempre votou no PMDB." Meu irmão ficou furioso. Tive a impressão de que só não esmurrou a mesa porque ela era minha e não dele. Olhou bem nos meus olhos e vi nos seus a mesma fúria que tantas vezes testemunhara em nosso pai. "Mateus tem razão. Ele é um grande filho da puta, um canalha que pensa que pode vender o que é dos filhos. E o que pertencia à nossa mãe? Ele também pode dilapidar só para comprar seu ingresso na Igreja e seu lugar no céu? Isso é coisa daquele padre Vitório, tenho certeza. Esse petista maldito." E olhou para mim, como se pedisse desculpas. "Sei que você é meio filósofo, meio comunista e não acredita em Deus. Mas nunca se meteu na política daqui nem contrariou os interesses da família. Então, desculpe a sinceridade, meu irmão, mas pouco me importa o que você pensa, assim como pouco me importa a fé de nosso pai. Se ele acredita que vai para o céu em um carro de fogo como um profeta ou se o julgamento final nos levará a todos para o inferno. O que me importa é o que as pessoas fazem aqui na terra, na nossa cidade. Se elas não podem me ajudar, que pelo menos não me atrapalhem e, principalmente, não me tirem aquilo que é meu de direito. Enfim, ouvi seus argumentos e, talvez, você tenha razão sobre a eleição que se aproxima. Vamos nos falando, Paulo, para tentar encontrar uma forma de impedir essa loucura." Eu tinha a fama de ser o comunista da cidade, mas nunca vivi em partido ou militei em qualquer movimento. Era apenas letrado, um ateu que havia vivido em São Paulo, era solteiro e não tinha filhos. Bem diferente do que se espera de todo cidadão de Santo Antônio.

O inevitável aconteceu três dias depois, quando meu pai entrou na sacristia da igreja de padre Vitório. Sentou em uma cadeira e explicou o seu plano para o pároco, que agradeceu a oferta e lhe disse que Deus lhe retribuiria cem vezes o gesto em direção aos humildes da cidade. Meu pai fez o cheque nominal à paróquia em silêncio – pediu ainda ao sacerdote que não dissesse a ninguém qual a origem daquele dinheiro, pois não estava ali em busca de fama ou glória. Era assim que ele imaginara que um bom cristão agiria em uma situação semelhante e se encheu de alegria e vaidade por ter conseguido desempenhar o papel de forma tão firme diante do padre. Sentiu que podia ser um dia enterrado na própria igreja, como esses bispos e poderosos, como um Vasco da Gama ou um Camões, e se despediu sem olhar para o cheque daquela fortuna que deixava na mesa. Naquela semana, Vicente foi a Itamarã. Confessou os pecados para os quais precisava de perdão e entrou no domingo na fila da hóstia. A cara contrita e a expressão caridosa voltaram ao seu rosto. Saiu da igreja e, no caminho do carro, viu passar uma jovem menina com duas pesadas sacolas cheias de compras. O coração bondoso lhe fez um chamado e Vicente abordou a menina. “Quer ajuda, garota?” A menina que o vira sair da igreja pensou que mal não havia aceitar o braço de alguém que frequentava a missa aos domingos. Vicente foi olhando no vestido simples da adolescente e a foi questionando sobre sua família. Descobriu que a moça era empregada doméstica e usava o dinheiro do salário para comprar mantimentos para a família toda semana. Vicente lhe perguntou quanto ela ganhava em seu trabalho. “O mínimo, senhor.” Ofereceu-lhe então o mínimo e mais outro tanto se ela topasse fazer faxina em sua casa. Deu-lhe o endereço e o telefone e a linha do ônibus que devia apanhar para ir até Santo Antônio. Se lhe fosse mais cômodo, podia até mesmo dormir em sua casa durante a semana. E a menina gostou da oferta e combinou que ia falar com os pais, mas que aceitaria o serviço. Vicente se sentia sozinho na casa amarela e mais do que uma funcionária queria uma companhia feminina; não queria casar, apesar de poder fazer isso na Igreja desde o momento em que ficara viúvo de minha mãe. Ele tentara casar com Marília pouco depois do enterro de Tereza, para finalmente se livrar do constrangimento de não ter suas núpcias abençoadas na Igreja. Pouco importava se já tivessem casado em uma igreja cismática. Queria regularizar seu casamento, mas encontrara em Marília um obstáculo. Ela não quis saber daquela história de novo matrimônio, pois achava uma estultice, ainda mais em uma relação que já fazia água e se aproximava do naufrágio. “Que bobagem é essa agora, Vicente?” Pensou que seria ridicularizada por todos: seria a única mulher da cidade a casar com o homem errado duas vezes. Para cortar o assunto, prometeu que, quando fizessem suas bodas, pensaria nessa ideia de casar outra vez na Igreja. Jogava assim o problema para bem longe e escapava da humilhação e do ridículo. Meu pai não aceitara a resposta e pediu a Marília que fosse falar com padre Vitório, pois acreditava que o pároco pudesse convencer sua mulher, mas ela não quis. Era assunto encerrado. Vicente ficou mal-humorado o resto da semana e tentou lhe explicar o quanto aquilo era importante para ele. "Você não se importa comigo nem mesmo com Deus. Sinto o sal em seu corpo e é como se, a cada dia, o pecado lhe deixasse mais dura, Marília. Assim você arrasta o nosso lar para um inferno sem fim." À noite, depois que ela acendeu a luz do quarto para ir ao banheiro, despertando o marido, os dois discutiram. Ele a xingou de vagabunda e sentou a mão em sua cara, pois ela não respeitava nem mesmo o sono de quem trazia o dinheiro para aquela casa.

"Seu pai é um merda", disse Marília quando terminou de contar como apanhara naquela noite. Nunca lhe perguntei se ela tinha outros enquanto dormia comigo. Nunca questionei onde estava quando ligava para sua casa e ninguém atendia ou quando não conseguia encontrá-la em Campinas. Sempre pensei que Marília devia ter amigos e até mesmo tivesse um lugar para eles em sua cama. Não era possível que se contentasse somente com um segredo, que eu fosse o único homem com quem se despia voluptuosamente. Não podia e não queria acreditar que aquela mulher fosse apenas minha; seria impossível, sem dúvida alguma, pois aquele furor não se esgotava nas horas passadas comigo. Não tinha propriedades ou intenção de ter filhos que justificassem uma "necessidade" de obter de Marília um juramento de fidelidade. Não tinha a ilusão dos meninos jovens de achar que uma aliança de ouro quebraria os nossos impulsos diante de outras pessoas e me sentia muito orgulhoso de que tal mulher me tivesse escolhido para ser um de seus homens, um daqueles eleitos para tê-la, mesmo que fosse no mais estrito segredo. Às vezes falava com meus irmãos – os seus filhos – e não me incomodava com a situação. Gostava dos dois, mas a diferença de idade me fazia vê-los como sobrinhos. E, talvez, fosse mesmo um tio para eles, o único que conheciam da família Volpin. Marília sabia que meu pai nunca se havia casado de novo depois da separação e ficava feliz, porque acreditava que nenhuma mulher devia ser obrigada a passar pelo que ela passara nas mãos do ex-marido. "Deve ser decisão divina. Deus já permitiu incontáveis catástrofes na história humana, mas nunca permitiu que uma mesma tragédia se repetisse quatro vezes", dizia.

Se Deus não nos julga de novo depois de mandar nossas almas para o inferno ou cria catástrofes iguais, eu não sei. O que eu sei é que a jovem Cristiane foi trabalhar como empregada de meu pai. Tinha 16 anos e era parda. Seu corpo já tinha as formas de mulher, embora ainda não se sentisse segura para tomar conta da própria vida. A jovem fazia a faxina, cozinhava e ouvia o rádio durante a jornada até a chegada do velho, que aproveitava o tempo, agora livre, para ajudar na igreja e visitar os amigos e antigos funcionários. No fim da tarde, quando o patrão voltava para casa, Cristiane saía para apanhar o ônibus e dormir na casa dos pais, em Itamarã. E, assim, foi nos primeiros dias daquele mês de agosto de 1988. Mas o velho foi logo chegando mais cedo. Até que disse à moça que ia lhe dar um aumento. "Você merece, menina." E um dia Vicente pediu que a jovem dormisse em sua casa, pois precisaria de seus serviços mais cedo no dia seguinte. O velho ficou aguardando o momento em que ela foi ao banheiro tomar banho e espiou a menina se despir até fechar a cortina em frente ao chuveiro. Quando Cristiane saiu do banheiro, ele apanhou a sua mão e a levou ao seu peito. "Veja como você deixou o meu coração." A menina olhou para o velho e não soube o que responder. "Posso?" E acariciou o seu rosto e deslizou a mão em seu ombro e, depois, em seus braços. A menina ficou paralisada; teve medo de como aquilo terminaria, mas deixou Vicente seguir com as mãos, tateando o seu corpo. Levou-a até o quarto e a despiu. Viu que era virgem e parou. Abraçou a jovem, e a sentou ao seu lado na cama e dormiu sem consumar o que planejara. Desde então, ela foi a sua virgem e, assim, Cristiane seria enquanto se mantivesse pura. Na noite seguinte, pediu novamente à menina que ficasse e repetiu cada gesto em sua cama. No fim de semana, a menina voltou para casa e comentou com a irmã o que acontecera. "Não te fez nada na cama?" "Não. Acho que o safado está brocha." "Você devia tirar o dinheiro desse otário. Não devia perder essa oportunidade, não." E foi por isso que, na semana seguinte, o investigador Onofre bateu na porta da casa do velho, às 21 horas. Cristiane já tinha partido para a casa dos pais. Sua irmã trabalhava na boate de Onofre e lhe contara o caso. O tira logo entendeu que aquela informação era dinheiro na certa e ia tomar uma grana do velho, do meu irmão ou da oposição, enfim, quem pagasse mais para proteger ou expor o velho tarado. Tocou a campainha até que meu pai apareceu no velho postigo.

"Quem é?" "É da polícia, senhor Vicente. Preciso conversar com o senhor" Meu pai abriu a porta e o investigador entrou. Foi logo examinando os móveis e não enxergou grande riqueza na casa, como sua dançarina havia contado. "O senhor me desculpe o incômodo, é que eu estou verificando uma queixa dos pais de uma menina chamada Cristiane. Ela é funcionária do senhor, não é?" "Sim, é sim, por quê?" "Olha, eu não posso ainda falar, mas posso dizer que a situação é grave e que o senhor tem um nome a zelar na cidade, não é? Por isso eu vim aqui nesse horário. Não queria expor ninguém, ainda mais se a acusação for falsa. O senhor sabe, né, seu Vicente, tem coisas que não dependem da gente." Meu pai logo entendeu onde Onofre ia chegar e disse: "Esse é o achaque de hoje, não é Onofre?" "Que é isso, seu Vicente? Por mim, essas coisas se resolveriam na simples amizade entre o senhor e mim, mas tem mais gente que sabe da história, gente que tem um apetite enorme e não respeita ninguém. O senhor não tem ideia de como é esse doutor Batista, seu Vicente. Se não recebe uma bolada por semana começa a sofrer crise de abstinência. A tremedeira só passa quando o dinheiro chega na gaveta dele." "Olha, Onofre, eu não sei o que os pais dessa menina disseram, mas, certamente, é tudo mentira. Vivo nessa cidade há 60 anos e todos conhecem minha história, meus erros e minhas obras. Todos conhecem a minha família e sabem que somos gente de respeito, todos sabem que sou religioso e como eu e meus filhos sabemos ser gratos aos nossos amigos. Diga a esse doutor Batista que ele pode fazer o que bem entender. E meu filho João vai dar um bonde em vocês todos. Não vai ficar nem sombra dessa quadrilha aqui na cidade." Onofre pediu ao velho que se acalmasse. Disse que todos tinham muito a perder ou muito a ganhar. Dependia apenas de meu pai conservar a calma e entender que, mesmo que ele conseguisse mudar toda a equipe da delegacia, outros assumiriam o lugar e retomariam a investigação daquela denúncia, o que não seria bom nem para ele nem para os seus filhos. "Imagina um caso desse estragar a campanha do seu filho para prefeito? Imagina, seu Vicente? O que eu tenho a propor para o senhor é um acordo entre dois homens que sabem que ambos estão errados e não têm motivo para não se ajudarem. O senhor me ajuda a deixar o doutor Batista feliz e eu ajudo o senhor a manter a sua honra e a eleição de seu filho." Como meu pai ficou em silêncio, o investigador continuou. "São US$ 50 mil. É isso que o doutor exige, mas acho que podemos fazer por menos, se o seu filho não quiser pagar pelo pecado do pai, o que é muito comum. O senhor não sabe o tamanho da ingratidão humana, seu Vicente. Vejo isso todos os dias em meu trabalho. Bom, eu vou terminando por aqui. Não precisa me dar a resposta agora. Pode fazer isso na próxima semana. Mas é na próxima semana, ouviu? Que o doutor fica irascível quando a gaveta fica vazia e ele não vai se queixar com o senhor, vai é se queixar comigo." Deu boa noite e saiu da casa. Nunca os olhos do velho exalaram a mais negra peste com alguém que não fosse sua mulher ou seus filhos. Naquele momento, teve a certeza de que o patife do Onofre falava sério. Sabia que o policial fazia serviços para mim e me procurou no dia seguinte em meu escritório, logo cedo, depois que Cristiane não apareceu no emprego. Mas eu não estava – havia passado uma madrugada suave com a nossa Marília e só voltei à cidade no começo da tarde. Quando cheguei, dona Eulália estava em pânico. "Seu pai esteve aqui e voltou mais tarde com seu irmão João. Disseram que era urgente e ainda falaram que haviam passado em sua casa, mas não acharam o senhor. Seu irmão estava tão nervoso que brigou com seu pai na minha frente, doutor Paulo. E ainda disse que o senhor devia ter passado a noite na putaria, no clube do Onofre. Ai, seu Paulo, me desculpe, eu só estou contando o que eles falavam um para o outro." Tranquilizei Eulália e disse que havia dormido em Campinas, pois tive um processo que me fez ficar até mais tarde na cidade. "Só isso, dona Eulália. Seu patrão não é um devasso que chega tarde porque perdeu a hora se divertindo em um bordel. Pode ficar tranquila." Entrei na minha sala e fechei a porta. Telefonei para meu irmão e perguntei o que estava acontecendo. João me falou que não podia tratar daquele assunto pelo telefone e me recebeu em seu escritório. "Nosso pai fez uma grande cagada." "Que novidade... Vai se casar de novo? É isso? Ou resolveu doar o que resta de seu patrimônio para a Igreja?" João me pediu que me sentasse, que a história era complicada e certamente exigiria de mim todo o meu conhecimento profissional. "Puta merda, o velho comeu a menina?" "Ele jura que não. Disse que viu que ela era virgem e não teve coragem de tocar naquele anjo." "E o filho da puta do Onofre quer 50 mil dólares porque ele encoxou a menina pelada?" "Não é só isso, Paulo, pelo amor de Deus. Será que você não entende que é o futuro da eleição que esse canalha está vendendo?" "Ele quer tomar o dinheiro de você? O Onofre te procurou também?" "Não, é claro que não. Não passaria da portaria." "Bom, João, em todo caso, você não teria nenhuma segurança de que, depois de pagar para o Onofre, ele não iria até o pessoal da oposição para vender a mesma informação e, assim, ganhar duas vezes." "Mas isso não é ético, Paulo. Não é possível fazer um acerto honesto com esse pulha?" "João, isso é tudo uma questão de dinheiro. Se você pagar uma vez, vai se tornar cliente... O Onofre vai passar aqui todo mês para cobrar a mensalidade. Você vai abrir um grande crediário para ele e para os outros policiais. Acho melhor enfrentar tudo isso sem pagar nada. O que eles podem fazer? Quais as provas, João?" Meu irmão disse que não sabia o que eles tinham e isso o incomodava demais. Temia que Onofre tivesse gravado a conversa com o velho e a editasse para incriminá-lo. Decidiu, no fim, que o melhor era dobrar a aposta. E mandou meu pai dizer que, se todos tínhamos alguma coisa a ganhar, todos nós tínhamos também alguma coisa a perder. E que, se Onofre quisesse, levasse adiante aquela denúncia, pois não havia prova alguma do que os pais da menina alegavam ter acontecido em sua casa.

Uma semana depois, um panfleto com a fotografia de Cristiane de costas passou a circular em Santo Antônio. "O que João faria para proteger as nossas filhas de um aproveitador?" Os pais de Cristiane receberam uma pequena ajuda de custo e a promessa de que um advogado ia ajudar a família, processando o responsável pelo sofrimento da menina. Onofre não ganhou os US$ 50 mil que tentou achacar de meu pai, mas conseguiu encher a gaveta do doutor Batista e a sua com o que recebera da oposição. João me pediu naquele mesmo dia para ir ao fórum apresentar uma petição ao Ministério Público para a abertura de inquérito. Era a forma de tornar tudo aquilo uma mera exploração política, desacreditando qualquer iniciativa de Onofre e de seus adversários. O escândalo ganhou asas na cidade, ao contrário das investigações e processos sobre o caso, que não deram em nada. Uma semana antes da eleição, um repórter de uma rádio, conversando comigo em uma solenidade, me fez a pergunta para a qual eu não estava preparado. "Em quem o doutor Paulo vai votar na próxima semana?" "Eu? Eu vou votar no PT." E minha sinceridade impensada se tornou a pá de cal na candidatura de meu irmão. No dia seguinte, a cidade estava coalhada com um novo panfleto: "Nem o irmão vota no João, por que votar nele, então?" E João perdeu a eleição para prefeito. Compreendeu que nem todo o dinheiro do mundo podia fazer passar sua família pelo buraco da agulha. E Onofre e o doutor Batista foram parar bem longe de Santo Antônio. O dinheiro de meu irmão podia não remover montanhas, mas transferir dois policiais para longe de lá isso ele podia fazer.

PROVA

Um fantasma rondou meu pai até o fim. O medo de terminar sozinho, esquecido pelos filhos e pelas mulheres que conheceu, pelos amigos e ex-funcionários. Teve medo de acabar em casa sem receber a unção dos enfermos, sem ter ninguém velando por ele em seu último momento; deixar esse mundo rodeado pelo vazio de uma parede branca onde o tempo escreveu suas misérias para recordá-las à noite ao deitar em sua cama. Meu pai olhava para cada canto, de alto a baixo em seu quarto e discernia as camadas geológicas de sua existência, as aflições tectônicas, os eventos cataclísmicos por trás da extinção de cada período de sua vida. Ali estavam enterrados os ossos do antigo senhor do comércio de Santo Antônio e gravadas as fórmulas mágicas contra os espíritos malignos que habitavam aquela casa. E foi assim que se envolveu em sua última incursão afetiva, uma jovem da igreja que ele logo engravidou. Não quis saber os detalhes do caso, nem mesmo depois que tudo havia terminado em uma clínica onde a menina fez um aborto pago com o dinheiro de meu irmão milionário – o velho se recusava a usar o próprio dinheiro para bancar a operação. João certificou-se ainda de que tudo seria feito bem longe de Santo Antônio, pois não queria ficar na mão de ninguém. Exigiu ainda que meu pai tratasse de tudo pessoalmente para não ter contato com ninguém ligado a essa história. Evidentemente, contou-me tudo para o caso de precisar de meus serviços, o que não foi necessário.

No começo da conversa com João, meu pai afirmava não ter feito nada com a moça, que conhecera em uma novena e ficaram juntos na mesma barraca durante a última quermesse na paróquia de São Benedito. "Bom, só me falta o senhor me dizer que foi o Espírito Santo." Nosso pai negou o quanto pôde para, aos poucos, contar que a ajuda na barraca se transformara rapidamente em outros trabalhos – todos pios, só caridade com os pobres e sem esperança. E, depois, vieram as missas e as caminhadas entre a igreja e a casa da moça até que ele resolveu convidá-la para um café na casa amarela. E Deus era testemunha que ele tentara resistir à beleza beatífica daquela jovem. No fim do relato, reafirmara o quanto os dois haviam rezado para que aquilo não acontecesse, que não sabiam como se haviam envolvido, ainda mais ele, que havia passado dos 60 e aquela moça que recém havia entrado nos 20. "Desculpe, meu filho, mas o seu pai também peca, sabia? Ainda sou um homem e tenho meus instintos, afinal, não estou morto. Ainda." E João viu no caso mais outro escândalo para sua família e teve vontade de mandar nosso pai à merda. Respirou, respirou e disse ao velho: "O senhor gosta de pescar, não é pai? Deus foi logo dando um aquário inteiro para o senhor. Espero que essa jovem tenha sido a única na comunidade." O pai abaixou a cabeça e disse que sim, não havia nenhuma outra moça que ele tivesse levado para a cama desde a empregada que custara a eleição ao filho. "Foi a única.

Ela é a única, meu filho." A jovem não queria a criança e meu pai concordava que não podia pôr tudo de novo a perder na Igreja, depois de reconquistar seu espaço na paróquia e na comunhão dos homens – até conseguira que padre Vitório o deixasse participar do ofertório e das leituras nas missas. Não ia suportar uma nova exclusão e levou a menina em seu velho Diplomata até uma clínica que eu encontrei em São Paulo. Os dois foram sozinhos. Pegaram a estrada em direção de Itamarã, como se fossem à comunidade da igreja que assistia a pessoas que se recuperavam do vício das drogas. Iam lá sempre às quartas para ajudar nas compras e na organização de orações e leituras da *Bíblia*. Passaram pela cidade e seguiram até um retorno a 20 quilômetros dali, onde entraram em uma nova estrada e, de lá, rumaram para a capital. Chegaram à clínica por volta das 11 horas e a moça entrou sozinha. Meu pai aguardou no carro até que às 15h30 ela saiu pela porta. "Está feito, Vicente." Meu pai ligou o Diplomata e voltaram ainda antes de escurecer. Depois daquele dia, creio que as orações de meu pai nunca mais terminaram em uma cama, na companhia de uma mulher.

A debilidade do velho foi aumentando e, mesmo que ele quisesse, talvez, não conseguisse mais fazer nada. O câncer de próstata cobrara-lhe um preço alto para ser tratado e ele resolveu que sua vida seria apenas a igreja e uma tentativa de controlar a única coisa que lhe restava ainda na terra em profusão: os filhos. Voltou a me visitar com frequência no meu escritório, sem aviso – chegava, às vezes, de táxi e outras, dirigindo ainda o velho Diplomata. Perguntava como iam os processos e tinha especial interesse nos casos que estivessem em segredo, principalmente, os da recém-criada Vara Civil. "Você tem nessas páginas um retrato de a quantas anda a nossa cidade, o que pensam os maridos e as esposas sobre a família e o casamento e o que fazem os sócios aos outros em seus negócios? Aqui pela mesa deve ter cada litígio, não é não meu filho?" Eu ouvia aquela conversa sem nunca saber aonde ele queria mesmo chegar, que o velho não lançava semente na terra sem esperar a colheita. Em uma dessas visitas, entrou em minha sala antes de ser anunciado por Eulália e me viu escrevendo em um papel alguns versos. "Ah, meu menino também gosta de poesia?" "Pai, você sabe disso há muito tempo. Qual o problema de me distrair um pouco no meio da tarde?" "Posso ler?" "Não. Não pode. Nem terminei ainda. É só um rascunho." E o velho sentiu o cheiro de mais um segredo, que não estava em processo nenhum, mas que me tomara a atenção e me enchera de um zelo. Logo entendeu do que se tratava. "Na certa é mulher. Não tenho dúvida. Cherchez la femme, cherchez la femme!", repetiu, ao conversar com meu irmão João naquele mesmo dia. "Por que seu irmão deu agora para escrever poesias? Só pode ser mulher. Só pode." Meu pai evitava chamá-lo por seu apelido, mas tinha certeza de que o filho sabia. A morte do menino era um tabu para meu irmão e seus negócios lhe tomavam tempo demais para ficar atrás do que os irmãos faziam; súbito, cortou o pensamento do meu pai e o convidou para o almoço. Meu pai não desistira da pista que havia encontrado em meu escritório; uma curiosidade mórbida sobre mim sempre o levara a pensar que eu tinha algo de podre que ele não sabia, que talvez fosse um crime ou uma fraude, pois como um filho seu não teria nada a esconder? Éramos seis, cada qual com seu apelido, e o meu era muito infantil. Certamente, algo de muito grave eu fizera em São Paulo para deixar a cidade e a possibilidade de um sucesso brilhante na advocacia da capital do Estado. Logo pensou que eu estivesse metido com subversão ou que a opção por Santo Antônio servia para me esconder de meu passado. Em um breve momento se lembrou de Marília e tremeu. E se o poema fosse para sua puta? Marília nunca mais se casara desde que o abandonara e, certamente, uma vadia como ela devia ter uma fila de amantes para satisfazê-la. E se o seu filho fizesse mistério porque resolvera escrever um poema para aquela piranha ler depois de uma petição? Se ele fosse mais um estúpido Volpin a se deixar envolver por aquela mulher? O coitado seria feito de gato e sapato e iria amassar o pão do diabo. Mas, e se ela cedesse ao seu filho doutor e agora tivesse um outro Volpin em sua cama, seu filho, seu próprio filho, irmão de suas crianças? Não seria possível uma tamanha depravação de espírito ou uma tamanha traição. Nem a mais forte corda na mais alta árvore poderia dar conta da minha consciência se eu vendesse o seu sangue, o sangue de sua família, àquela mulher. Parou de pensar nessa hipótese, pois já fazia tanto tempo que o filho trabalhava em parceria com o escritório de Marília que seria impossível isso acontecer só agora. Não, claramente escrevia para uma mulher, mas não para aquela. Decerto se apaixonara por uma puta, mas não por aquela. Havia tantas no mundo, e ele mesmo conhecera muitas e se casara com três. Enfim, seu filho era um malandro e ia trocar aquele poema por alguma coisa. O velho foi para a casa e em seu caminho foi se distanciado do evento, deixando o incidente ficar no passado, pois era preciso cuidar de outras bezerras em sua vida. No dia seguinte, ficou entusiasmado com a visita de Eulália. A velha senhora foi ver se estava tudo bem com meu pai e trocar os tais dois dedos de prosa que seu Vicente adorava. Depois de cercar o galo e a galinha, meu pai pensou que era chegado o momento de recolher os ovos. "Ô, Eulália, eu estava aqui preocupado, você sabe, é mãe e eu sou pai. Pois então, comadre, o Paulo nunca lhe falou de casamento ou mulher? Ele nunca deixou escapar nada ou a senhora nunca o ouviu marcar nem mesmo um jantar com uma namorada ou pelo menos um encontro com mulher feia ou bonita?" "Olha, seu Vicente, eu nunca vi mulher entrar naquele escritório que não fosse para trabalho. Seu filho é muito ocupado." Tenho a mais absoluta certeza de que Eulália não sabia o que responder. Meu pai insistiu de novo, queria indícios, buscava pistas de quem seria a mulher misteriosa que envolvera seu filho. "Ah, seu Vicente, eu não sei, não. Mas se o senhor tá falando..." E, como para encerar o assunto, quis levar a conversa para o campo do improvável ou do impossível. "Olha, seu Vicente, o seu menino só fala com a dona Marília, que sempre está tão bonita quando chega ali no escritório. Eu até imagino como ela devia de ser mais moça, né não, seu Vicente? O senhor teve muita sorte." Meu pai se fechou. Pensou se já não havia contado à comadre os hábitos de sua ex-mulher, com quantos homens ela deve tê-lo traído, como se comportava de forma imoral e escandalosa diante de todos só para aviltá-lo e se aproximara do filho, depois, só para continuar a sua humilhação. Mas preferiu manter o silêncio e perguntar um pouco mais a Eulália sobre o que ela via e ouvia. Chegou mesmo a elogiar a ex-mulher, como nunca fizera, para deixar a comadre mais solta e tranquila. "Você sabe, Eulália, que eu tive muitos problemas com ela, enfim, o casamento não deu certo, mas o tempo passou e hoje eu não guardo mais nenhuma mágoa. É ela lá e eu aqui e cada um que cuide de sua vida. Mas é só ela que entra naquele escritório, Eulália?" E a secretária, mais uma vez sem saber para que lado levar a conversa, conduziu sua resposta para onde o meu pai queria: não percebeu o predador camuflado à espreita da presa. "Olha, seu Vicente, eu pelo menos nunca vi ninguém além da Marília, que o senhor me permite dizer, é sempre uma simpatia. Comigo e com o seu filho também. Sabe, eu fico impressionada como uma mulher pode se vestir tão bem e ser tão bem-educada. Ela gosta de poesias, sabia, seu Vicente? Quem vê aquela doutora deve pensar que ela só tem tempo para códigos e livros de lei. Mas ela não. Outro dia vi ela lendo um poema que o seu filho fez. Ela disse que era lindo e falou que assim ele teria em breve um livro. Mas é só isso. Os dois só falam de processos e de poemas, seu Vicente. Não tem nada mais, não. Mesmo quando seu filho dorme em Campinas e chega no começo da tarde, é sempre por causa de algum processo, alguma reunião. Não me parece que seja por farra, pois ele sempre volta cansado de tanto trabalho. Olha, seu Vicente, seu filho pode até se meter em algum bordel, porque o senhor sabe como são os homens, mas se ele faz isso, é muito discreto. Não vai se envolver em nenhum escândalo. O senhor como pai pode ficar tranquilo."

Pois era como pai que meu velho se intranquilizara de vez. A pobre Eulália dera a pista que ele nunca tivera antes, a pista de que a piranha estava de graça com seu filho e talvez todo o falatório naquela cidade sobre a família despudorada em que o enteado tem um caso com a madrasta fosse verdade. As bochechas do velho pareceram explodir de uma hora para outra. Eulália temeu pelo pior. "Seu Vicente, seu Vicente, não fique assim preocupado. Seu filho é uma pessoa muito boa e, certamente, vai encontrar uma mulher digna e amorosa e ainda vai lhe dar muitos netinhos." A conversou terminou quase ali. A secretária apanhou o queijo que ela levava sempre para o velho e o deixou sobre a mesa da cozinha. Depois, pegou sua bolsa e a sombrinha e se despediu de meu pai. O velho não conseguiu dormir naquela segunda-feira. Passou a noite inteira pensando em uma estratégia para confirmar sua antiga suspeita, como o seu filho se tornara o maior canalha de Santo Antônio. Sabia que jamais tiraria o que fosse de mim sem ter uma prova que eu não pudesse negar. "O canalha é advogado, sabe como manipular evidências, destruir testemunhos, desacreditar relatos, subornar juízes e construir um processo em que vai parecer natural e justo até a conclusão de que o filho é o pai e o pai é o filho." Precisava pôr as mãos nos papéis que eu guardava em minha sala, poder revistar minhas gavetas, enfim, ter a confissão assinada do criminoso sobre o seu delito, o pior dos delitos que se pode esperar de um filho: a traição ao pai.

O velho acordou decidido a não descuidar de nenhum detalhe. Ia agir com cautela, pois temia alertar o alvo, o que significaria a perda da possibilidade de obter uma prova de meu crime. Cautela e paciência. Só voltou a procurar Eulália quatro dias depois, na sexta-feira. Telefonou para meu escritório e perguntou se eu estava. A minha secretária disse que não, que eu havia viajado no dia anterior para Campinas e devia ter dormido naquela cidade, pois eram 10 horas e eu não havia aparecido. "Dona Eulália, eu preciso falar urgente com ele. Preciso encontrar um documento que eu deixei com ele na semana passada aí no escritório. A senhora pode olhar na mesa dele se tem um papel do cartório?" A minha funcionária olhou e voltou ao telefone. Não havia nada sobre a minha mesa. Meu pai insistiu e ouviu a mesma resposta. Quinze minutos depois, tocou a campainha. Eulália abriu a porta e ele mal a cumprimentou e já foi direto à minha sala. A secretária voltou ao seu lugar e deixou meu pai varejar as gavetas e os meus armários. Vasculhou cada centímetro com o zelo de sua loucura. Não desistira de manter a única exceção à sua regra de ouro sobre a vaidade de conhecer o mundo, o nosso passado, o hoje e o futuro. Marília suspendia essa escolha pelo refúgio em uma experiência divina, que não se deixava compreender e cujo absurdo era a própria prova pungente da existência de seu Deus. Achou, finalmente, meus manuscritos, apanhou papel e caneta e começou a copiar os poemas com a calma de um monge. Sabia que teria tempo antes de eu chegar, segundo o que lhe confidenciara Eulália. Notou as datas datilografadas nas folhas. Interrogou cada imagem, espancou as metáforas e aplicou choques em cada sílaba forte. Queria respostas. Deve ter reconhecido dentro de um de meus versos aquele que Francesca lhe fizera havia mais de 20 anos. Mas não se deteve no passado. Eram Marília e o seu presente que lhe interessavam, sua ex-mulher era o pecado que o afastava de Deus; seu desespero por aquela mulher era um estado de ânimo, um amargor profundo, porque consciente de sua origem: a futilidade de tentar controlar um fenômeno que não lhe era dado conhecer, que não era desse mundo. Assim como pensava que o mal não podia ser divino, que ele era a ausência de Deus, Marília mostrava a Vicente que a sua presença no mundo o fazia viver nessa ausência, em um vazio. Sentia-se ainda destruído aos poucos e pensava que o Senhor o punia para reafirmar sua Glória e para esmagar a exceção que concedia à vaidade de tentar compreender Sua natureza inexplicável. "Nada é mais distante que teu corpo." Era o que eu havia escrito e ele compreendeu as léguas que o separavam de Deus toda vez que teve Marília na cama. Leu depois que eu trazia em minha boca o gosto da mulher que me era proibida, o único fruto que eu não devia apanhar no Paraíso. E sentiu que eu fizera aquilo que a "vida mais duvida": tinha um caso com sua Marília.

Reuniu os papéis no bolso. Agora pretendia me fazer confessar, o que acrescentaria à certeza de sua investigação a minha rendição. Imaginou uma dezena de ardis, de armadilhas inesperadas e dissimuladas antes mesmo de deixar meu escritório. E lembrou que faltava terminar a busca. E perguntou a Eulália se eu guardava mais algum papel em algum outro armário, pois não estava conseguindo achar o documento que procurava. Teve a ideia de folhear os meus livros e começou a abrir volume atrás de volume até que encontrou dentro de Código Penal um bilhete. Meu pai deve ter reconhecido a letra rapidamente. Eulália disse mais tarde que ele tremia. Seria mais uma das crises que ele enfrentava há quase dois anos? Deixou o bilhete cair no chão. Eulália se levantou para ajudá-lo, mas ele disse que não precisava, que era só uma pequena tontura. "Acho que não me alimentei direito." O velho apanhou o papel, uma espécie de pista que o criminoso deixa inconscientemente intacta com o intuito de um dia poder expiar o seu crime. Era como se eu quisesse que alguém soubesse sobre meu amor por Marília, como se aquele papel ajudasse a torná-lo um pouco perene e eterno. "Espero você hoje em nosso hotel, meu amor." Ali, naquela letra, não havia nada mais que meu pai precisasse interrogar. Tudo era claro, nenhuma metáfora para ser interpretada, tudo era tão límpido em um mundo que não se deixa surpreender; a própria essência do pecado, da traição de seu filho, podia ser lida em cada letra daquele bilhete. Um ódio asfixiante percorreu os poros de sua pele. Sabia que a consciência daquele crime não mais lhe permitiria viver nesse mundo. Conhecera um segredo daqueles que Deus guarda dos homens para fazer com que a existência não termine em um salto no escuro. A desesperança lhe sufocava na medida em que não teria como cuidar daquela ferida, ao mesmo tempo que era incapaz de conviver com suas dores. Teria matado Marília se pudesse encontrá-la primeiro. Teria assassinado o filho, o instrumento daquele mal infinito, irreparável e incompreensível. Somente o crime para apagar a infâmia daquele casal. E foi invadido pela ideia de que eu dormira naquela madrugada em Campinas, talvez, no mesmo hotel do bilhete. Estava convicto de que Marília passara a madrugada comigo, que se entregara a mim com a lascívia que um dia fora sua despudoradamente, à luz do dia, com suas saias e pernas, com os seus saltos e seios, com o seu sexo que transbordava nas madrugadas sem fim. Não podia admitir que aquela mulher fosse minha sem que eu tivesse sido atingido pela espada ou pela miséria.

E pensar que naquela noite Marília esteve linda, como se antevisse o terremoto profundo que se preparava em nossas vidas, e ainda se entregou a uma volúpia tão intensa, revelando um pouco mais quem ela era, como se fosse possível aprender a cada dia um pouco de sua essência. Tirei-lhe o casaco e ela vestia apenas uma lingerie preta e um salto; e sorri satisfeito ao ver como aquela mulher se entregava. "Paulo, sabe, eu gosto de sexo. E gosto mais ainda com você." E não me deixou dormir em nenhum momento até o amanhecer. Marília tinha um gosto pelo jogo, pela graça e revelava pouco do que, na verdade, sentia, de suas dores passadas. Se eu não fosse filho do homem que lhe dera seus filhos, talvez, não soubesse jamais o que se passara na vida daquela mulher. Era Marília um mistério que só se deixava mostrar peça por peça e mudava de forma cada vez que eu surpreendia uma face das suas dezenas de essências. Sua presença era revelada em uma saia, um vestido, um sorriso, um sim, um não. Não conseguia enxergá-la por inteiro, apenas o seu impulso, a sua direção. Dizer que Marília era "um mundo" não encerraria o problema. Minha razão continuaria incapaz de entendê-la; não conseguiria jamais defini-la e contá-la com a minha ciência. Já não tinha mais dúvidas: Marília não era uma; era muitas Marílias, mas só conheceria uma por vez. E essa foi a minha pena, a condenação que me prendeu a esse mistério e me fez prisioneiro atado aos ferros dessa comum e definitiva impotência. Eu pensava que via tudo claro e podia compreender essa mulher, enquanto meu pai renunciara a qualquer compreensão e se lançara ao espírito para conviver com seu pesadelo. Nenhum de nós estava preparado para enfrentá-la. Meu pai não compreendia; e sofria. Eu abstraía; e vivia. Mas a investigação de meu pai não estava preocupada com questões filosóficas. Não tinha dúvida da natureza de Marília: ela era a maior desgraça da sua vida. Enquanto vivesse, não teria sossego, mas, se ela morresse, enfim, estaria para sempre sozinho e atado a um mundo que ainda lhe seria incompreensível.

SACRIFÍCIO

Marília era e sempre será parte da minha realidade impossível de capturar, de ser compreendida, de um mundo multiforme, como as luzes de milhões de estrelas de galáxias distantes que nos iluminam de forma imperceptível todos os dias e noites de nossas vidas. Deixei Marília em casa e rumei para Santo Antônio em minha resignação silenciosa ao que me parecia eterno e infindável. Tudo mudou pouco depois de ela descer do carro e o porteiro do prédio lhe anunciar o começo do inferno. "Dona Marília, onde a senhora estava, pelo amor de Deus? Vieram procurar a senhora essa noite." "Mas o que é que foi, seu Otávio?" "A sua filha teve um acidente, uma queda, e disseram que é grave. Tá lá no Hospital das Clínicas." Marília voltou para a rua, mas não me viu. Entrou no apartamento como um raio de luz, apanhou as chaves do carro, pôs um vestido e foi tentar saber o que acontecera com minha irmã. Chegou ao hospital em 15 minutos e logo avistou o filho. "Mãe. Mãe." Marília desfaleceu. Madalena caíra do 13.° andar de um prédio não muito distante de sua casa. Estava no apartamento de uma amiga no qual havia uma festa de jovens. Sua filha tombou de uma janela sem que ninguém visse ao certo o que aconteceu, só encontraram o corpo inerte no qual nenhuma violência penetraria novamente aquela alma. O descanso da noite, reencontrado pelo espírito de Madalena, só foi possível quando se perdeu em uma sombra definitiva, levando consigo o absurdo em um salto. Quis dizer ao mundo com o seu silêncio que podia pôr um limite naquele mesmo mundo, que lhe gritava, em cada minuto, o vazio de uma vida sem um refúgio, sem liberdade e desapaixonada. Viu em um instante todo o seu futuro e não gostou de nada. Madalena caiu, foi jogada, saltou? Madalena se foi quando decidiu viver sem revolta e reencontrar a rebelião no único e solitário momento vivido a poucos segundos do chão.

Marília se encolheu entre as tantas Marílias de sua vida e não soube encontrar aquela exata para a sua dor. Virou, rodopiou, buscou no fundo de cada momento vivido um que lhe ensinasse o que devia sentir e dizer. Olhou cada segundo de ódio, cada bofetada na cara e cada estupro sofrido depois de cada surra que lhe dera o marido. Lembrou a solidão em sua cama desde pequena, a distância do pai e as brigas em casa, depois, recordou as humilhações no trabalho, o assédio dos chefes e o escárnio de ser a mulher divorciada de um homem já separado. Procurou uma dor semelhante, mesmo que não fosse assim tão profunda, o que a volúpia lhe dera e lhe retirara na cama. Sentiu-se culpada de se ter revoltado diante da vida, feito escolhas e ter amado em cada minuto diverso o esplendor do que poderia ser mais uma vez redescoberto. Marília encontrou um limite que não podia transpor ou mudar. Olhou o filho o tempo que pôde para guardá-lo em seu peito, como um troféu improvável, pensando se em tudo aquilo haveria um sentido. Abraçou de novo o menino e chorou. E o silêncio tinha todas as vozes do mundo em um único grito de maldição. Marília perdeu muitas Marílias no corredor do hospital.

Madalena morreu e a certeza do que aconteceu naqueles segundos pouco antes da queda despertava dois tipos de questões. Uns se importaram somente em saber se havia alguém por perto, se ela estava bêbeda, se tropeçara ou perdera o equilíbrio em uma tragédia que ninguém pressentira ou podia prever. A sombra da escolha de cancelar uma vida, acabando com tudo o que não mais merecia ser levado adiante, era o que ninguém compreendia nem poderia, pois não se sabia o que ela sofrera para tanto. Que mal íntimo e incurável podia afligir uma jovem tão bela e sensível, que devia acabar o seu mestrado em astrofísica? Era esse o segundo tipo de questão. Madalena parou onde a mãe foi adiante e não entendeu que era livre para tentar ser livre, que podia sentir cada vez mais para sentir cada vez e dizer ao mundo que a sua falta de senso ou de coração também lhe fazia mais belo em cada momento. Madalena foi a maior perda da minha vida depois de minha mãe. Não conheci os seus dias e os seus trabalhos; não pude saber o que encontrara em seus atos. Não sei o que tecia e depois desfazia à noite; o que ela esperava em seus vinte anos; como tomava seu banho sozinha depois da violência que marcara o seu corpo. Não quisera ser mais do rebanho dos homens no pasto à espera da morte? Não quisera ver sua carne aos poucos comida pela vivência da vida? Madalena levou naquela noite uma alegria despreocupada e insolente para longe de mim e de todos. E assim mudou nossas vidas.

A perícia, a polícia e os depoimentos. Soube da morte de minha irmã quando entrei no escritório no meio da tarde. Eulália nem me deixou abrir a porta. "Seu Paulo, uma desgraça, seu

Paulo." Eulália chorava. "Mas o que foi, Eulália? O que foi?" E então me contou que Madalena havia sofrido um acidente e estava internada. Havia caído de uma janela, ou qualquer coisa assim. Não sabia ao certo, pois Marília havia telefonado e chorava a cada palavra. Não tive tempo de pôr a maleta em cima da mesa e não escutei mais nada. Falei para ela avisar meus irmãos João e Mateus, que do resto eu cuidava. Deixei Eulália chorando e entrei no carro. Estacionei em frente da casa amarela, e toquei a campainha. Meu pai não estava. E então rumei para Campinas. A estrada estava fria e ensolarada com o guard rail fugindo cada vez mais rápido do meu lado esquerdo – a cada momento ele levava e trazia minha angústia. Fiz o trajeto em 50 minutos e parei o meu Gol às 14 horas, em frente do edifício de Marília. O porteiro me disse que já deviam estar no velório. Não compreendi a palavra. Por alguns segundos, tive vergonha de parecer que não sabia o que já havia acontecido. Madalena morrera. Perguntei ao porteiro se ele sabia onde era o velório e ele me disse que seria no Cemitério da Saudade. Logo, pensei em Maria Jandira, que ateara fogo ao seu corpo quando seu casamento acabou, e em outras pessoas que ali estavam enterradas. Lembrei ter feito um passeio por lá com Marília, que me levou ao túmulo de Jandira e me disse, brincando, que a pobre coitada devia ter incendiado toda a cidade. Depois me levou à bilheteria do Moisés Lucarelli, para comprar ingressos de um jogo da Ponte Preta para uns clientes do Rio, que estavam em Campinas fechando um negócio com o auxílio do escritório – creio que era uma partida entre a Ponte e o Flamengo, no campeonato brasileiro.

Aos poucos foram chegando os amigos de escola, e fui a um orelhão tentar avisar o meu pai. Encontrei João em seu escritório, contei-lhe a notícia e pedi que apanhasse o velho para o enterro da filha que ele mal conhecera. E Mateus chegou pouco depois em seu Del Rey. E me abraçou e perguntou onde e como estavam Marília e Tiago. Levei-o até eles. Mal reconhecera a minha Marília que há poucas horas havia sonhado comigo a felicidade mais crua e recolhia o mais duro de todas as negações e castigos. Sentia como se as fúrias tivessem lançado a vingança por ter tido a esperança de ser feliz ao seu lado. E ela? Por que isso com ela? Haveria pensado em deixar de ser um segredo em minha vida e enfrentar todos os riscos e sentimentos envolvidos? Abraçou-me. O mais profundo dos sonhos senti partir em um soluço. Ali perto, operários com uma britadeira nos despertaram, enquanto mudavam a paisagem da rua próxima do cemitério. Havia ainda a buzina de um motorista impaciente. Tudo parecia acabar com o sossego naquela manhã. Abraçou-me em busca de um sopro que refizesse o seu mundo para nele poder renascer com toda sua força e violência. Queria ter a vontade impassível das árvores diante do vento e da chuva, queria entrar na paisagem de uma montanha eterna e imutável e se tornar uma lenda. A britadeira voltou a fazer seu barulho. E ela não pôde me explicar o que fomos até ali e o que a nossa vida seria depois.

Mateus a abraçou para lembrar que uma vez aquela mulher lhe disse o não mais forte que até então conhecera depois da morte de nossa mãe. Mas reconheceu em Marília uma tristeza que fazia da sua uma figura embaçada. Meu irmão retomara sua vida depois de se ver rejeitado e incompreendido pela madrasta. Não sentia culpa por a ter desejado, pois sabia que a conhecera ainda solteira e sem nenhum laço com o nosso pai; que fora ele a vítima de uma armadilha que ele montara e caíra sozinho sem precisar culpar o destino ou mesmo um Deus irreverente e perverso que jogasse o pai contra o filho por mero capricho ou maldade. Sentiu que fizera boa parte de seu próprio roteiro. Seu temperamento e gestos eram os corretos para o papel que ninguém mais teria desempenhado. Mateus a abraçou e lembrou que depois se casara com uma mulher que não era brilhante, mas que fazia dele um cara feliz e lhe dera três filhos – todos pequenos e inconscientes de que todo o crédito agrícola na região de Santo Antônio dependia do aval de seu pai. Continuava o reacionário de quando era jovem e se entusiasmara pela candidatura de Fernando Collor à Presidência para depois saborear o poder de dizer a cada cliente que não havia nada a fazer, que todo dinheiro estava retido no banco, inclusive as suas economias. Essa era a lei.

Meu irmão voltou e veio conversar comigo. Perguntou se os outros viriam e disse que havia conseguido avisar João e deixara um recado para Maria com a sua mãe. Eu era o único que tinha todos os números de minha família e ouvia suas queixas e histórias sem nunca contar aos outros o que cada um me revelava, pois acreditava em um sentido estreito que um homem valia mais não pelo que ele falava, mas pelo que ele calava. E eu não deixava que os ódios de uns aumentassem as mágoas dos outros e também guardava o que me havia atingido em minha alma, em minhas esperanças e ilusões. "João vai passar na casa amarela para apanhar o pai antes de vir para cá." Mateus ficou em silêncio e abaixou a cabeça. No meio de toda aquela tragédia, ele era, dos filhos, talvez, o único que tivesse sentido algum dia ódio por nosso pai. "Ah... Paulo, você realmente acredita que aquele filho da puta, aquele canalha vai aparecer aqui? Você realmente acredita que ele vai enfiar seu orgulho divino, a sua vaidade sagrada e se ajoelhar diante de todos, e se penitenciar diante da mãe da menina?

Você acha que alguém que surrava essa mulher vai reconhecer que foi apenas violento porque não sabia controlar seus instintos, porque não sabia viver diante de alguém que sempre exalou tanta vontade e beleza, que escurecia o seu juízo e lhe roubava o arbítrio? Ah... Paulo, você é um pouco mais velho do que eu, mas talvez tenha saído muito cedo de casa e ficou ausente durante os anos em que o nosso pai revelou seus demônios e destruiu nossa mãe e a vida de todas as outras mulheres que o seu caminho cruzaram. A única exceção, talvez, tenha sido a Francesca. Creio que você possa me dizer com mais propriedade o que nosso pai fez para Francesca tê-lo abandonado tão rápido e, com uma filha pequena, voltar para a casa de seus pais. Me diga, meu irmão, se você já pensou sobre isso, sobre as desgraças de nossa família, as culpas que cada um de nós carrega e essa herança maldita que corre em nossas veias? Pergunte ao seu sangue, meu irmão, se o velho vai aparecer aqui nesse enterro. Escute o que cada gota em suas veias diz sobre o nosso pai. Indague o seu código genético e saiba por que esse homem não vai dar as caras nem mesmo que disso dependesse a sua salvação. Nosso pai é essa falha que nos espreita à noite em segredo, quando temos o desejo de assassinar, de maltratar e de vilipendiar quem nos cerca. Você se acha livre e responsável, Paulo? Não. Você não é livre, mas também não é responsável pelo que acontece em seu mundo, nem pelo mal, que lhe foi dado e criado por nosso pai. Nosso pai sempre foi uma ausência e foi essa ausência que nos permitiu roubar, mentir e maltratar as pessoas que amávamos e que podíamos amar e fazer de nosso deserto uma terra de acolhimento e beleza. Paulo, nosso pai não virá e só vai nos restar esquecer mais uma vez os seus desatinos, as suas crueldades, pois foi dele que nós viemos. É ele o nosso pecado e o nosso perdão."

Mateus fez silêncio e apontou para mim a entrada do velório. João estava ali com a mulher e os filhos. Caminhei até ele e perguntei se ele havia encontrado o nosso pai. Meu irmão deixou a mulher e os meninos e me apanhou pelo braço. Disse que primeiro queria abraçar a mãe e Tiago e dali a pouco falava comigo. Cumprimentou Mateus e foi adiante encontrar Marília em silêncio, diante da filha. Então me pareceu que a vida era um imenso lugar-comum, onde tudo era igual, os lamentos, as farras, as ideias e as expressões. Aquela gigantesca obviedade só era cancelada pelo artista e por sua arte. Ninguém mais era capaz de deixar o que nos esmaga cotidianamente. Quando quiseram explicar o que se passava com o ser humano, a primeira de todas as formas escolhidas foi a pintura em uma caverna distante, e essa aventura passou pela *Bíblia*, por todos os livros sagrados, porque, no princípio, todo livro era sagrado. Mas esse brilho intenso secou pela vaidade dos homens, daqueles que resolveram escrever novos livros, emulando as mãos que criaram o Divino, que nos apresentaram quem eram Deus e os deuses de nossos destinos. João se acercou de Marília como não pensou que faria. Eu diria que ele abraçou a mãe de sua irmã e não a ex-mulher de seu pai. Mas seria apenas mais uma frase de pouca valia para explicar o gesto. Deu-lhe um beijo na testa e, depois, beijou os seus dedos espalmados e pousou a mão em sua boca; então abraçou a mulher, como se pretendesse repor à mãe um pouco da perda. João chorou a morte da irmã e era talvez o único ali da família que podia desconfiar o que Marília sentia.

Fiquei na entrada da sala observando meu irmão e aflito para saber o que ele tinha para me dizer. Depois de Marília, João foi abraçar Tiago e passou a mão nos cabelos castanhos do jovem que cobriam sua testa, mas que deixavam expostos seus olhos vermelhos de dor. O cumprimento foi rápido, assim como o abraço entre os dois. João o conhecera pouco, assim como não tinha de Madalena muita lembrança, além dos três ou quatro encontros que havia organizado entre nós em Santo Antônio. Estava diante do menino que não fazia nada, segundo dizia meu pai, tão diferente do retrato que o velho fazia sobre o amigo dos crentes que devia ser um fanático. Tiago deixara a barba crescer e vestia jeans, camiseta e tênis. Tinha-se a impressão de que não penteava os cabelos, embora finalmente tivesse aprendido a usar desodorante. Virou um jovem cheio de curiosidade e de vontade de saber sobre as coisas; abria revistas, livros e aprendia receitas e guardava relatos dos velhos sobre como eram as coisas no começo do século, quais suas crenças e atitudes diante do que era conflito, do que era acordado entre todos e do que lhes dava uma identidade, um lugar para estar nesse mundo. Tiago dialogava com todas elas e desse diálogo criava as regras que respeitava e seguia. Adquiriu esse profundo respeito pelo jogo que lhe definia os limites dos atos e lhe dizia quando podia ir além. João admirava no irmão sua fama de apaixonado pelos estudos, pois, nesse momento, era o professor que sabia o valor de um estudante aplicado. O milionário da família não esquecia que havia escolhido um caminho mais rápido para encontrar no fim do arco-íris o pote de ouro com o qual sonhara. Não via nenhum erro nisso, em sacrificar à bonança aquele trabalho que foi o de sua mãe desde sempre. Também não se via cumprindo mais um capricho do pai que sempre quisera o filho ganhando dinheiro e poder para levar seu nome muito mais longe do que os limites de Santo Antônio. João gostava da imagem de que talvez o seu nome, o nosso nome, não fosse maldito na terra, que um anjo dos céus derramara compaixão em seu destino e levara sua mão até o de Rosa e lhe dera os filhos. Tinha posses, prestígio e a felicidade de sentir em cada um de seus atos a liberdade da escolha e o peso de uma reponsabilidade infinda. Às vezes sofria quando o peso da solidão o surpreendia em sua mesa no fim de uma tarde exaustiva em sua empresa. E pensava que ninguém compreenderia as aflições que lhe assombravam os dias.

Ele deixou o irmão, veio até mim e, novamente, me segurou pelo braço antes de me conduzir para fora de todo burburinho. Fez um sinal para que Mateus se aproximasse de nós. Foi logo dizendo quando ele chegou. "É melhor assim. É melhor nosso pai não aparecer aqui. Acredite nisso, Paulo. Ele mal conhecia a filha, mas conhecia muito a mulher. Você sabe como são esses momentos; o velho seria capaz de perguntar onde a mãe estava quando a filha caiu da janela, seria capaz de sair apontando o dedo para todos nós e para o pobre do menino que está ali dentro chorando. Ia dizer que o moleque é um drogado ou sei lá o que só para aumentar a dor da mulher, que ele odeia mais do que o diabo. Paulo, foi melhor assim." Perguntei ao meu irmão se ele havia passado na casa amarela, se havia pelo menos lhe informado sobre a morte da filha, pois não seria justo decidir pelo nosso pai se ele devia ou não comparecer no enterro de Madalena. "Acorda, Paulo, você com esse seu idealismo ou bondade... Esse sentimentalismo cego só vai arrastar o mundo para mais sofrimento e miséria. Acorda, Paulo", afirmou Mateus, que já estava nervoso. "Passei e ele estava. Tinha um ar ensandecido; talvez tenha recebido a notícia antes de mim, mas não quis me dizer nada. Não queria nem mesmo abrir a porta e gritou me mandando ir embora. Disse que precisava falar, mas que talvez ele já soubesse de tudo. Ele então abriu a porta de um pulo e veio até o portão como se estivesse ávido por algum desmentido ou alguma notícia sobre a cura de nossa irmã. Pediu que eu entrasse e me perguntou: 'Fala, João, por favor, não me deixa esperar, conte tudo. Pelo amor de Deus, eu já não aguento tanta aflição. Pode falar, pois nada vai me fazer sofrer mais em minha vida". Eu então lhe disse que o pior havia acontecido, que não havia mais o que fazer e que eu estava ali para apanhá-lo e levá-lo ao velório de Madalena. Ele se levantou revoltado e veio na minha direção como se me quisesse matar. Estava em surto com aquele ódio nos olhos que todos nós conhecemos. Parou diante de mim, de meu espanto, e disse: 'Pois diga que é pouco. Vá naquele puteiro e diga que é pouco, que ela devia morrer junto com todos os filhos e amantes que teve em toda a sua vida. Ela e a puta da filha e o vagabundo do filho; diga que um dia o menino também vai deixá-la, vai traí-la, vai vendê-la como escrava, que ela vai perecer pela espada, que nada vai lhe salvar do incesto, essa puta depravada.' Pedi que tivesse calma e disse que era sua filha que falecera, que não acreditava que ele fosse deixar o ódio prevalecer até mesmo no dia da morte daquela menina tão meiga que ele vira nascer e de quem acompanhara os primeiros passos. Afirmei que nossa irmã não tinha culpa das mágoas e desentendimentos que haviam acabado com seu casamento e que eu estaria o tempo todo ao seu lado. Creio que Rosa ouviu toda a conversa da garagem da casa e, certamente, pode confirmar o que digo, Paulo." Concluí que não era preciso, que não tinha por que duvidar de seu relato. E ele continuou: "Então ele disse que, se viesse aqui, seria para matar quem o traiu, que as horas de vida de quem o traiu estavam contadas. E falava espumando e urrando cada palavra, escandindo cada sílaba. Estava possuído por algum demônio." Então falei que só podia compreender que tudo aquilo fosse sua forma de demonstrar, afinal, o amor pela filha que, talvez, João tivesse razão. Em sua mágoa profunda contra Marília, ele a acusava de ser a responsável por aquele salto no escuro. "Domingo estarei com o velho e vou conversar sobre isso para acertar os ponteiros." Além de meu pai, só Maria não veio. Tinha uma inadiável reunião de negócios e mandou flores.

CARTA

Marília se fechou no caixão da filha e nunca mais saiu do lado da menina. Acompanhei meu amor até o prédio depois do enterro, mas ela me disse que preferia ficar só ao lado de Tiago. Não sei como entrou naquele apartamento e reencontrou as lembranças de Madalena espalhadas pela casa, como vestígios de uma existência que a fazia suportar cada ferida na alma, que se estraçalhara. E não havia remédio. Sentou na cama da filha e sentiu o seu cheiro; abriu a janela do quarto e voltou à cama de Madalena. Deitou como fazia quando a menina tinha medo e a chamava à noite; adormeceu como se fosse acalmar a filha e abraçou a presença imaginária da jovem para nunca mais deixá-la a sós. Tiago viu a mãe ali deitada, mas não quis incomodá-la com algum tipo de conversa que a ajudasse a enfrentar o luto. Não saberia o que dizer a quem sempre atravessava os campos de batalha sem olhar para o lado, sem um momento de indecisão. E concluiu que não havia ninguém que pudesse aquietar a alma de Marília.

Deixei meu telefone e o número do meu bipe com meu irmão e pedi que me chamasse para o que precisasse, que eu zelaria tudo naqueles dias; no fim, também disse que cuidasse da mãe com todo carinho, pois ela precisaria mais do que todos ter alguém por perto nesse momento. Entrei em meu carro e fui a um hotel, onde dormi. Não queria ficar tão longe de Marília naquela noite; estaria ali disponível se ela quisesse uma companhia. Era como cumprir um período de guarda ou vigília para proteger o meu amor. De manhã, telefonei a ela e Tiago atendeu. Contou que ficaram em casa e a mãe ainda dormia. Despedi-me com o protocolar "qualquer coisa me liga", tomei meu café e voltei a Santo Antônio. Amaldiçoei meu pai ao sair do enterro de Madalena; pensei no estupro da menina e em seu comportamento de então. Mas nada disso mais importava, o que surgia daquela história era um sentimento frio de desprezo por aquela figura de quem só esperava o momento da morte. Ainda teria de conviver com aquele homem irascível, egoísta e vaidoso. De modo que tentei me convencer de que, pelo menos, sua debilidade o impediria de fazer mal aos seus filhos. Não só. Como não tínhamos mais a esperança de encontrar em nosso pai um pouco de amor e perdão, não haveria mais como ele nos ofender.

Tudo isso me veio à cabeça enquanto ia sozinho na estrada. Quando cheguei ao escritório, ao meio-dia, Eulália me recebeu em silêncio, mas, depois de meio minuto, entrou em minha sala. "Olha, seu Paulo, o senhor me desculpa. Não foi culpa minha, eu juro. Seu pai esteve aqui ontem pela manhã e mexeu em todas as suas coisas e não sei se está tudo onde deveria estar. O senhor me desculpe, mas eu não pude impedir. Ele disse que estava procurando um documento que havia entregado para o senhor e já foi entrando, abrindo gaveta, revirando seus livros e, depois, ficou copiando umas coisas e saiu daqui que parecia ter visto o diabo. Aqueles olhos negros dele estavam vermelhos, vermelhos, seu Paulo, eu juro." Não entendi muito aquilo, qual era a loucura do velho, até ver que ele folheara os papéis onde estavam os meus poucos poemas. E, quando vi que apanhara o meu Código Penal da estante, comecei a juntar os pedaços do que devia estar por trás daquela blitz estapafúrdia. "Dona Eulália, tinha um papel dentro desse livro. A senhora sabe se meu pai mexeu nele também?" Era o bilhete de Marília que eu guardava como lembrança de um dos nossos primeiros encontros. "Ah, seu Paulo, eu só sei que só teve uma única pessoa aqui mexendo em suas coisas e essa pessoa foi seu pai." "Filho da puta, velho canalha. Canalha! Por que esse desgraçado não morre de uma vez e para de encher o saco de todo mundo? Alguém tinha de matar esse velho morfético." Não consegui conter minha raiva. Senti-me invadido por aquele homem, que não me dava um beijo nem respeitava Marília ou sentia dor pela morte de uma de suas filhas. Que homem era aquele que deixara abater sobre suas famílias tanta desgraça e sofrimento sem que nos fosse possível lembrar-nos de pelo menos uma vez que nos tivesse estendido a mão? Aquilo não era um pai. Não era possível que não se importasse com os nossos destinos, se sentíamos frio ou se ardíamos de paixão; não era possível que pudesse destruir o que a muito custo erguíamos e nos jogar na mais negra miséria por suas emoções. Onde estava Deus, se ele existia, que não punia o vilão com um raio, ou com a fúria de dez vezes dez pragas do Egito ou não o transformava em pedra? Onde estava esse Deus de meu pai que não reconfortava quem tinha fome, frio e medo? "Calma, seu Paulo, não precisava ficar assim, não. O senhor vai achar seus papéis. Aliás, seu pai telefonou hoje, logo cedinho. Queria saber se o senhor já havia chegado de Campinas ou se havia dormido por lá. Eu disse que não sabia de nada, seu Paulo."

Voltei ao trabalho, mas tinha a certeza de que o velho estava procurando o que quer que me ligasse a Marília, que aquele seu ódio, talvez, fosse ainda a única coisa importante que acalentava no que lhe restava de vida. E me lembrei de seus olhos de fúria de quando era criança e me deu uma surra por causa do meu comportamento na igreja, quando me tornei Barrabás. E dona Eulália deve ter reparado como os meus olhos negros se encapelaram ante a borrasca que se aproximava. Deve ter visto como fiquei à deriva na imensidão de um oceano escuro, atordoado pela pesada sombra de meu pai. Mas tinha de trabalhar e trabalhei nos processos que se avolumavam na minha mesa; tinha os casos dos trabalhadores rurais de uma usina de cana de açúcar que deixara de recolher o que descontara dos funcionários para a Previdência Social. Também havia um pedido de divórcio de um amigo de Eulália e um inventário para concluir. Enfiei-me, enfim, na mesa e mais tarde telefonei para Marília, mas ela não me atendeu. Tentei outra vez no começo da noite, depois que Eulália havia ido embora, mas não consegui saber como ela estava ou ouvir a sua voz. Nesses momentos, só o trabalho nos faz esquecer de nossas misérias. Só essa estranha mania de olvidar o mundo ao entrar no escritório nos faz respirar e descobrir aos poucos que, apesar de tudo, é possível seguir adiante. Cada gesto mantém sua função e continua o nosso caminho sem nos dizer a razão, sem nos contar por que nós insistimos em submergir em nosso cotidiano. E assim fugimos de tudo o que nos faz sofrer, de tudo o que nos faz perguntar para quê? Foi na minha mesa que me enfiei para atravessar a perspectiva de minha ruína. A consciência é um fenômeno da memória que se manifesta com relâmpagos diários; vemos a descarga elétrica distante no céu e acreditamos que nada vai nos atingir se fecharmos a janela. Nada pode afetar a nossa rotina ou tampouco nos perturbar a atenção quando escolhemos sobreviver. Fiz essa opção naquela tarde, e essa foi a razão de tudo o que aconteceu depois. Sobreviver é sobretudo esquecer; a velha pretensão humana de permanecer por meio da memória não funciona para a consciência. Não há criminoso que tenha memória; se a tivesse, seria um suicida. Não há como suportar o presente sem uma promessa de amanhã.

Naquela tarde, meu pai foi ao correio. Escrevera a primeira carta em anos para Marília, que hoje todos conhecem o seu conteúdo, graças ao doutor Palhares. As ideias e o estilo do documento denunciam que o velho abriu a *Bíblia* e os textos de Santo Agostinho sobre o livre-arbítrio que mantinha em casa para concatenar suas ideias e tirar o acento que julgou ser correto para o texto. Talvez mesmo tenha se inspirado em algum clássico, que ele não era um grande homem de letras e não teria conseguido unir palavras e conceitos sem ler alguém que já lhe tivesse dito o que devia sentir. Deve ter escrito e reescrito cada linha para atingir o efeito mais intenso. Sabia que a carta seria lida por uma doutora ou em um tribunal e não imaginava que eu pudesse também um dia a ler – aliás, tinha certeza de que eu jamais faria isso. Daí porque não a xingou de vadia ou de puta, porque não usou nenhuma exclamação ou porque as letras não dão um grito em maiúsculas a denunciar a sua raiva e o seu ódio. Vou reproduzi-la aqui para que não reste nenhuma dúvida sobre a veracidade desse singular documento.

"Cara Marília,

desculpe chamá-la pelo prenome, mas não sei se você ainda conserva o meu nome ou se ostenta o de algum outro homem de outra família. Procurar a verdade é encontrar o que não se deseja. Desde muito aprendi que a paixão não é mais poderosa do que a mente humana. E, se a mente é mais forte, por que se deve submeter às paixões? Quanto mais uma virtude é robusta, sublime e nobre, mais inquebrantável ela é diante do vício. Não há um corpo que ultrapasse um espírito ou possa domá-lo. Sim, eu tentei submetê-la, mas não poderia obrigá-la a ser virtuosa, assim como não me seria possível torná-la viciada. Se a sua mente fosse dotada de razão e sabedoria, lhe seria possível ter a plena compreensão das verdades em que precisamos crer com fé mais firme do que a do povo que acompanhou Moisés diante das colunas de água suspensas no ar do Mar Vermelho. Mas tenha certeza: mesmo que esse poder eu tivesse, não a submeteria às minhas paixões. Sei que você não seria capaz de me ultrapassar em excelência, assim como eu jamais fui injusto. Não poderia torná-la escrava de minha sede pela justiça, visto que isso trairia a nossa união. Somente a sua vontade e o seu livre-arbítrio devem ser os responsáveis por seus sentimentos; e, de fato, eles foram a razão de você se tornar uma escrava de suas paixões violentas. Eis por que eu punia você: fazia isso porque a mente precisa ser castigada por tão grande pecado, que a despoja da virtude e lhe torna pobre e desgraçada. E creio que a pena era pequena e leve para quem não queria aderir à verdadeira sabedoria que nos reúne às riquezas da compreensão.

Mas você quis tornar-se pobre e desgraçada ao se deixar levar pelas paixões, pela lascívia e pelos caprichos. Provou a falsidade em vez da verdade e condenou nosso amor que antes aprovava, para se precipitar em novos leitos e amores sem permitir que a razão lhe mostrasse o caminho justo; e assim você mergulhou em suas trevas e em sua loucura. Durante o tempo em que estivemos juntos, senti você tentar reerguer-se apenas para cair de novo extenuada pelo tempo e pelas paixões tirânicas que soçobravam sua nau em tempestades que lhe retiravam o espírito e a vida. E do temor você fez o desejo e da ânsia mortal a sua falsa alegria; não sei se chegou então a sofrer os tormentos da perda de um objeto amado em meio ao ardor de obter um outro, mas desenvolveu o hábito de sentir como injúria toda a verdade atirada em seu rosto e exigir a vingança por ter sido obrigada a se conhecer. Vejo agora que você, Marília, foi consumida pela luxúria, tornou-se escrava da ambição, inflada pelo orgulho e torturada pela inveja. Foi aniquilada por sua própria trajetória, cuja obstinação despudorada e sem vergonha de passar de uma cama à outra lhe parecia mera generosidade e não o gozo egoísta de sua excitação sem fim. A vida se fez um reinado das paixões e você se perdeu nesse labirinto onde o nada era um. E foi assim que decidiu que eu me tornasse ausente de seus dias. Mas a sua distância continuou a sentir a minha presença, pois nada do que você me fizesse cancelaria o amor infinito que sempre lhe dei. E todo o seu conhecimento, todos os seus dias eram, talvez, somente vaidade, somente o desvario de quem buscava em sua própria natureza a salvação de um corpo, de sua própria matéria. Tudo eu podia perdoar-lhe, Marília; mas chegou o momento em que o desejo de me manter ausente de sua vida buscou em seu corpo uma nova presença; não minha, claro, mas de meu filho. E assim me traiu, não para construir seu caminho cheio de orgulho e vaidade, mas em desafio à mais sagrada de todas as regras: fez o filho pecar contra o pai; e na sua desonra o arrastou consigo. Seu conhecimento me fez sofrer a dor de ver minha criação apartar-se de mim. Senti-me sozinho e frio, e você aquecida pela minha carne e pelo meu sangue. E choro porque você conheceu o segredo que tentei lhe esconder todos esses anos, você conheceu o que era a dor, a doença e a fúria; conheceu o homem e os homens lhe conheceram, mas a solidão envolveu a sua luz e os seus passos; a razão se tornou uma brisa distante, e o pensamento não mais conseguia tirar-lhe do tempo presente. Todavia, seu orgulho lhe deve ter dito: eu consegui, tenho a carne e o sangue do pai em minha cama e sua prole é escrava da minha lascívia. Sou eu – você devia pensar – que o filho daquele homem deseja; sou eu que ele honra e por mim se sacrifica. E deve ter sido assim que você pensou construir algo mais belo e perene do que poderia ter feito ao meu lado.

> E, quando a espada da fúria entrou em seu peito com apenas um salto, você deve ter me amaldiçoado, como se fosse eu o fautor de um destino injusto e terrível; mas foi a sua inconsciência que a fez escolher a ousadia à prudência, a temeridade à sensatez, o arrojo à moderação e ao comedimento. Lembre-se das noites de gozo enquanto você deixava a nossa filha sozinha; lembre-se do estupro que foi o primeiro aviso da espada com que o destino se vinga dos ímpios; lembre-se agora, se ainda não é tarde, de que todo perdão já não lhe basta; que os crimes a fizeram infame aos olhos do mundo, e a sua injustiça gelou o coração desse homem, retirou-me um filho e uma filha; mas não busco vingança ou maldade, porque você vai escutar para sempre o meu grito; será ele que lhe vai acordar todos os dias, e ele será de seus passos a sombra e, de seu corpo, o mal que lhe fecha a garganta; e que o meu grito lhe seja infinito e esteja ao seu lado até mesmo após a sua morte, no inferno."

A letra decidida e os traços abruptos que pulavam de uma linha à outra eram o sinal evidente de como a carta fora escrita por um homem furioso. Marília a recebeu depois de tudo acabado, e sua leitura só lhe fez aumentar o desprezo e o prazer que sentiu, em um dos raros momentos de riso que a vida lhe deu naqueles dias. Quando pude ler essa carta, escutei novamente o berro maldito do velho tomando conta de seu corpo em cada letra do texto. Era o testemunho de um pai em que o amor e a vingança se entrelaçavam de modo que me dava tristeza e bonança e me retirava tudo o que tinha. E tudo só para me provar que ele existia e mantinha em seus dedos os fios com que me conduzia? Senti-me preso à sua miséria e companheiro de sua tragédia. Uma vez ele me disse que o pecado só existia e fazia sentido na presença de Deus e não entendia como eu não acreditava Nele e não percebia que precisava Dele. Respondi-lhe que não precisava de nenhuma moral ou de nenhum Deus que governasse a minha consciência, que a minha honestidade não necessitava de outras regras para ser mais honesta. A minha dor era somente uma entre as dores do mundo e, certamente, ia conhecer outras ainda nos anos vindouros e reencontrar as antigas em minha memória. Não tinha, entretanto, a ilusão de um futuro ou mesmo um presente que fosse construído somente pelas escolhas que fiz. E, quando explicava, o velho mudava de assunto.

Pensei se Mateus não tinha razão: não era livre ou culpado, só responsável ao lado dos outros por tudo o que era intangível, inalcançável, indomável e instável. Enfim, não era verdade que tudo o que é sólido se desmancha no ar ou que a prática é o único critério da verdade? Ao pessimismo da carta queria opor meu antigo otimismo na humanidade; ali encontrara um caminho, a razão e um sentido que só se realizava como sentimento comum ao tornar esse mundo não uma promessa vazia, mas a certeza concreta de que a única vida era esta, e todos mereciam vivê-la em sua beleza mais plena, rompendo as amarras das necessidades. É assim que descobrimos em nós a mais escondida de todas as esperanças: uma justiça entre iguais e repartida como pão de uma nova comunhão, não mais na promessa de outra vida, mas no repouso e na paz de um ser coletivo e solidário. Tentei silenciar aquele grito maldito cada vez que meu pai ressoou em meus ouvidos.

ENTERRO

Onofre apareceu em minha casa após o enterro de meu pai. "O doutor Palhares pediu para eu entregar essa intimação. O senhor sabe, doutor Paulo, o homem é desconfiado. Ainda vai querer arrumar alguma coisa para a sua cabeça, hein." Assinei o documento e Onofre se despediu. "Se precisar de qualquer coisa, doutor, é só me falar. O senhor sabe que sempre pode contar comigo." E só então percebi que Ivan Karamázov tinha razão: tudo era permitido. E isso valia também para a polícia...

Horas depois de sua morte, Marília me havia telefonado para saber o que havia acontecido. "Ele acabou, Marília. Meu pai se foi." Não lhe contei nada, nenhum detalhe de como o velho morreu em silêncio com a bala entrando em seu cérebro e todos os outros detalhes da agonia do homem, embora desconfiasse de que ela teria prazer, mesmo que fosse aquela uma emoção inconfessável. O velório foi rápido e protocolar. Olhava nos rostos de todas as pessoas para separar as carpideiras dos que realmente choravam o morto. Uma pequena multidão de ex-funcionários e de integrantes das paróquias de São Benedito e de Itamarã compareceu, mas tenho certeza de que entre toda essa gente havia quem secretamente quis apenas ter certeza de que o defunto estava realmente frio e duro, bem como quem deve ter lamentado o azar do diabo por ter de aceitar o velho no inferno.

João foi o primeiro dos irmãos a chegar – nenhum deles faltou, nem mesmo a distante Maria. O mais velho de todos me olhou em silêncio e me abraçou. "Quem diria que, no fim, ele não suportaria a morte de um de nós, não é? Quem diria que sua vida não valeria a pena ser vivida por causa da perda de um único filho? E que fosse ainda uma das filhas que ele quase nunca viu? Acho que nós nunca compreendemos corretamente o velho. Ele tinha aquele jeito meio bruto e cheio de mania de ser santo, além de não se comportar bem com as mulheres, mas era o nosso pai." Concordei com meu irmão e disse que o velho era uma pessoa atormentada pelos erros que cometera na vida e temia, sobretudo, ficar só. Era possível que tivesse visto na morte de Madalena essa solidão se aproximando inexoravelmente. Ou que o remorso por ter se distanciado dos filhos tenha sido intenso demais para alguém que via a debilidade física cavalgar em seu corpo cada vez mais veloz. Deve ter desejado pôr um fim à tortura diária de sentir a culpa por seus erros, pois não devia mais conseguir esquecer o que fizera com nossas mães e conosco em todos esses anos. João assentiu. "Deve ter sido isso mesmo. A consciência do velho pesou. Que Deus se apiede de sua alma."

Meia hora depois foi a vez de Mateus chegar. Mateus me apanhou pelo braço e me levou para fora do velório. Era a segunda vez em poucos dias que alguém fazia aquilo comigo. "Desculpe, Paulo, mas não consigo acreditar que ele tenha se matado. Não faria isso jamais. Não teria culpa ou remorso do que fez em sua vida, pois sempre se viu ungido pelo Espírito Santo, era Deus quem governava seus atos. Sabia que havia errado, uma, duas, três vezes. Tinha ciência de suas limitações e do que fizera, mas sempre transferia aos outros a parcela maior da culpa por suas tragédias. Lembre-se do que ele fez com a Marília. Não, não acredito que ele tenha se matado, mas não quero acreditar que alguém tenha feito esse trabalho, não é Paulo? Pois o que faria você apertar o gatilho? Vingar nossa mãe depois de tanto tempo ou alguma sugestão de sua amiga e madrasta? Você era o único entre nós por quem ele ainda dizia ter algum tipo de orgulho, apesar das vozes – todas maledicentes, não é? – sobre você e 'a maior de todas as piranhas'. Creio que o velho nunca deve ter dado ouvidos a esses fuxicos sobre como a nossa madrasta era tão simpática e jovial ao seu lado, desfilando pela cidade, como se vocês formassem um casal de doutores. Desculpe, mas as pessoas falam essas coisas, Paulo. Tenho certeza de que você já deve ter ouvido falar que te chamam de 'doutor enteado' em nossa magnífica cidade, que promove policiais corruptos e elege políticos salteadores, enquanto nós temos de ficar assistindo a esse espetáculo de cinismo e hipocrisia fechados em casa. Tenho certeza de que, a exemplo do velho, você nunca se mataria, assim como tenho certeza de que, assim como ele, você seria capaz de matar." Quis interrompê-lo, porém não me deixou falar. "Ainda não terminei. Sei que você ama demais a vida e o que chama de humanidade. Mas sei também que uma bala não é boa nem má em si. Depende do alvo contra o qual ela é dirigida. Se a bala servir para abater um cachorro louco, então terá cumprido a sua função. Nosso pai se havia transformado nesse cão raivoso e não me venha com lágrimas de um ator em um espetáculo bufo ou com negativas e palavras edulcoradas próprias para lamentar qualquer tipo de morto. Pois existem dois tipos de defuntos: os bons e os maus. E nós sabemos muito bem – eu e você – de que tipo é o nosso pai. Fique tranquilo, Paulo, que não vou denunciá-lo. Você só deve ter feito o que esse velho maldito merecia havia muito tempo. Ele havia tido a sorte de não ter encontrado – até agora – alguém de coragem para fazer a coisa certa: meter-lhe uma bala na testa. Eu te invejo, meu irmão, pois você fez o que eu devia ter feito e ainda roubou do velho a sua Marília. Só me diga uma única coisa: o filho da puta morreu sabendo que você é para Marília o homem que ele nunca conseguiu ser? Ele soube que aquela mulher que o enlouqueceu agora é sua e não dele? Só isso realmente me interessa. Interessa que ele tenha tido a retribuição na terra de tudo o que fez comigo, que ele tenha sentido a humilhação de ser passado para trás por um de seus filhos, que o tenha chamado de traidor e infame e que Marília tenha tido a consciência de poder desfilar com você todos esses anos diante desse canalha. Não me estranhe nem me olhe assim com seus olhos negros. Um dia lhe conto tudo o que esse homem me fez, cada detalhe de como ele se orgulhava da astúcia e da fraude; como traía seus filhos sem nenhum pudor. E isso tem pouco a ver com o que ele fez com a nossa mãe, Paulo. Tenha certeza só de uma coisa: você não verá uma lágrima minha nesse velório." Olhei para Mateus e disse que ele precisava se acalmar, que o velho morrera e que tudo estava acabado. Não fazia agora sentido pensar nesse passado, não fazia sentido levantar qualquer suspeita. "Sim, suspeitas, Mateus. E sei que você não deve ser o único a pensar nessa hipótese. Eu seria muito estúpido se não tivesse consciência de que metade desse velório deve pensar a mesma coisa. Sobre Marília, meu irmão, eu só tenho a dizer que ela é uma mulher linda e que merecia um destino afetivo melhor, mas que, talvez, isso a tenha ajudado a sair dessa cidade, a crescer e a lhe dar a fortaleza que vi em poucas pessoas em minha vida. E, apesar de toda sua compreensão e torcida, eu tenho de dizer que, infelizmente, ao menos para você, eu não matei o nosso pai." Virei as costas e voltei para o velório enquanto ele disse erguendo o tom de sua voz. "Um dia você vai me contar. Eu sei esperar, Paulo. Eu sei."

Quando estava entrando na multidão que cercava o caixão do velho, vi que diversas pessoas voltavam o olhar para o lado esquerdo do prédio do velório municipal. Que Tiago tivesse ido ao enterro do pai já era uma surpresa, mas o que ninguém esperava era que estivesse acompanhado da mãe. Marília foi a única das mulheres de Vicente que compareceu para se despedir do velho. Ela veio de preto para se tornar viúva – e como desejei consolá-la depois daquele enterro... Era a mais bela de todas as mulheres naquele lugar: trazia a circunspecção e a gravidade em cada gesto. Os óculos escuros completavam a figura triste de Marília, que enterrara a filha havia cinco dias sem que meu pai fosse se despedir da menina. A cidade toda comentou mais uma vez o último lance que envolveu a história daquele casal – Marília foi ao enterro para ter certeza de que o ex-marido estava morto ou foi ver o enteado e consolá-lo e, agora, teríamos um casamento depois do funeral? Alguns podem mesmo ter suspeitado, como meu irmão, de alguma cumplicidade entre os amantes para explicar a decisão súbita e estranha de meu pai se matar. E, no dia seguinte, um jornal popular chegou mesmo a estampar a manchete saída da delegacia da cidade: "Filho é suspeito de matar pai para ficar com madrasta". E a linha fina completava: "Suicídio ou assassinato: a dupla esteve no enterro do comerciante Vicente Volpin". E foi assim que fiquei sabendo das desconfianças do doutor Palhares. E lendo a notícia descobri ainda que a minha querida Eulália era a principal testemunha que justificava as suspeitas da polícia. Ela contara ao delegado a busca que meu pai fizera em meu escritório e como isso me havia deixado nervoso. Contou mesmo ter ouvido eu jurar que ia matá-lo e disse como o velho havia ficado transfigurado depois de encontrar um documento em um dos meus livros. Logo pensaram se tratar de uma disputa por herança e Marília "faria parte da riqueza" que o vencedor levaria, insinuando evidências de que "a madrasta seduzira o enteado". Aqui o texto do jornal reencontrava o das fábulas clássicas, nas quais a madrasta tem um papel bem definido. Seria ela a responsável por toda a trama e eu o instrumento de sua vingança, "um joguete em suas mãos", como se dizia na cidade. Anunciava ainda o jornal que o delegado Palhares aguardava os laudos da perícia para saber se a versão apresentada pelo filho – eu – era compatível com a trajetória dos disparos e com os demais dados observados no local do crime. Por fim, dizia que tudo se resolveria com o meu depoimento, que seria decisivo para, finalmente, elucidar esse mistério: suicídio ou assassinato?

Marília se manteve de lado, perto do filho a maior parte do velório. Quando a vi, caminhei até ela e a abracei longamente. Pus sua cabeça em meu ombro, e ela me olhou e disse: "Está tudo acabado. Está tudo acabado mesmo". Ouvi as frases e estranhei que ela me consolasse. Fiquei quieto. E ela completou o que sentia naquele momento: "Obrigada, meu bem. Obrigada. Sonhei com esse dia durante anos e implorei que alguém desse um fim nesse homem. Obrigada". "Mas 'obrigada' do que, Marília?" "Paulo, meu bem, eu sabia que um dia isso ia acontecer. Não me precisa dizer nada. Apenas escute: você me fez muito feliz. Saiba disso." E se separou de mim para voltar ao lado do filho. Não me disse mais nada naquele dia, mas ela fazia parte daquela metade do velório que desconfiava de que eu tivesse dado cabo do velho. E que o fizera por um motivo que tinha um dos mais belos pares de pernas de Santo Antônio. Aquele abraço em Marília foi a cena mais comentada nos dias seguintes por todos que estiveram se despedindo de meu pai. Era o retrato do escárnio e do escândalo do comportamento de dois amantes que se exibiam diante do corpo do morto. Todo mundo em Santo Antônio era capaz de descrever aquela cena como se toda a cidade tivesse ido se despedir do comerciante Vicente Volpin. Todo mundo jurava ter visto um beijo escondido ou como a viúva ficara excitada quando minhas mãos deslizaram em suas costas durante o abraço que simulava o conforto para o enteado. Também viram os olhares por trás dos óculos escuros e ouviram mesmo todo o diálogo que os amantes mantiveram baixinho. Uns me escutaram dizer: "Você está linda assim de viúva". Outros acreditaram que Marília sussurrou em meus ouvidos: "Quero você na minha cama hoje à noite". Todos sabiam que o curto diálogo foi pontuado pelas mais absurdas obscenidades que os dois amantes poderiam dizer de forma tão temerária em público. Nós não conseguimos nos conter, "fingíamos o luto como o rapaz que matara os pais em São Paulo uns anos atrás". Outros diziam que tudo isso era bobagem, que as pessoas eram todas maldosas demais e não respeitavam a dor da família, a dor de um filho diante da perda do pai; um filho que era entre todos o mais dedicado ao velho, o mais leal e amado pelo seu

Vicente, que nunca acreditara nesses boatos sobre o enteado e a madrasta. Diziam também que, se houve alguma briga entre os dois, devia ser coisa normal, que acontece em qualquer família; alguma loucura do pai, que deixara nervoso o filho, mas não havia ali nenhum motivo para um parricídio. Todos na cidade me conheciam e sabiam de minha dedicação ao trabalho, que eu talvez fosse um bon vivant, um solteirão que devia ter as suas mulheres com toda discrição; talvez, até mesmo tivesse um caso com alguma senhora casada ou com alguma bailarina da boate do Onofre, que todos sabiam que eu frequentava às vezes. E assim a cidade se dividiu, mas só havia um consenso entre todos os relatos em Santo Antônio: todos juravam falar a verdade, a mais pura e definitiva verdade que se podia dizer e ouvir sobre o caso.

E foi nesse clima que o caixão de meu pai desceu ao seu túmulo no cemitério. Os filhos levaram seu corpo até o jazigo de nossa família. Íamos enterrá-lo ao lado de nossa mãe, apesar de saber que nenhum dos dois teria aprovado a solução – mas a morte nos pegou de surpresa. Fomos os cinco ao lado do corpo sobre o carrinho empurrado pelos coveiros. Marília acompanhou o cortejo logo atrás do caixão como a mais insuspeita viúva. Seu porte e desempenho envergonhavam todos os que suspeitavam da ex-mulher do finado. Era mulher admirável, que criara os filhos sozinha, estudou e se tornou doutora e sócia de um escritório importante em Campinas. Sua história devia servir de exemplo para calar os seus detratores, os invejosos de seu sucesso; merecia respeito ainda a sua dor pela perda da filha, que ela tivera com o homem que agora enterrava. E demonstrava não guardar rancor ou mágoa do ex-marido, pois foi capaz de ir ao seu enterro, como ele não fora de comparecer ao da própria filha.

E todas aquelas histórias sobre orgias e casos que ela mantinha enquanto era casada com o velho eram tudo bobagem que o Vicente inventava, como fazia com todas as suas mulheres. Nunca ninguém teve a certeza de que colocara um par de chifres bem grandes na testa do seu marido. Era tudo maledicência em razão da beleza daquela mulher, que pagava um preço gigante por sua coragem, por sua independência e pelos desejos que despertava em todos os homens daquela cidade. E Marília manteve-se firme até o caixão descer à sepultura. E retirou em silêncio uma flor de uma das coroas, e se abaixou – para a surpresa de todos – diante do túmulo e a jogou sobre o caixão enquanto os coveiros o ajeitavam dentro do jazigo. E houve quem visse nesse gesto a maior de todas as patéticas infâmias cometidas diante dos filhos e dos amigos pela madrasta, mas também houve quem se arriscasse a pensar que, afinal, ela ainda o amava.

O público se dispersou aos poucos e no meio dele a família. Mal tive tempo de conversar com Maria, que apertou minha mão e entrou em seu carro, pois voltaria ainda naquele dia a São Paulo. Mandei dar um abraço em Nelson e em Francesca e disse que um dia, passado tudo aquilo, ia visitá-los. Mateus não voltou a tocar em sua teoria sobre o assassinato de meu pai. Também não revelaria as suas suspeitas à polícia. Na verdade, ele prestou o depoimento mais enfático de todos no inquérito, revelando "diversos fatos", que "mostravam a propensão de meu pai ao suicídio" e antecedentes de que o velho jurava também que "se mataria antes de ficar sozinho neste mundo". Ou que dissera, "um mês antes, que estava envelhecendo" e nem toda experiência podia lhe dar "a capacidade de imaginar a dor de perder um filho" e, talvez, fosse mesmo "incapaz de conviver com uma desgraça assim na família". Ele nunca revelou o que o levou a contar essas mentiras e eu nunca lhe agradeci a ajuda. João me abraçou e disse que eu não devia dar ouvidos a todas essas bobagens que estavam dizendo sobre a nossa família e sobre mim, especificamente. Que ele ia conversar com o prefeito e com o juiz da cidade para impedir que o doutor Palhares, "amigo daquele delegado ladrão que a gente escorraçou da cidade", se vingasse da nossa família fazendo de mim o suspeito de um crime que não aconteceu. "O Onofre, aquele patife que tentou achacar o nosso pai, e que foi trazido de volta à cidade pelo Palhares, me veio contar que o delegado tem umas suspeitas estranhas sobre você. Parece que ele quer produzir um escândalo e arrastar o meu nome nisso. Tenho certeza de que aí tem o dedo desse prefeito canalha, que quer acabar com a minha candidatura para deputado estadual. Paulo, fique tranquilo que, se preciso, eu ligo para o governador ou para o delegado-geral e acabo com essa palhaçada."

Onofre queria estar de bem com todo mundo e sabia que o doutor Palhares passava, mas os Volpin ficariam em Santo Antônio. E, como o acusado era eu e não o meu irmão, era melhor não descuidar, pois o homem mais forte da família sairia ileso dessa trama e o peso de seu rancor ia esmagar quem tivesse tentado atingi-lo. Meu irmão não ia perdoar a afronta. O caso uniria políticos da esquerda à direita em uma coalizão inesperada entre partidos que iam do PCB ao PDS. Era melhor ficar de fora daquilo ou pelo menos ser simpático a todas as partes. Afinal, pouco importava se um crime fora cometido. Seria apenas mais um entre tantos registrados todos os dias. Por que fazer tanto barulho em troca de nada? Para que destruir aquele equilíbrio de favores e prestígios trocados que sustentava tão bem a vida de todos? Não parecia claro a Onofre que fosse esse o caso, até porque, quando havia a necessidade de encontrar um culpado, ele não perdia um minuto para cumprir a tarefa sempre fácil de resolver. O investigador estivera no velório o tempo todo, mas não fez o que o delegado mandara: devia me intimar diante de todos para depor. Depois, justificou-se, dizendo que o doutor Otávio estava ali e, talvez, o juiz achasse um exagero, um despropósito cumprir aquela ordem de serviço no momento em que eu enterrava meu pai. Palhares não reclamou – o seu silêncio mostrava que o seu poder tinha limites, e ele sabia que o doutor Otávio era o maior de todos os obstáculos que ele devia vencer. Até agora não sei se meu irmão tinha razão, se o que movia naqueles dias o Palhares era alguma vingança pessoal ou corporativa. Ou se mesmo estivesse a soldo do grupo político dos Olivato, que rivalizava com o do meu irmão – o das famílias Schmidt e Pereira Passos. Talvez o doutor tivesse aquela sede da desconfiança e vontade de provar que estava certo em pensar que eu era o assassino e ia me colocar atrás das grades. Era a sua convicção que contava antes de receber os laudos da perícia que poderiam pulverizar o meu álibi.

Depois de receber a intimação de Onofre e me despedir do policial, fui até o escritório. O filho de dona Eulália me aguardava na porta. "Minha mãe mandou dizer para o senhor que ela foi obrigada pelo delegado a afirmar tudo aquilo, que ela compreende se o senhor não quiser mais tê-la como secretária, seu Paulo." Cocei os meus olhos e limpei os meus óculos, como fazia para ganhar tempo antes de dar uma resposta em situações difíceis. "Meu caro Ricardo, diga à sua mãe que ela fez o que devia fazer. Sei do apreço dela pelo meu pai. Sendo assim, não tenho nenhuma mágoa, pois ela contou apenas a verdade. O problema não é o que a sua mãe disse, mas o uso que algumas pessoas mal-intencionadas fizeram das suas palavras. Diga-lhe que o emprego continua sendo dela, se ela não se importar em trabalhar para um assassino, é claro." E pus toda a ênfase na palavra assassino para que não restasse nenhuma dúvida de que não se tratava de uma confissão. "Que é isso, seu Paulo. Minha mãe não concorda com o que diz essa gente. Ela sabe que aquilo foi só um desabafo, nada mais. Ela sabe que o senhor seria incapaz de fazer mal para alguém, ainda mais matar o próprio pai." "Pois então diga que a espero aqui no escritório, pois tenho muito trabalho para fazer." A última coisa que me podia acontecer naqueles dias era demitir a principal testemunha da polícia. Mantê-la mesmo depois de seu depoimento era a prova maior de que dona Eulália havia sido usada para me atingir, para me constranger com um inquérito sem nenhum sentido, baseado apenas em rumores e desconfianças que não tinham sustentação alguma em fatos ou provas. Tinha de manter dona Eulália por perto e convencê-la, quem sabe, a depor em meu favor, o que seria uma dádiva.

"Boa tarde, seu Paulo." Eulália chegou com todo cuidado no escritório. Li em seus olhos a desconfiança que o filho negou haver. Ela certamente achava que eu havia matado meu pai, mas não tinha coragem de me enfrentar ou pedir demissão. Pensou que eu ia facilitar-lhe as coisas, demitindo-a, e não sabia agora como agir. "Boa tarde, dona Eulália. A senhora pode me dizer onde estão as cópias da ação da usina de açúcar? Não consegui lembrar onde eu as coloquei." "Claro, doutor, eu vou procurar para o senhor." E também me ligue para o doutor Palhares. O número dele está aí na sua mesa." "Claro, doutor, claro." Eulália manteve-se estática e branca durante todo o expediente. Ao fim, aproximou-se de mim e começou essa conversa. "Doutor Paulo, não sei se consigo continuar trabalhando com o senhor depois de tudo o que disse lá na polícia. Não sei mesmo o que iam pensar de mim e do senhor. Essa gente pode pensar que o senhor está comprando o meu silêncio me mantendo no emprego ou me intimidando com o seu poder, mantendo-me como sua empregada. O senhor acredita mesmo que o melhor a fazer é me manter aqui? Creio que ninguém na cidade vai estranhar se eu deixar o seu escritório, não é? O senhor fique, portanto, à vontade. Não tenha medo de me mandar embora, que eu vou entender." Escutei Eulália sentado atrás de minha mesa. Pus as duas mãos atrás da cabeça enquanto ela falava. Quando terminou, apanhei os óculos e, mais uma vez, os limpei naquele dia. "Dona Eulália, não há nenhum motivo nesse mundo para que eu demita a senhora. Não me deixo constranger pelo que esse delegado anda espalhando sobre mim e como ele interpretou o que a senhora viu e ouviu aqui e na casa do meu pai. Sendo assim, esse é para mim um assunto encerrado. Agora, não posso obrigá-la a permanecer comigo se a senhora não se sente bem ou se a senhora pensa que não deve trabalhar para um assassino, não é?" "Que é isso, seu Paulo?!" "Em todo caso, eu gostaria que a senhora ficasse aqui no escritório, pois sei do apreço que tinha pelo meu pai. Eu o amava como todo filho deve amar o seu pai. Ele tinha suas manias e aquele jeito bravo, mas era bom. E tenho certeza de que, apesar de tudo o que ele dizia, morreu amando minha madrasta como talvez nunca tenha amado outra, nem mesmo a minha mãe. O resto é bobagem da gente dessa cidade, que tem a língua maior que o coração." Eulália abaixou a cabeça. Sabia que tinha de me acusar do crime diretamente para poder pedir demissão. E não tinha coragem de fazer isso às claras; precisava da voz do doutor Palhares para me gritar: "Assassino!". Queria que a polícia resolvesse tudo para ela sem que fosse preciso se envolver, prestar depoimentos, comparecer ao fórum, apontar para o culpado e contar o que sabia sobre o delito. Não era diferente de tantas outras pessoas que testemunham crimes todos os dias em nosso país. Ninguém quer se envolver, dar a cara a bater, arriscar a pele e perder o seu tempo com as formalidades de um inquérito e, depois, as de um processo judicial. É verdade que contava com esse receio para a minha defesa e sabia o quanto ele estaria no caminho de Palhares para provar que a sua desconfiança era a verdade em torno daquele domingo, o domingo em que, para ele e para Eulália, eu havia matado o meu pai. E foi assim, nesse estado, que fui depor no inquérito. Era então a única testemunha da morte – só eu estava com o velho quando tudo ocorreu. Contei a Palhares que ouvira os dois primeiros tiros na cozinha e corri para o quarto onde ele estava. Quando abri a porta, vi meu pai caído na cama. Apanhei a arma e ela disparou acidentalmente em minha mão. Era tudo. Ele então começou a me questionar sobre minha relação com o velho. Descrevi desde minha infância até minha volta à cidade de forma breve. Enfim, tínhamos um relacionamento normal, perturbado, às vezes, pelas desconfianças e rabugices do velho. Só isso. "Qual a sua relação com a sua madrasta, a doutora Marília de Nardi?" "Trabalhamos juntos e temos uma excelente relação, doutor." "Essa relação excelente inclui demonstrações de afeto em público?" "Não entendi a pergunta, doutor." "Vou refazê-la. A testemunha aqui manteve ou mantém alguma relação, digamos, afetiva com sua madrasta?" "Sim." "Essa relação afetiva envolve algum ato amoroso?" "Como assim, doutor?" "Vou ser mais direto: essa relação envolve sexo?" "Doutor, o senhor está fazendo um inquérito ou trabalha em um enredo do Carlos Zéfiro? Me desculpe a liberdade, mas o senhor entende a reação que esse tipo de pergunta deve causar em uma pessoa como eu." "Eu compreendo a reação, assim como o senhor conhece o tipo penal do desacato à autoridade, portanto, responda a minha pergunta de forma objetiva, doutor." "A resposta é 'não', doutor." Saí da delegacia orgulhoso de ter enfrentado aquele "interrogatório" de cabeça em pé, sem me deixar intimidar pelo "ínclito delegado, presidente do inquérito". E lembrei de Albert Camus e *O Mito de Sísifo*: de todas as glórias, a menos enganosa é aquela que se vive. Se não havia pecado sem Deus ou sem nenhum pai, não haveria também culpados, só responsáveis. Eu devia viver esse imenso absurdo sem nenhum autoengano ou comiseração, que eu me conhecia bem demais para ter qualquer tipo de ilusão comigo ou com o mundo.

JUSTIÇA

Uma semana depois, o doutor Palhares fez o que toda a cidade esperava: intimou Marília para depor. Na delegacia todos queriam ver a "doutora madrasta" e registrar o que ela diria sobre sua relação com o "doutor enteado". Marília deixou a bolsa ao lado da cadeira, apanhou sua carteira da Ordem dos Advogados e a entregou ao escrivão Santos, que preencheu todo o cabeçalho de seu depoimento. O delegado chegou pouco depois e entrou na sala, perguntando ao escrivão se já estava tudo pronto. "Podemos começar, doutora?" "À vontade, doutor." Palhares queria saber sobre o passado em comum de Marília e de Vicente, por quanto tempo foram casados e por que se divorciaram. "Por quê? Ora, doutor, a resposta é simples: o amor acabou." "O seu ou o dele?" "Talvez ambos." As perguntas eram quase obrigatórias em razão das circunstâncias da morte de meu pai. "Doutora, o senhor Vicente manteve contato com a senhora depois da separação?" "Não, nunca." "A senhora mantinha ou manteve contato com qualquer outro integrante da família Volpin após a separação?" "Só com o doutor

Paulo, que trabalha associado ao meu escritório, cuja sede fica em Campinas." "A senhora teve algum tipo de contato além do profissional com o senhor Paulo Volpin?" "O senhor quer saber se eu mantive alguma relação afetiva com o doutor Paulo?" "Sim, é essa a minha pergunta." "Sim." "A senhora pode me dizer de que natureza foi essa relação afetiva e por quanto tempo ela durou?" "Minha relação afetiva com o doutor Paulo é aquela que se espera de uma mulher que foi casada com o seu pai, uma relação de muito respeito e amor, como deve ser essa relação. E creio que seja desnecessário dizer que ela dura até hoje." "Doutora Marília, eu vou ser mais específico em minha pergunta. Essa relação afetiva da senhora com o doutor Paulo incluía sexo?" "Embora não veja cabimento nessa pergunta, doutor Palhares, até porque não existiria empecilho legal em tal relação pelo fato de eu ser divorciada e de ele ser solteiro, afirmo ao senhor que não houve e não há sexo, apesar de tudo o que dizem. Sim, sou muito amiga do Paulo. Gosto muito dele e não é por ter sido sua madrasta, mas pelo profissional que ele é e pelo homem honrado e decente que ele é também. Já passamos noites em claro trabalhando em processos e ele nunca me faltou com o respeito." "A senhora estava hospedada no hotel Términus no dia 10 de julho?" Marília entendeu onde o delegado queria chegar e qual o tipo de indício ele tinha na manga. "O senhor acha que eu ia me hospedar em um hotel em Campinas para manter encontros amorosos com o doutor Paulo? Ora, doutor Palhares, não é segredo algum que o Paulo dorme na cidade uma vez por semana quando vai a reuniões no meu escritório. Às vezes, o registro do quarto é feito por nós e, às vezes, por ele. Não é segredo algum também que algumas dessas reuniões se estendiam até tarde. E até onde sei ir até o hotel onde um associado está hospedado não é crime, nem faz prova de que tenhamos um relacionamento amoroso. Só prova que sim, somos colegas de trabalho e nos respeitamos suficientemente para que eu possa, sem temer nenhum comportamento impróprio do doutor Paulo, ir ao seu quarto de hotel." "Doutora, são várias vezes. Imagino que processos inadiáveis eram tratados madrugada adentro, não é?" "Doutor Palhares, eu espero do senhor um pouco mais de respeito. Só um pouco. Gostaria que o senhor guardasse sua opinião para o relatório do inquérito, pois não me interessa o seu julgamento moral sobre o meu comportamento ou sobre quem eu vejo, visito e em qual horário e lugar eu faço isso. Porque eu também tenho minhas opiniões e poderia dizer que um delegado não pode ficar obcecado para mostrar que sua intuição está certa." "A senhora me respeite, doutora." "Respeito sim, tanto respeito que trouxe aqui para o senhor uma carta, talvez, a última que meu ex-marido escreveu. É um documento que hoje me parece claramente feito por um suicida. O senhor vai ver como ele estava confuso e me odiava, acusando-me de ser responsável pelo suicídio de minha filha. Pior, doutor, ele tinha suspeitas parecidas com as suas. Dizia que eu havia tornado o filho dele 'um escravo da minha lascívia'. E depois me fez uma ameaça incomum: disse-me que o 'seu grito' me acompanharia o resto da vida. Desculpe, doutor, mas esse é o grito de um suicida, o grito de alguém que sabe que se tornará amaldiçoado por ter retirado a própria vida – ele era muito católico, doutor – e cuja morte quer imputar aos outros, como se ele se tornasse uma maldição em minha vida, um fantasma. Que ele sempre desconfiou de tudo e de todos não é novidade para ninguém. Nem mesmo é novidade que desconfiasse, em seus ataques de ciúmes e loucura, que eu tivesse casos com todos os homens da cidade, talvez, até com o senhor. Mas nunca me havia escrito antes. Somente agora, com a morte da filha, da qual se distanciara e não dera assistência ou amor nem mesmo quando ela foi estuprada, é que ele me enviou uma carta. A conclusão é óbvia, doutor. A morte de Madalena o deixou de tal forma abalado, e ele se sentia tão culpado pelo abandono da menina, que se descontrolou. Mas, antes de se matar, rogou-me essa praga, de que eu escutaria o seu grito pelo resto de minha vida." Marília apanhou o documento em sua bolsa e o entregou ao delegado. "Pode anexá-la ao seu inquérito, doutor, pois creio que a carta que lhe faltava para demonstrar o suicídio agora esteja em suas mãos."

O documento tinha o selo do posto dos correios de Santo Antônio e a assinatura de meu pai, além de sua letra no envelope. Fora entregue pelo carteiro na manhã de terça-feira, um dia depois do enterro de meu velho. Não havia como pôr em dúvida sua autenticidade, ademais seria possível encontrar as impressões digitais de Marília e de Vicente no papel. E só as deles. Palhares apanhou o documento e o leu. Viu que meu pai tinha a mesma desconfiança que a sua, mas notou que ele não me fazia nenhuma ameaça, dirigindo todo seu ódio somente a Marília, como se só ela existisse ou lhe importasse. Ali podia haver razão para um crime, mas era o de meu pai contra Marília e não o contrário. Também viu que a única ameaça que ele fazia era contra a ex-mulher, mas aqui também havia algo estranho, pois a intimidação não era física, mas espiritual. E percebeu que a versão do suicídio podia ter naquela carta o seu mais forte amparo, pois era como se meu pai, decidido a se matar, resolvesse de fato escrever para a ex-mulher dizendo que ela seria a responsável por aquela morte e, assim, o grito do velho a acompanharia para sempre. Palhares compreendeu que só podia contar agora com o resultado da perícia para tentar desqualificar minha história, caso contrário teria apenas suspeitas e insinuações sobre reuniões à noite em um hotel e nada mais. Não havia encontrado um único testemunho público de nem um beijo sequer entre os dois suspeitos. "Vou juntar, sim, a carta ao inquérito, doutora. E vou fazer o grafotécnico para saber de quem é essa letra." "Esteja à vontade. Mas qualquer pessoa que conheceu Vicente o suficiente pode reconhecê-la." O delegado tinha outras perguntas, mas resolveu deixá-las de lado diante daquele "fato novo". "Só mais uma coisa, doutora, que eu preciso perguntar: por que a senhora veio ao enterro de um homem que a odiava e o que a senhora conversou ali com seu enteado?" "Vim ao enterro porque vir era uma obrigação moral e o senhor já devia esperar essa resposta. Eu não sou o Vicente, doutor. E conversei com o doutor Paulo, meu antigo enteado, dando-lhe as condolências de praxe ou o senhor esperava que eu tivesse dito alguma obscenidade em seu ouvido? Francamente, doutor." O delegado então ditou o depoimento da advogada ao escrivão, que o registrou com o texto característico que pode ser resumido da seguinte forma: "Que indagada se manteve relações sexuais com o enteado, digo, ex-enteado, a depoente afirmou que não; que indagada de sua presença em hotel de Campinas no qual o senhor Paulo Volpin se hospedava, a depoente afirmou que lá manteve reuniões de trabalho; que a depoente espontaneamente apresenta neste momento uma carta escrita pelo seu ex-marido no qual este lhe faz ameaças e a culpa pela morte da filha do casal, tal documento foi, segundo a depoente, a única missiva que o mesmo lhe enviou em vida, digo, lhe enviou depois da separação; que a depoente afirma ser a carta um bilhete de suicida. Nada mais disse, nem lhe foi perguntado".

Marília assinou o depoimento, apanhou sua carteira da Ordem dos Advogados e se despediu do escrivão e do doutor Palhares. "Pô, doutor, se eu fosse jurado e essa gostosa entrasse no plenário para depor e chorasse contando o seu sofrimento nas mãos do crápula do marido, ah doutor, sei não, eu absolvia", disse o escrivão. "É, Santos, a doutora madrasta sabe desempenhar muitos papéis. Até o de mulher honesta. Pena que o de vadia ela nunca tenha desempenhado comigo, mas vai saber, né, Santos, o que Deus nos reserva nessa vida. A esperança é a última que morre, meu amigo." Palhares deixou o escrivão sanear o inquérito e, antes de voltar para sua sala, pediu que ele entrasse em contato com o Instituto de Criminalística e com o Instituo Médico-Legal. Queria ter os laudos nas mãos o quanto antes. Também deu três ordens: "Intima os irmãos 'do assassino', anexa a carta ao inquérito e me chama o Onofre". Palhares queria ouvir de Onofre velhas histórias sobre as tais infidelidades de Marília e como havia sido o divórcio do casal. Contava-se na cidade que uma vez ela apareceu bêbada na boate do investigador. Queria entrar no lugar, pois dizia que ia mostrar para o marido que ele tinha mesmo se casado com uma puta. O segurança chamou Onofre, que foi até lá recolher a mulher e levá-la para casa. Sabia que o marido ia ficar devendo o favor e passou a fazer algumas compras no supermercado, que meu pai não tinha coragem de cobrar. "É tudo verdade, doutor, ela tava bebinha naquele dia. Com uma minissaia que, olha, podia cobrar o michê mais caro da casa que ia fazer fila de homem para pagar. Apanhei a dona, coloquei ela no meu carro.

Entreguei o problema para o marido, que, o senhor sabe, é o melhor a se fazer nessas horas. Que o casal se entenda depois. Mas na minha boate é que ela não podia entrar, né? Imagina o tamanho do B.O., doutor." "Tem testemunhas disso, Onofre?" "Olha, doutor, só o segurança e as putas. Mas o senhor não vai querer envolver o pessoal nisso, né? Isso é coisa velha, doutor. Já tá prescrita."

Palhares viu suas perspectivas diminuírem. Na semana seguinte, os laudos confirmaram minha versão sobre os fatos. Era a única testemunha dos três disparos feitos dentro da casa amarela – quase houve um quarto, mas a bala picotou, falhou, apesar de ter sido percutida pelo gatilho do revólver calibre 38 de meu pai, uma arma velha que ele passou a manter em casa desde que vendera o supermercado. Nenhuma outra testemunha, além de Eulália, relatou ter ouvido de minha boca qualquer ameaça contra meu velho. Nenhum documento foi encontrado na casa, nada que me incriminasse. Os exames grafotécnicos e residuográficos haviam confirmado minha história: meu pai usara a arma de fogo antes de morrer e eu também. As trajetórias das balas eram compatíveis com o meu relato, assim como as manchas de sangue indicavam que o local do fato não havia sido violado antes da chegada da perícia. Palhares acabou se vendo forçado ao término de 30 dias de investigação a requisitar o arquivamento do caso, deixando em aberto se o que houve foi um suicídio ou um homicídio. "Sendo os laudos inconclusivos para afastar o homicídio ou para afirmar o suicídio, havendo nos autos carta feita pela vítima para a doutora Marília de Nardi, sua ex-mulher, na qual se pode aduzir que Vicente tenha planejado tirar a própria vida em desespero pela perda da filha ocorrida dias antes, represento pelo arquivamento dos presentes autos a fim de que permaneçam assim enquanto prova não houver de que a morte de Vicente Volpin foi um homicídio, afastando-se definitivamente a hipótese de que a vítima tenha posto fim à própria vida, valendo-se para tanto de arma registrada em seu nome e da qual tinha posse de forma regular havia mais de 25 anos, conforme registro constante no Divisão de Produtos Controlados desta instituição policial." Em outro trecho de seu relatório, Palhares fazia considerações sobre os depoimentos das testemunhas. "Sendo ainda inconclusivos os relatos sobre possíveis fatos que poderiam motivar tal crime hediondo e, considerando que os relatos dos familiares são unânimes em apontar o descontrole do senhor Vicente Volpin e as boas relações entre ele e seu filho Paulo, única testemunha presencial dos fatos ora investigados, esta autoridade, também por essa razão, opina pelo arquivamento. Todas as diligências possíveis para a elucidação do feito foram cumpridas por esta autoridade e, creio, que o Parquet não encontrará neste inquérito lacuna a ser preenchida por meio de cota ministerial. Aproveito a oportunidade para renovar meus protestos de consideração, estima e respeito..."

Eu não havia sido inocentado, mas também não havia sido nem sequer indiciado no inquérito. Não havia nem mesmo indícios de que eu tivesse sido autor de um crime, ou melhor, de que um crime tivesse ocorrido. Soube do teor do relatório por meio de Marília, que me procurou no escritório. Contou tudo diante de Eulália, pois acredito que não queria despertar nenhuma suspeita. "Não é a Justiça plena, mas é a possível, Paulo. Você não esperava uma rendição incondicional do Palhares, não é? Ao menos agora vão parar com a falação sobre o caso. Ah, dona Eulália, a senhora não sabe o que é ser alvo de tanta fofoca." Dona Eulália teve pena de Marília, aquela moça bonita era caluniada em cada esquina de Santo Antônio, mas, indubitavelmente, não havia matado o ex-marido. Podia até ser que a mulher exuberante tivesse lá os seus amantes – e certamente tinha -, pois para Eulália todo mundo tinha de ter pelo menos um pecado, geralmente um adultério, para contar. A velha secretária ouvira muitas histórias contadas por meu pai sobre suas ex-mulheres e acreditava que alguma coisa ali era verdade, pois onde havia fumaça, havia também fogo. Para Marília seria muito fácil pecar; bastava mostrar um pouco as pernas e vestir uma blusa um pouco mais decotada. O resto aconteceria normalmente. "Olhe, dona Marília, a senhora é bonita e o pessoal fala muito, mas deve ser inveja, né? Mulher bonita desperta muita inveja." O expediente no fórum havia acabado fazia uma meia hora – Palhares protocolou o inquérito com seu relatório quase no fim da tarde. Não demorou muito e Eulália foi embora. Marília permaneceu ali enquanto eu guardava os últimos papéis. "Aonde vamos?" "Você está louco, Paulo? Se nos pegam, vamos os dois parar na cadeia, meu amor." "Que é isso, Marília?" "É melhor a gente dar um tempo, Paulo. Você sabe disso. Ah se sabe." "Sei o quê?" "Paulo, você não precisa mentir para mim. Eu sei que foi você. Eu sei que você matou o seu pai. Ah como eu queria te beijar, te abraçar e transar com você agora. Ia estourar um champanhe, mandar soltar fogos e contratar dançarinas para dar uma festa das arábias para o meu amor. Paulo, essa foi a única alegria que tive desde a morte de Madalena. Queria comemorar e meu grito seria tão forte que o seu velho ia ouvi-lo lá no inferno onde ele está. Obrigada, meu amor. Obrigada." "Mas, Marília, eu não matei o meu pai." "Pois então devia. Devia! Devia ter matado. Pelo menos teríamos um motivo justo para tanta preocupação com a polícia."

Meu amor ainda ficou ali uns dez minutos, em silêncio. Depois, apanhou suas coisas, mas, antes que saísse, tomei coragem e fiz a pergunta que nunca lhe havia feito antes. "Marília, só uma coisa: você foi só minha nesses anos todos?" Ela me olhou com uma frieza e espanto que, talvez, não tivesse desde o divórcio. "Paulo, por que seria necessário amar poucos para amar muito? Eu te amo muito, Paulo, e isso não lhe basta? Não é você quem diz que a honestidade não precisa de regras? Ah... meu querido Paulo, nunca pensei que você tivesse se apaixonado por mim." Ela pegou a bolsa e saiu do escritório em silêncio. Quis lhe dizer que ela estava certa. Não era da minha conta se ela teve outros homens nesses anos; tínhamos uma relação secreta ou clandestina, como diriam, e nada nos impedia de ter outros homens e mulheres em nossas vidas. Sabíamos disso desde o começo, mas, agora, com a morte do velho, era como se finalmente esse amor pudesse vir à superfície da terra e desabrochar como as plantas. Tive a ilusão ou a esperança ou o egoísmo de que poderia também dar o meu grito; o de que Marília era minha e não seria de mais ninguém. Quis dizer-lhe ainda naquela noite a frase de que a amava como nunca havia amado uma mulher em toda a minha vida. Tinha certeza de que essa era uma paixão definitiva, dessas que, mesmo que a vida nos leve para lados distantes, terão sempre um cômodo quente para renascer de um dia para outro. Basta um pequeno reencontro. Acho que olhei meu amor antes do tempo e assim perdi a minha Marília. Nas semanas seguintes, ela não atendeu às minhas ligações. Nem no escritório ou em casa.

No começo pensei que fosse parte de sua estratégia para nos preservar, mas depois a distância foi aparecendo com seus pontos de esquecimento e com ela o costume de não ver Marília foi penetrando em mim, em meio ao trabalho no escritório, nas petições, nos processos e nos habeas corpus. Passei a tratar de assuntos, que antes resolvia com ela, com seus sócios de Campinas e enxerguei nisso uma exigência deles para evitar o rompimento da nossa relação de trabalho – eles estavam, evidentemente, preocupados com a imagem da banca, diante da repercussão do caso do "enteado que matou o pai para ficar com a madrasta". Mesmo antes do arquivamento do inquérito já havia sido um pouco assim, pois a prudência mandava evitar os contatos que pudessem ser interpretados como suspeitos. À medida que a minha esperança de uma felicidade futura com a minha Marília crescia, mais distante parecia brilhar a sua luz. Afastava-nos uma força física irresistível: a minha ilusão ia para um lado e a minha amada para outro. Teria sido mais fácil pensar que ela fora atraída por novas conquistas, mas creio que era somente obrigada pela repulsa instintiva de recair em uma nova armadilha contra a qual se rebelara e se libertara havia tanto tempo: a de um amor exclusivo e monótono, do qual não lhe restou senão o último altar da ilusão que é ter um filho. E a doce e sensual Marília foi se tornando cada vez mais fria e distante. Sua luz começou a levar anos para me alcançar e ouvia apenas notícias longínquas de como estava com novo amor e até desfilava com o homem em público. Diziam que iam casar ou morar sob o mesmo teto. Foi tudo mais rápido do que a criação de um novo universo. Foi tudo mais rápido do que a leitura de mais um soneto.

SEPARAÇÃO

Não foram os teus olhos, boca aberta
da tua alma, os primeiros a dizê-lo.
Não foram as tuas mãos, nem mesmo os dedos
que sustentavam sempre a tua testa.
Não foram não os planos, nem os fardos
que os teus braços deixavam sem descanso.
Ninguém jamais ouviu dizer o quanto
incomodava o que te fez amargo,
nem desconfiava que o gesto mais suave
dissimulava apenas o tormento.
Ninguém te viu calar o pensamento,
fechar o corpo e atirar a chave...
Mas todo mundo sabe o que acontece
quando saber amar o amor esquece

Meu caso foi esquecido e me tornei mais uma das causas que perdemos ou ganhamos sem conhecer a verdade. Faz seis meses que tudo acabou e agora escrevo esse relato. Na semana passada, Marília do nada surgiu em meu escritório. Estava linda como se exige a esperança que se dá ao torturado de permanecer vivo em troca de tudo o que sabe. Chegou no fim da tarde, sem aviso. Entrou e fechou a porta da minha sala. Disse então que estava ali por aquele momento e pediu que não lhe fizesse nenhuma pergunta, pois eu não gostaria das suas respostas. "Paulo, eu precisava beber um pouco. Me embriagar com você é um prazer ao qual não sei renunciar. Gosto de sua companhia e de sua presença, mas não posso te amar. Gosto de seu sexo, mas não posso lhe dar nenhuma esperança." Apanhei a garrafa de uísque no armário e bebemos. Senti que nunca mais tocaria naquele corpo desnudo; que nunca mais a teria de pé com as mãos na parede só com o salto alto. Marília foi me ver para dizer o que sentia ao seu jeito, sem esperança, mas cheia de afeto; sem uma promessa, mas cheia de vida; sem nenhuma mentira, mas cheia de instantes; sem nenhuma eternidade possível, mas com cada Marília melhor do que a outra que eu conhecia; sem uma resposta, mas cheia de sexo; a primeira e a última vez em meu escritório.

Não lhe contei o que me angustiava. Não quis trair o momento e revelar a dor onde havia o gozo. Não quis a incerteza de cada palavra para iluminar o que me roubaria o presente de Marília e a realidade de seu corpo desnudo; ele não era uma dúvida nem uma imprecisão e me envolvia em uma trama de perplexidades que sempre me deixavam atônito e submerso em uma beleza espinhosa e macia. Depois, lembrava-me das palavras exatas que não soube dizer e do imenso sentimento que a solidão e a perda me faziam cultivar sem nenhuma finalidade, além de me punir pela inépcia e pelo fracasso. "Paulo, não sei se eu deveria falar..." E Marília virou o rosto e o pensamento para longe dos meus olhos e sentiu que não se deve dizer o irremediável, o definitivo, o inaudito. Não se deve desvelar o amor infinito ou o fim que se aproxima. Meu suor invadiu os seus poros, e ela deslizou até a minha mesa. E levantei sua saia e agarrei seus quadris. Ela virou o pescoço e me olhou. "Mete!" Fiz tudo o que ela quis. Imaginei cada carícia e seu efeito. Saímos de meu escritório e a levei para casa. Era a primeira vez que Marília entrava ali. Dormiu e saiu cedo. Voltou para Campinas – em silêncio.

Não lhe perguntei o que ela não quis me dizer naquela noite. Conheço Marília bem demais para saber que não se tratou de um recomeço, mas de uma despedida. E concluí que minha amada é a única sobrevivente que encontrei em minha vida consciente de sua própria história; consciente de ser muitas e uma e que todas elas são a mesma Marília. Tive a pretensão de amá-las todas e tê-las só para mim, mas a minha Marília é um mundo, e mesmo que eu tivesse todo o saber do universo, não poderia assumir essa responsabilidade. Ela sabia que eu não suportaria fazê-la sofrer, mas eu a faria. E ela previa. Ela sabia que não me seria possível ser o seu mal, sua perdição, e eu o seria com toda certeza, pois esse sangue e todos os átomos do meu corpo me empurrariam para as linhas de força desconhecidas que controlam as paixões humanas. E o meu amor se transformaria em ódio, mas, ainda assim, seria uma paixão. Marília não se vingou de meu pai em mim, como se poderia pensar ou supor. Ela apenas caiu na tentação de olhar para trás e ver em meus olhos os olhos negros pelos quais um dia se apaixonara, de sentir em meu sangue e em minha carne o homem que uma vez a enganou com a ilusão de um casamento feliz. Por uma outra estranha nostalgia, quis reviver o momento em que a vida não lhe parecia absurda, uma falha de pensamento, um ato sem o seu contexto, um crime sem perdão.

APOCALIPSE

O que eu devia fazer diante de Marília? Talvez lhe devesse escrever uma carta. Dizer tudo o que sempre quis, quais os meus desassossegos e misérias; ser magicamente claro e compreendido como um sinal de trânsito. Devia me esfolar diante de seu prédio e deixar meu sangue escorrer para espalhar a minha vida em sua vizinhança. E me deixar partir para uma aventura sem limites ou fronteiras nos subúrbios de outras almas e lá, no infinito, resgatar a palavra que habitava os corpos e as coisas quando a magia assentava os nossos passos pelo mundo; e reencontrar a palavra que foi dita em um mundo rejuvenescido como os passos de um coelho em busca de um abrigo. Um coelho encosta-se a fios imaginários desencapados e pula de um lado e se detém no outro à espera de um novo choque antes de decidir o traçado de sua fuga. E, nesse instante, congelado, o bicho recolhe toda energia para a disparada. Podia tê-lo acompanhado. Em vez de disso, escrevi um poema inútil.

ANDRÔMEDA

Faz um mês.
O tempo é uma hora atrasada;
suspenso em suas mensagens,
imagina um exercício
dos mais difíceis
para manter a sua presença
incontável e inexpugnável.
O desejo e a memória...
Nada mais que um sopro,
uma faca;
nada mais que um sonho;
E a trajetória?
E quem disse?
Quem foi que disse
que o caminho
de sua história
é contado em dias
ou se paga em um mês?
A lua fez a curva e repousa em suas nuvens
e seu olhar adormece enquanto o meu se derrete em pedras
Menino, para que esse barulho?
Por que sorri o seu granizo?
Por que inundaram Sete Quedas?
Por que o quarto escuro?
Ah menino...
Onde estava o seu juízo?
Faz um mês.
Um mês!
E tudo o que é preciso é conhecido.
Haveria outra vírgula ou ponto ou pausa para o fôlego de quem lê?
Não me diga o que não pode me dizer:
o nosso amor é mais do que uma simples possibilidade?
O agudo e o grave em ondas sucessivas
e o seu vermelho sempre mais vermelho
e o céu cada vez menos azul.
O sol dispersa diariamente estrelas incontáveis,
Ilumina as nossas vidas
ou escurece o brilho das galáxias?

Não fui capaz de entender um mundo em que a minha virtude parecia apenas capricho. E Marília talvez tenha sido o maior deles, pois foi somente com ela que pude me libertar de meu pai. Foi a felicidade prometida que me fez deixar os últimos laços que me ligavam ao velho. Matei meu pai aos poucos, em cada instante vivido que a minha memória esqueceu, em cada ato desaparecido no passado, na busca de um futuro comum, de uma nova e renovada esperança. Matei ao tomar fôlego no fim de cada dia da minha infindável tarefa de seguir adiante até não sei quando, até o momento em que tudo se apaga. Meu pai morreu e já faz meses que a sua fúria não mais me estiola ou seu corpo me alimenta com suas preces e rigores. Meu pai morreu para que o velho viesse à noite até a minha cama e invadisse o meu sonho aos gritos para me chamar de "assassino". E aquele berro na madrugada me tomou por inteiro. Livrar-me de suas loucuras e ameaças não me fez feliz. Deixar-nos sozinhos no mundo foi o derradeiro castigo imposto aos filhos e nos fez entender que o velho só existia daquele jeito por nossa graça e culpa. E uma dor infinita tomou os nossos dias. E isso ainda não é tudo o que tenho a dizer.

A vida é um conjunto de citações de outras vidas desconhecidas e perdidas, de interrupções e recomeços. Ela nos ultrapassa em cada esquina que julgamos dobrar para chegar a um novo e necessário abrigo.

Minha família se tornou um amontoado de gente estranha e, como não tive filhos para cuidar, não me sentia preso ou responsável por ninguém. Não me divorciei, porém, da minha terra, nem de sua gente, de suas mulheres. A vontade não teria como anular o solo. Tampouco o sangue. Não encontrei o que me devolvesse a visão das noites de quinta-feira em Campinas. Tive a nostalgia de sentir de novo um cheiro, olhar um vestido e vê-lo emoldurado por cabelos loiros e mirar o vazio e lá enxergar os olhos verdes na madrugada. E, no entanto, jamais disse ao momento fugaz: "Continua aqui, és belo, não te vás!" Posso criar um novo e único instante tão enorme que faria esse relato caber apenas em um pequeno bilhete: "Espero você hoje em nosso hotel, meu amor". Fui o Mefistófeles da minha alma. E serei sempre o meu domingo, o meu descanso, o meu crime e a miséria interminável. Não importa se o flagelo pungente deste inferno me tenha enchido o peito de amor ou de uma dolorosa vingança. Toda minha vida também caberia em outro bilhete: "Só fiz o que me pareceu razoável". Ruína, dor e chamas lívidas e truculentas: de que me vale ser o meu inferno, se nele não habitam só as almas que eu quero? Mas sou livre, agora, para me ouvir e ouvir todas as vozes do mundo. Só me arrependo de não ter dito a Marília como matei o meu pai. A existência dele a desafiava como o esplendor desconhecido e incessantemente renovado de cada amanhecer boreal. Sua presença fazia minha amada sentir-se acompanhada. Deixei-o partir para que ela enxergasse em mim a consolação de não estar só. Que se entregasse assim sem a ilusão de se ter libertado; para ter o poder de olhar os seus dias e afirmar, sem dúvida, que tudo aquilo era passado. Ela tinha de encontrar em sua frente um futuro que não fosse promessa ou mentira, um futuro que fosse apenas o que devia ser: o espaço preenchido por nossas vidas.

E foi na noite seguinte à última visita de Marília que ouvi novamente o grito que me chamou de "maldito". E sorri, acordei sorrindo, imaginando meu pai sentado na minha cama. Um velho ridículo me assombrando como se eu fosse criança. E ele dizia: "Melhor lhe fora que se lhe pendurasse ao pescoço uma pedra de moinho e se submergisse na profundeza do mar". Depois, levantou-se devagar e, arrastando sua alma, exibiu-me o coração antes de me deixar e sair de casa. Mas, em vez do grito prometido, somente a minha gargalhada ressoava no quarto, enquanto eu dizia: "Fiz o que devia ser feito, só o que devia ser feito. E era justo e preciso". Então acordei e fui ao banheiro e apanhei uma *Bíblia* para ver se me lembrava daquela passagem e a encontrei em Mateus, 18. E desisti que meu pai se compadecesse de mim e me perdoasse, pois ele só queria vingança. Não consegui ser humilde o suficiente para suportar as ofensas e toda violência de sua fúria. Fechei o livro e encontrei uns recortes de jornais sobre a sua morte. E só me restava sorrir quando a manchete dizia que o filho matou seu pai para "herdar a doutora". Ou outro jornal que só me chamava de "o enteado" debaixo do título teatral: "Édipo em Santo Antônio de Pádua". Guardei tudo aquilo e olhei a minha estante. Abri o baú da minha vida inteira e me espantei com tudo o que achei. Nenhuma vida é estéril e apagada o bastante para não encontrar um dia de Ulisses, uma noite com a própria Desdêmona, um pouco de Fausto ou de um Bentinho. Basta-nos olhar pela janela e fixar a paisagem e os rastros do que vimos e fizemos. Basta-nos a coragem, pois todos sabemos o que em tal situação corremos o risco de encontrar. Tudo sempre me preocupava e não me sobrava tempo além da madrugada. Tudo está ali e sempre esteve a distância de um passo, a duas páginas do fim, a cinco graus da explosão. E assim somos todos. Então compreendi que tinha uma biblioteca dentro de mim com as fúrias da vingança e as dores da injustiça, com o choro de todo amor improvável e a lascívia inconfessa ao lado das mais belas e secretas mulheres de todas as vidas. Essa biblioteca é eterna e me leva aos tempos e continentes de todos os homens, aos mortos e aos vivos, a toda alegria despercebida e a toda memória das inauditas tristezas. Consulto minha alma como se um livro fosse e me surpreendo em cada página com um novo conto, outro romance, uma notícia inesperada, uma rima complexa ou a crônica de um assalto, ou da esmola negada na esquina do mercado. Ou mesmo da praga rogada pela cigana no meio da tarde. Tenho a corrupção dos valores e a pobreza do espírito, que me aviltou a língua e tornou banais meus comentários e argumentos. E só descobri tudo isso porque sentei ao meu lado, em uma poltrona velha e me folheei. Minha dor foi construída em milhares de anos de lutas, misérias e medos. Criei-me sem nunca me conhecer, sem poder olhar meus filhos e ancestrais. Não tive Tirésias, tampouco Circe; nenhuma bruxa me revelou sortilégios ou profecias. Meus sonhos de riqueza e império terminaram antes dos 30 anos e restou-me o cinismo sem autocomiseração. Restou-se esse depoimento, último capítulo do último livro que abro sobre a minha vida após descobrir que Sísifo não é nada sem a sua pedra.

Meu pai saiu do quarto naquele domingo pouco depois das quatro horas da tarde. Fui à sua casa com um arsenal em meu peito e no meu cérebro para enfrentar o desafio que me seria lançado pelo velho. Imaginei as perguntas, acusando-me de ser o pior de seus filhos; imaginei os gritos e a peste mais escura em seus olhos, pensei na tempestade que transbordaria o copo de dezenas de anos de mágoas e ressentimentos e olhei para além, para a calmaria que só então poderia surgir em meus atos, em meu futuro e em meu amor por Marília. Que soubesse de tudo, afinal, que tivesse sua explosão de ódio e rancor e conhecesse, enfim, a sua miséria e a minha natureza. Nada disso importava se aquilo me libertasse. Só não me deixaria tragar para os seus rochedos e me despedaçar em sua mágoa ou me envolver em sua vingança, mesmo que fosse atingido pela mais forte e incomum de todas as iras de um homem; mesmo que me enterrasse vivo em meus dias e me atirasse às feras de seus devaneios. Construí ponto a ponto os argumentos de minha defesa, sabia de cor o que devia abordar em minha fala e tinha a certeza de convencer qualquer júri que me julgasse. Sabia onde colocar cada passo naquele plenário, cada gesto estava milimetricamente determinado em meu plano. Nada podia enfrentar o centro de meu exército, nenhum ataque eu me permitiria colher pelos flancos dos meus pensamentos; estava pronto para a mais importante de minhas batalhas e fiz a arenga às minhas tropas pouco antes de sair de casa às 7 horas daquela manhã. Devia zelar pelo velho como toda semana fazia enquanto não se achasse uma empregada que pudesse cuidá-lo. Era uma preocupação, talvez, exagerada dos filhos, visto que ele ainda saía de casa sozinho e fazia as suas visitas, mesmo que, para tanto, fosse agora preciso um táxi, que o buscava na hora marcada. Era, talvez, o reconhecimento de que o nosso pai nunca soubera ficar sozinho, do medo que tinha da solidão e da necessidade de que alguém estivesse ao seu lado para lhe estender a mão. É possível que fosse essa a forma de lhe aplacar a fúria e a raiva contra os filhos, que se mostravam distantes de sua vida e criação. Abri a porta quando o velho ainda dormia e fiquei lendo os jornais na sala, agora modesta, da casa amarela. Foi ali que o velho me reencontrou quando acordou à tarde, depois da missa e do almoço.

"Você ainda está aí?", perguntou Vicente. Olhei para ele e vi que trazia papéis em suas mãos. "Chegou a hora de minha leitura. Você pode apanhar meus óculos? Não consigo encontrá-los."

Olhei pelos lados da sala, na mesa de centro, e não estavam. Fui então ao seu quarto, vasculhei a cama e o chão. Quando voltei, vi meu pai sentado com os óculos em seu rosto e uma caneta na mão, preparado para a cena que também devia ter planejado nos dias que antecederam minha visita. "Se os teus olhares não viram, o mundo não sabe/ que vale a primavera nesse quarto/ ou serve tanto cálculo e concreto armado/ se tuas pernas não eram que o mundo desabe." Interrompeu a leitura e olhou para mim por cima dos óculos. "Sabe, sempre gostei de poesia, mas prefiro as oitavas de Dante aos sonetos shakespearianos, até porque estas são impossíveis de serem emuladas por uma multidão de pretensiosos, reunidos em torno da genialidade de qualquer poeta; Alighieri construiu para si um seguro inquebrantável, imorredouro, pois a *Comedia* é impossível de ser reescrita; Shakespeare não foi capaz de blindar a sua obra contra os epígonos e imitadores que fazem de seus sonetos e peças uma farsa para satisfazer sua vaidade e loucura. Assim é que temos uma profusão de sonetos ingleses espalhados pelas literaturas mundiais, inclusive a nossa, mas não temos nenhuma *Comédia* para disputar com Dante o raro momento em que o divino se manifesta no belo, meu filho. Você, meu filho, devia saber dessas coisas. Assim como o autor dessas linhas devia saber que a arte e suas musas não se deixam apanhar por mãos inábeis, descuidadas e impuras. Pois como a verdade é um brilho que ofusca toda a razão humana, também o belo é verdade e a verdade, a beleza. Não pode, portanto, mostrar-se a qualquer um, em linhas saídas de uma vida sem ritmo, ou o que é pior: de uma vida de pé quebrado, coxa como o demônio que se apresenta ao homem em meio ao deserto. Não. Não me tornei um crítico. Antes fosse o caso de fazer uma simples resenha sobre esses versos." E fez uma pausa e retirou os óculos e me olhou, enquanto me mantive em silêncio – por que tentaria desmentir um mitômano? "É preciso, Paulo? É preciso continuar adiante nessa leitura?" Permaneci calado e ele repôs os óculos. "Vou passar para outra obra do aprendiz de poeta. Veja que trabalho de ourives: 'Escrevo para abraçá-la,/para expiar o pecado'... O certo aqui seria o poeta escrever espiar, pois não era de expiar com 'x' que se tratava essa ação. Mas continuemos. 'Para sonhar descuidado/e despertar no infinito'. Que o descuido do poeta aqui se estenda ao ritmo e à força das imagens não me parece necessário dizer. Um descuido que só não é mais infinito do que o seu comportamento infame. Mas vamos ao terceiro texto que tenho comigo. Ele diz: 'Livra-se do buraco negro a luz/ capturada no instante do olhar/ mais intenso que o brilho do pulsar, / mais íntimo que a mais pesada cruz'. Aqui temos a inaptidão do poeta para encontrar a metáfora justa para os seus sentimentos. Melhor seria dizer 'dolorido como o mais amargo fel servido ao mais amado pai'? E o que dizer sobre 'trazer em minha boca o teu gosto/ e a forma mais exata da palavra'. Não me parece necessário ler a conclusão dessa obra-prima em que a lascívia tenta encontrar o sublime para saber que o que se tem aqui é a podridão moral unida à literária *(tenho aqui de pedir a quem lê esse relato desculpas, pois reproduzo as palavras como elas me soaram no ouvido. Sou um escritor inexato, pois o velho era um pouco mais rústico e frio em seus comentários*). Chegamos ao momento em que, finalmente, toda a beleza se resume na clareza de um bilhete. Um bilhete frio como a lâmina da traição debaixo das vestes de Brutus. Ou molhado como o beijo de Judas. 'Espero você hoje em nosso hotel, meu amor.' A letra é por mim demais conhecida para que fosse preciso algum daqueles exames que vocês advogados exigem na Justiça. O conteúdo é demais claro, tão claro como um palavrão. Sabendo que tipo de ambiente um hotel oferece e que tipo de mulher escreve um bilhete para um enteado no qual o chama de 'meu amor', posso compreender o que deve ter acontecido naquela noite. Me desculpe se vou entediá-lo com a descrição, meu querido filho. Mas creio que Marília chegou por volta das 21 horas e estava com uma saia que exibia suas ancas de forma a chamar a atenção até mesmo dos mortos. Devia estar sem calcinha, pois assim não marcaria a roupa ou talvez estivesse de cinta-liga ou escondesse outra lingerie. Ah... E os saltos eram altos para que seu andar a transformasse em senhora do tempo e do espaço. E os seios? É possível que quase estivessem à mostra para encantar o amante pasmado. Marília despiu o seu homem, que era somente mais um em sua vida. E depois tirou sua roupa e exibiu sua bunda bem arrebitada para dominar com sua lascívia o seu alvo. E o imbecil se deixou levar pelo cheiro daquela mulher e a sodomizou o quanto pôde até ela urrar de prazer. Foi assim, Paulo? Mas, se ela recusasse a ter contigo uma noite de sexo, era só agarrá-la com força, que o estupro era para ela um desejo. Era só enchê-la de tapas no rosto, que ela se entregaria implorando perdão ao seu homem. Você sabia disso, Paulo? Você fez isso também, Paulo? Ah, não fez, né, mas devia ter feito, que ela gostava. Você gozou na boca dela, Paulo? Você fez isso, Paulo? Você a lambuzou por inteiro depois de pensar que ela havia traído você com outros homens, Paulo? Você fez isso? Você soube seus nomes, seus endereços, e como ela marcou seus encontros na frente de todos aqueles que o conhecem na cidade em que você mora desde criança?! Você a esperou voltar para casa depois de sair vestida para encontrar 'seu amor' em um hotel que não fosse o seu nem o nosso, mas o dela e o dele? Você já beijou o diabo, Paulo, e tentou rasgar sua roupa para salvar sua alma e livrar um corpo do hábito da mais abominável prostituta? Você sabia que ela fazia surubas, Paulo, que se entregava aos homens mais sujos nos postos de gasolina das estradas desertas? Sim, Paulo, um dia a segui até um desses postos e a vi subir na boleia de um caminhão porque ela sonhava em ser puta! Você não acredita, não é? Pois toda mulher que encontrei era assim, mas Marília era a rainha de todas... Era a minha rainha. Sabia, Paulo, que um dia essa bruxa maldita apareceu bêbada na boate do Onofre, que quase a deixou ganhar um dinheiro para depois mandá-la de volta à minha casa? Você sabe quem é essa mulher, meu filho? Ah... Não, não vai me dizer que não sabe? Olhe agora o seu poema, tão bonitinho. Seu merda! Seu merda! Leia agora o poema e pense na vida quando ela mais duvida. Pois ela deve ter dito: 'Se és o filho de teu pai, transforme agora esses poemas em pães!' Você decidiu usar as suas aptidões, meu filho, fez de suas letras o alimento de sua luxúria em vez de confiar em mim... Mas nem só de pão vive o homem. E como era o meu filho, você se jogou nesse abismo esperando que os anjos te respeitassem e guardassem; que te sustentassem pelas mãos para não tropeçar em pedra alguma. E o diabo lhe propôs o desafio de me fazer esse teste, de tornar o meu filho perverso a fim de me exigir uma prova de amor. E então ela te levou a um monte bem alto e lhe mostrou toda a felicidade e a riqueza do mundo e lhe ofereceu o corpo e o prazer para a sua glória infinita e tudo isso concordou em lhe dar desde que você a adorasse. E assim você fez e recolheu tudo o que lhe foi dado, o que havia de impuro e maldito e construiu com isso a sua memória. Eu te renego! Eu te renego! Eu te renego! E sete vezes sobre sete te amaldiçoo. Quem dera a minha cabeça fosse um poço cheio de água e meus olhos fossem fontes de lágrimas! Então choraria dia e noite pelo meu filho morto; Deus, meu Deus, quem dera o deserto tivesse um alojamento de viajantes para mim, então eu deixaria os adúlteros e os traiçoeiros que semeiam trigo e colhem espinhos, que nesta terra se exaurem em vão. Oh Deus dos meus pais, pegue minha mão e afaste de mim esse cálice, esse vinho do Teu furor e faça o meu filho beber esse fel e cambalear como um louco. Oh meu Deus, que o Senhor me permita matar pela espada e não sentir dó ou compaixão; permita que eu já não mostre misericórdia, que eu seja a fome, a sede e a peste! Que o Senhor veio a este mundo para julgamentos a fim de que os cegos vejam e os que veem se tornem cegos." O velho deixou os papéis de lado e só me deu o tempo de poucas palavras em tom de lamento. "Pai, pai... ô meu pai..." E tirou de suas costas seu velho revólver. A arma brilhou em sua mão direita, firme como a disposição de terminar tudo aquilo. "Pai... o que é isso?" E ele ergueu o cano lentamente e o apontou para o meu peito, dizendo. "E Deus limpará de seus olhos toda a lágrima; e não haverá mais morte, nem pranto, nem clamor, nem dor; porque já as primeiras coisas são passadas." Engatilhou a arma e continuou recitando o *Apocalipse,* de João. "Eu sou o Alfa e o Ômega, o princípio e o fim. A quem quer que tiver sede, de graça lhe darei da fonte da água da vida." E apertou o gatilho. Mas a arma falhou. "Eu sou o Alfa e o Ômega!", repetiu aos berros e mirou o meu peito de novo, mas o seu corpo tremeu e foi envolto por trevas: um terremoto sacudiu os seus ossos, abrindo entre suas pernas um abismo que engoliu os seus planos e o seu derradeiro discurso. A arma caiu e ficou longe das mãos de meu pai, que estrebuchava em sua síncope raivosa – a peste saíra de seus olhos negros e contagiara o seu próprio corpo. Senti um ódio imenso por aquele homem sombrio, nojento e escroto. Nunca fui tão frio em toda minha vida, como naqueles minutos seguintes.

Apanhei o seu corpo disforme e o levei para cama em seu quarto. Após três minutos, o velho desfaleceu, mas respirava. Enfartara, mas estava vivo. Ainda. Arrumei os dois travesseiros na cabeceira para deixá-lo sentado. A cabeça caía para o lado até que consegui deixá-la ereta. Pensei na trajetória de cada disparo e como iria justificá-los. Apertei a primeira vez o gatilho e mirei o teto. A bala deixou sua marca perto da luz. Depois, encostei o cano daquele 38 entre o osso frontal e o parietal, no lado direito do crânio. Foi a mais suave percussão de toda minha vida. Pus em seguida a arma em sua mão direita e apertei novamente o gatilho com o seu dedo. E assim estava formado o quadro de um suicídio perfeito e de um filho desastrado que tentou recolher a arma da mão do morto. O primeiro disparo era o chamado tiro de hesitação, tão comum nesses casos. O segundo era o do homem que resolveu pôr um fim à sua vida e o último serviu para enganar a perícia, que, certamente, encontraria pólvora em minhas mãos. Minha história era simples: havia entrado no quarto após os disparos, apanhado a arma, que disparara por acidente em minha mão. Não havia outra testemunha ou provas do que se passara, que aqueles papéis foram todos parar no meu bolso, exceto o bilhete, que destruí rapidamente – mastiguei-o para não deixar nenhum vestígio. Os poemas não ofereciam nenhum perigo, sem a chave para a compreensão das metáforas. Afinal, pensei naquele momento, qual júri me condenaria por fingir a dor que eu verdadeiramente sentia? Esperei então mais alguns minutos – queria ter a certeza da morte – e liguei para a telefonista da cidade, pedindo o número do telefone da Santa Casa, onde solicitei o socorro. Simulei o mais perfeito dos choros, tentei desempenhar o papel do homem atingido pelo raio de dois suicídios em família em uma semana. E, seguindo o roteiro mais lógico, chamei também a polícia e conversei com o delegado plantonista. "Doutor, meu pai acabou de tentar o suicídio. Estou esperando a ambulância." Não limpei o sangue em minhas roupas, mas espalhei as manchas para que a mecânica do fluido não denunciasse o meu lugar quando recebi aqueles respingos. Lavei o meu rosto e derrubei café em minha roupa, como se eu tivesse perdido o controle. Descabelei-me e esfreguei a minha face até ela ficar vermelha. Quebrei um copo como sinal do desespero com a vida, que me havia roubado mais um ente querido. E só conseguia me sentir feliz ao pensar que, finalmente, poderia ter a minha Marília comigo à luz do dia, sem me preocupar com o que diriam em nossa família. Afinal, o maior obstáculo, o motivo de todo e qualquer escândalo estava morto e não mais provaria mágoa, revolta ou ódio nem pelo filho nem pela ex-mulher, a sua eterna piranha. Não haveria mais gritos e imprecações, não haveria falatório em nossa cidade, pois o ex-marido não mais existia e não havia lei alguma que me proibisse de me casar com aquela que foi a minha madrasta. Talvez pensassem que eu estivesse apenas escrevendo mais um conto de fadas em que o vilão fora vencido antes mesmo de a história começar a ser contada.

A ambulância chegou em 15 minutos, e os enfermeiros não encontraram seu pulso ou qualquer outro sinal de vida. Senti um alívio inaudito. Pouco depois, foi a vez de a equipe da delegacia chegar à casa amarela. E foi então que conheci o doutor Palhares, um homem que é a desconfiança em pessoa. Chamou a perícia, com seus analistas e o seu fotógrafo. Despiram o velho para ver se havia algum outro ferimento, reviraram seu corpo na cama e recolheram os projéteis no quarto. Contei em detalhes que estava na cozinha quando ouvi o primeiro tiro. E depois ouvi o segundo, e derrubei o café e o copo no chão. Corri para o quarto e encontrei o velho deitado na cama e apanhei a arma de sua mão, quando o revólver disparou novamente e, então, abracei o meu pai em desespero – daí o sangue em meu corpo. E telefonei à Santa Casa e à polícia para tentar socorrer o meu velho. E Palhares foi anotando tudo o que eu dizia e me perguntou se meu pai havia deixado algum bilhete ou carta ou se havia dito algo naquele dia. Disse que ele estava consternado com a morte da filha, que não havia ido ao enterro para não brigar com sua ex-mulher, mas que não aceitara que, no fim de sua vida, ainda tivesse de carregar o sofrimento maior da perda de um filho. "Ele lhe disse que queria morrer ou qualquer coisa assim? Senhor Paulo, me desculpe a pergunta, aliás, se o senhor quiser, podemos falar depois do enterro, mas o senhor é advogado e sabe que é a única testemunha do que aconteceu nessa casa e compreende por que o seu depoimento é muito importante." Concordei com o delegado e disse que não, que o velho em nenhum momento havia sugerido que se mataria ou que tivesse brigado com alguém da família ou tido algum outro dissabor, além da inesperada perda da filha. Palhares abaixou a prancheta na qual anotava as minhas palavras e me disse que, depois, me chamaria para depor formalmente na delegacia. "O senhor compreende, não é?" E se despediu ainda quando a equipe de peritos não havia terminado o trabalho. Colheram em minhas mãos o material para o exame que confirmaria se eu havia disparado aquele revólver e fizeram o mesmo com o velho. Fotografaram tudo e mediram as distâncias e as trajetórias de cada disparo. Tudo saiu como planejei. E até me contive para não ligar de imediato para Marília a fim de lhe dar a notícia de que o miserável havia acabado. Não passei um dia na cadeia; e foi justo e correto que assim fosse. Dormi tranquilo naquela noite com a consciência de que fizera o certo, o que devia ser feito. Não me senti culpado, apenas responsável. Tinha o gosto de sangue na boca do último beijo que dei em meu pai ao lhe fechar os seus olhos negros como a peste.

Santo Antônio de Pádua, 30 de novembro de 1991

Ao Exmo. Sr. Dr. Otávio Pereira Bastos Gonzaga,
MM Juiz de Direito da Comarca de Santo Antônio de Pádua

Por meio desta, envio à V. Ex.ª as 18 páginas com o inteiro teor deste segundo manuscrito encontrado na casa de Paulo Kappel Volpin, brasileiro, advogado, residente à Rua das Camélias, n.º 230, no bairro da Saudade, nesta comarca. Aproveito a oportunidade para saudá-lo e reiterar assim meus protestos de elevada estima e consideração.

Atenciosamente,

Marco Antônio Palhares de Oliveira
delegado de polícia titular de Santo Antônio de Pádua

CANÇÃO IMPOSSÍVEL

1

Teu corpo não me escreve do meu verso
a frase estranha a boca que me chama

e os olhos nada fazem do que peço
e entrego minha calma na tua cama,

que o diabo nos procura no deserto,
e a vida assim se torna mais humana

depois de navegar em mar aberto
depois de ir além da Taprobana.

2

Tua luz me assombra toda vez que o fundo
Dos teus olhos me deixa mais no escuro

Tua luz me afunda no oceano noturno
Do brilho dos sentimentos imundos

Da hora vagabunda e inoportuna;
Luz que sendo tua é também da Lua,

Clara e escura - todas e nenhuma-,
Que a tua luz é a luz que me flutua.

3

E foste minha, foste minha à noite
inteira, cheia, primeira e derradeira

E foste nova e minha amada foste
e tudo o mais se foi na brincadeira

e nos olhos salgados pelo medo
de me lançar ao vento nos teus seios

e navegar as costas do tormento
e derreter em meio ao clima ameno

CANÇÃO SIGILOSA

1

A face iluminada da montanha
eleva o seu olhar quando nos vê

e revela porque nos acompanha
me conta a tua história sem querer.

A noite não te encontra com seus carros
na avenida infinita que a tua mão

traçava em minha costa um Caravaggio
enquanto me arrancava o coração.

2

E queria dizer sempre em teu instante
- centenas e centenas de cavalos

rodopiam quando o brilho está distante -
e queria dizer sempre em outro horário,

permanecer além da madrugada,
a lágrima de um filho que diz não,

e amar, querer tudo e não ter nada
me esfregar em tuas pernas como cão.

3

Apanho pedra e faca e me desfaço,
se quero entrar calado em tua boca

desapareço na fumaça do cigarro,
na pressa que retira o pai da forca.

Se fosse entrelaçar-me de segredos
que os meninos compartilham sem cessar

dizia eu te amo com meus dedos
e abraçava o sigilo em teu olhar.

CANÇÃO NO MEIO DA NOITE

1

Abro minha vida no meio da noite
como as estrelas de brilho distante

enquanto teus olhos deixam na Lua
as pegadas de um cavaleiro errante .

Abro minha vida no meio da noite
porque da tua boca a voz do meu filho

me veio dizer que teu ventre me espera,
teu cheiro, teu gosto, tua cor e ouvido.

2

Se a noite não vale porque não estás,
por que levaste o teu corpo escondido

na sombra de um leve e suave jamais?
Abro minha vida como um sorriso.

Abro minha vida... abrem-se veias
para irrigar os meus sonhos antigos,

que mesmo o amor jogado na terra
do solo se eleva até o infinito.

3

Por cima de mim, o avião impossível
me leva o dia todo para os teus braços.

Por cima de mim sonham os marujos
com as tuas tempestades de cansaço.

Por cima de mim ocorrem degolas
e me encontro com teus antepassados;

E a tua lembrança anuncia-me as horas,
invade o sol o escuro do meu quarto.

4

Abro o teu livro e vejo minha vida
nossos amores e nossos fracassos.

– o domingo está lindo e vestido,
e o astronauta vai para o espaço.

Abro minha vida todas as noites
E não me custa esperar teu abraço

E não me custa esperar tua mão
levar minha mão em tudo o que faço.

CANÇÃO SILENCIOSA

1

Espero a luz da estrela silenciosa
Iluminar os dias frios e nublados,

oferecer-me os traços da sua fuga
e apascentar meus versos e pecados.

(Mata-me de partidas e de planos,
desnuda-me distante das palavras,

invade-me de sonhos e montanhas
escreve-me das mãos da minha amada.)

2

Escrevo nesta noite um verso claro
que a tua luz se distancia a cada dia.

Escrevo nesta noite um verso calmo
que a vida nasce, cresce e se despede.

Escrevo nesta noite um verso triste
que em meus ouvidos grita como a chuva

Me escrevo à noite com o que ainda existe
E me faço andar na contramão da Lua.

3

Estrela da improvável despedida
acode-me de beijos e recados.

Estrela que será da vida inteira,
eterna luz que vem do meu passado.

Tanto faz se o outono diz que é tarde
se as estrelas não mudam de galáxia...

Amei para poder dizer besteiras
até o verso perder sua forma e graça.

CANÇÃO SEM RESPOSTA

Luz que ascendeu do meu corpo,
que me vibrou nas cordas,
que me alimentou aos poucos...
O que me fez insano?
Teus planos.
Meus planos.

E lá se vão meus pés
Minha resposta atrasada
Que me manteve branco
Por que me pergunta em qual dia?
Minha euforia.
Tua loucura.

Uma mensagem e mais nada...
trem que me corta em silêncio de madrugada
As cartas que não têm volta
Por que tantas palavras?
No meu discurso
Se... Não.

C'est la folie qui nous fait rigoler
Ainsi vont les jours et nuits…
Ainsi la tendresse étouffe l'oubli
Et les flots vont nuire et se dire
quand même,
quand même...

Se vão te enviar o meu livro
com as roupas, meus sonhos e furos
se vão te mandar meu futuro
Por que tanta luz vai passar?
No escuro
Nos punhos.

Estilhaços de estrelas caem no jardim:
vão revirar os meus ossos no chão,
vão me deixar pelo meio sem fim.
Por que o momento termina?
Minha vida.
Tua vida.

MARÍTIMOS

a Nelson, Francesca e Marília

1

Penso...
...o vento nos abraça,
lívido;
uma dança
pálida,
          obcecada.

Nas ruas pardas
Teu silêncio continuava...
...um silêncio de galáxias.

Breve encanto,
rápida parada:

em vez de velas,
lábios ressecados,
ventanias.

Não mais amantes,
nem mistérios,
nem o equilíbrio de um bailado.
Somente a linha reta,
          a tempestade...
a tempestade

A tempestade rápida,
não mais a do segredo,
da morte que nos leva
cedo e sem alarde.
Mas aquela anunciada
pelas brigas de família,
pela Bíblia, concebida
pelo Cabo das Tormentas,
que, embora seja nova,
seja mais que lazarenta,
aquela que é memória,
inescapável tempestade.

Não mais feridas,
nem desgraças,
nem mesmo a mão que nos aperta
em cada linha torta
da memória...

Memória

das águas,

da sede

salgada,

que é sede

que nasce

no quarto

e marcha

na sala,

e galopa

no asfalto

e acaba

na praia,

saciada

de areia.

Somente a linha gasta do futuro,
somente a linha forte da memória.

2

Não mais a santidade da espera
nem o assombro santo da nudez,
nem mais uma vez o que é cômodo
às feras,
aos estetas,
aos mortos,
aos profetas estiolados,
aos barcos,
às portas e fechaduras,
aos fardos mundiais,
a tudo o que é passado
a tudo o que é memória
e a todo cidadão pacato.

Só nos resta a descoberta
ou o naufrágio.

Ao ler tão perto o riso desejado
ser beijado pelo amor de sua vida,
ela, que sempre estava do meu lado,

a boca me beijou estremecida.
Galeoto foi o Dante e sua Comédia,
e nenhuma outra página foi lida.

Enquanto me lembrava da tragédia,
daquele que chorava e da piedade,
não era mais distante Idade Média,

e caddi come corpo morto cade.

Só nos resta entrelaçar as pernas
ou virar de lado?

Mamá.
Yo quiero ser de plata.
Hijo,
tendrás mucho frío.
(Mãe,
eu sempre fui de prata.
Filho,
eu tive muito frio.)

E só nos resta Deus Pai,
o Todo-Poderoso do trabalho,
e seus filhos e santos
e a santa federação das indústrias.
Se ele fechar,
se ele mudar,
se robotizar,
o que vai nos restar?

Só nos resta o relógio de ponto
                    ou o desemprego.

(Serás o que não chamam para festas...)

E o que nos resta é o sal que nos condena
é o tempo que nos faz e nos desfaz
é um não sei o que sinto,
                                    uma cena,
um descobrir-se intacto e infinito.

E o que nos resta é uma palavra
                    que foi pura;
                    os que nos pensam
e pensaram
o futuro,
o passado.

Sou homem e somos muitos,
mas não sei qual devo ser
e quanto mais me descuido
mais labirinto ao me ver.

Sinto um amargo nos dedos
que me inquieta devagar.
Vem o maior dos meus medos,
que é não saber disfarçar.

Sempre essa luta insensata,
que não me cede jamais.
Sempre que volto pra casa
tudo o que fiz me refaz.

-tanto tempo sem repouso
que este corpo fatigado
esquece a carne no fogo,
ferve em futuro e passado.

Não mais navios, nem continentes,
Não mais o pasto, nem mesmo padres
Os homens cantam,
os outros cantam,
os mortos cantam,
os nossos cantam,
cantam os anjos,
NÃO ESCUTAMOS.

E não há sossego,
não nos casamos
não há pecado
não nos tememos
Nós não choramos
nem mesmo o leite que derramamos.

Quantos pilotos anônimos,
quantas cartas para El-Rei;
que distância nos separa
dos mares e do que sei,
da terra que nos aguarda,
terra de um só parecer,
terra de prédios tão plena,
"d'antes quebrar que volver".

E o que nos resta, além de tempo,
se não há quem nos acompanhe?
Um sopro épico,
um descanso,
uma cidade,
um romance
e a bênção de um domingo após o outro?
Descoberta, tradição e desconforto.

3

O que nos resta são as unhas e cabelos,
as rugas e o nosso julgamento:

Nenhum pressentimento.
O oceano vem aos poucos e repousa sobre a areia.
Mostra um ritmo sonâmbulo
de quem deve trabalhar do amanhecer até o final dos tempos.
Não há leveza que possa torná-lo mais suave;
nenhuma fuga revelada na leitura de presságios.

O oceano cobre cada palmo seco da paisagem,
esfrega-se em teu corpo como um cão,
vence a calma fatigada do ambiente,
sem fazer esforço,
pois sabe o que é viver de fluxo e refluxo,
e trata da euforia de tuas pernas
com a transparência inexistente nas palavras.

O que nos resta são páginas e espelhos,
nossas fugas, e tudo o que escrevemos:

Só teus pés não estão molhados no desejo
de impor ao mar tuas braçadas,
de impor a vida à contingência,
e à desfaçatez da geografia,
de impor-se a tudo o que é longínquo e inacessível.
Tudo o que não muda é o mesmo sal,
o mesmo sol que abrasa ao meio-dia.

O que interessa além de um prato de comida,
O que interessa nessa vida além da escrita?

Quem de volta do Cabo das Tormentas
vai clarear o corpo estirado sobre a areia,
e vazar o olho, e apagar o fogo que se deita

e desfazer o feito e acender a frase dos altares?
Quem vai passar além da pausa seca da poesia
e mandar a palavra pelos ares; quem de volta vai ao mar,
quem esquenta a memória amanhecida?
Se faça mais amigo que profeta
quem achar a justiça nessa terra.

E O QUE NOS RESTA ALÉM DO RITMO?
O que nos resta além do abismo?

Que mulheres vão passando
como a ponta de uma faca?
Não saíram de Sevilha,
não vieram de Granada.
Que mulheres vão cantando
aos marujos das barcaças?
Não se parecem com filhas
e não têm pena de nada.
Que mulheres vão bailando
enquanto a lua está fraca,
se tudo o que sempre brilha
um dia se cansa e apaga?
As mulheres vão marchando
como se fossem p'ra casa...

O que nos resta são pedaços de terra
à vista,
a prazo?

O que resta
nos enterra
em cova rasa,
sem cuidado.

4

O QUE RESTA ESTÁ NO RITMO DA FACA,
E CORRE, E FOGE NA PONTA DO CÉREBRO:

Escuta o mau humor que te consome:
esse tempo de tragédia, apostasia e desordem;
sem esmolas, objetivos e ultimatos;
tempo rápido;
e a solidão indisfarçável,
que não tem filhos e mulheres,
e faz suicidas de acanhados,
e acanhados de homicidas;
....;
Por que tudo preenchido pela urgência?
e aquelas horas que te faltam, e essa espera?
....;
a poeira do Somme tornada Inglaterra.
....
E vamos ofertar a vida estreita nesse Bósforo,
e o cigarro partilhado à luz de velas,
e as dietas mais estranhas na cidade iluminada.
Vamos esperar o velho de aspeito venerando:
"Oh! Maldito o primeiro que, no mundo,
nas ondas vela pôs em seco lenho!"
....
À morte e à fama estaremos destinados,
e o Almirantado à demissão?
Mesmo o que é pequeno me preocupa
e não me sobra tempo além da madrugada.
"Mísera sorte! Estranha condição!"

E ritmo corta cada palavra:
O RITMO queima como geada,
O ritmo SURGE como um fantasma,
um vira-casaca,
um ataque de asma,
O RITMO FERE como quem mata.

NEM MAIS NEM MENOS,
de tudo o que vivemos,
SÓ O RITMO NÃO PASSA.

5

De tudo que vivemos,
dos cálculos de geometria,
- nem mais, nem menos -
o que resta da poesia?

As pedras nos revelam a sorte, o nosso preço;
o lento casco dos corcéis suaves na memória;
a boca seca pela falta de esplendores;
há muito me dissolvo nas palavras,
esse enigma de formas ressecadas,
que inexoravelmente me completa,
que me pertence, que me segrega.

Santo Antônio de Pádua, 01 de dezembro de 1991

Ao Exmo. Sr. Dr. Otávio Pereira Bastos Gonzaga,
MM Juiz de Direito da Comarca de Santo Antônio de Pádua

Por meio desta, envio à V. Ex.ª a lista dos livros apreendidos com anotações feitas por Paulo Kappel Volpin. O material encaminhado em auto próprio ao juízo foi encontrado na casa do indigitado, brasileiro, advogado, residente à Rua das Camélias, n.º 230, no bairro da Saudade, nesta comarca. Aproveito a oportunidade para saudá-lo e reiterar assim meus protestos de elevada estima e consideração.

Atenciosamente,

Marco Antônio Palhares de Oliveira
delegado de polícia titular de Santo Antônio de Pádua

Ref: Lista de livros apreendidos na casa de Paulo Kappel Volpin

1 – Le mythe de Sisyphe, Albert Camus

2 – Jeremias sem Chorar, Cassiano Ricardo

3 – Os sobreviventes, Cassiano Ricardo

4 – O trabalho e os dias, Hesíodo

5 – Teogonia, Hesíodo

6 – Obra poética, Jorge de Lima

7 – Bíblia

8 – Fausto, Goethe

9 – Lições de literatura no Brasil, Giuseppe Ungaretti

10 – Os irmãos Karamazov, Dostoievski

11 – O livre-arbítrio, Santo Agostinho

12 – La bête humaine, Zola

13 – La femme de trente ans, Balzac

14 – La promesse de l'aube, Romain Gary

15 – L'étranger, Albert Camus

16 – Diário de um ladrão, Jean Genet

17 – Poemas, Y.B.Yeats

18 – Commedia, Dante Alighieri

19 – Teses sobre Feuerbach, Marx

20 – O manifesto do partido comunista, Marx e Engels

21 – O paraíso perdido, Milton

22 – Sonetos de Shakespeare, Péricles Eugênio da Silva Ramos

23 – Poemas, William Carlos Williams

24 – Du côté de chez Swann, Proust

25 – Estrela da vida inteira, Manuel Bandeira

26 – Poesias completas, Mário de Andrade

27 – Romancero gitano, Garcia Lorca

28 – As leis, Platão

29 – Confissões, Santo Agostinho

30 – Explicação incoada da carta aos romanos, Santo Agostinho

31 – Minha Vida, Leon Trotsky

32 – Otelo, Shakespeare

33 – A origem da família, da propriedade privada e do Estado, Engels

34 – Do espírito das leis, Montesquieu

35 – Princípios da filosofia do direito, Hegel

36 – Poemas, Gregório de Matos

37 – Les damnés de la terre, Frantz Fanon

38 – Madame Bovary, G. Flaubert

39 – O conde de Monte Cristo, Alexandre Dumas

40 – Luz Mediterrânea, Raul de Leoni

41 – Poemas, William Wordsworth

42 – Dom Casmurro, Machado de Assis

43 – Odisseia, Homero

44 – Poesia 1, Clube de Poesia de São Paulo.

45 – Fluxo e Refluxo, Pierre Verger

46 – Poemas, Maiakóvski

47 – Conferências introdutórias à psicanálise, Sigmund Freud.

48 – Rei Édipo. Sófocles.

Santo Antônio de Pádua, 02 de dezembro de 1991

RELATÓRIO COMPLEMENTAR

Ref: Autos apartados do Inquérito 017/90, Delegacia de Santo Antônio de Pádua

Tomo a liberdade nessa correspondência de submeter à apreciação do MM juiz de direito desta Comarca as considerações desta autoridade a respeito da documentação anexa e sobre as mortes de Vicente Silva Volpin e Paulo Kappel Volpin. Faço a seguir um breve histórico do caso. Paulo Kappel Volpin, advogado regularmente inscrito na Ordem dos Advogados do Brasil, Seção Santo Antônio de Pádua, foi encontrado morto em sua casa no dia 16 do corrente, conforme notícia enviada ao juízo competente por esta autoridade. Segundo apurado pela perícia, o causídico estava morto havia pelo menos 48 horas quando foi encontrado depois que a sua secretária deu pela falta do patrão no trabalho. Chamada a Polícia Militar, procedeu-se ao arrombamento da residência (conforme laudo de folhas 78, 79 e 80), de onde exalava um mau cheiro que já incomodava aos vizinhos. O corpo estava no recinto ocupado por sua biblioteca. Desfalecia a vítima em uma poltrona bergere azul e branco. Ao solo havia o manuscrito ora transcrito e apresentado à Vossa Excelência. Uma série de livros com anotações foi apreendida em auto próprio que será enviado ao juízo no momento oportuno. Esta autoridade indagou então aos peritos presentes ao local se havia algum sinal externo de violência no corpo e a resposta foi negativa. Também não havia nenhuma evidência de arrombamento anterior e a presença de nenhum estranho foi detectada pelos vizinhos ouvidos por esta autoridade policial. Foram colhidas amostras para os devidos exames toxicológicos a fim de se indagar outras hipóteses – trabalho que foi completado pelo IML durante o exame necroscópico. Por fim, passou essa autoridade a recolher material de interesse da investigação policial.

Lido e tido como certo de que o autor do manuscrito era o doutor Paulo Volpin, cabe a esta autoridade tecer alguns comentários sobre a morte do pai do ilustre bacharel. Desde as primeiras horas esta autoridade seguiu a pista de que Vicente Volpin não retirara sua vida espontaneamente, digo, que não cometera suicídio. Apesar das provas inconclusivas, nenhum outro suspeito, ninguém mais poderia ter causado aquela morte, além da única testemunha dos fatos: o doutor Paulo Volpin. Seus irmãos não desmentiram o seu álibi e agora sabemos – a confiar em seu relato – a razão de tal acumpliciamento entre os familiares da vítima. Deslindado nesse depoimento doentio todo rancor e mágoa guardados por anos em relação à figura paterna, um comerciante respeitado por toda nossa comunidade. Não cabe a esta autoridade a realização de uma análise do perfil psicológico do autor desse relato, mas, se não era louco – não rasgava dinheiro nem pegava ônibus errado – tampouco era completamente são. Difícil acreditar em tudo o que diz. Difícil crer em um delito cometido com tamanha frieza e confessado em seus mais aviltantes detalhes. Deve ser, portanto, lido o depoimento anexo com todo o cuidado que se deve ter ao ouvir a confissão de um assassino – ainda mais de um homem que se gaba de não ter ficado preso nem um dia sequer, em um derradeiro escárnio à Justiça e aos homens de bem de Santo Antônio de Pádua! A vaidade, senhores, sempre a vaidade! É ela que deve ter movido o autor desse crime hediondo a fazer de seu crime – pasmem - um livro! Diferencia-se o relato aqui apontado da segurança da apuração de um inquérito não só pela sua falta de imparcialidade e boa-fé, mas também porque o autor não tem nenhum compromisso em dizer e escrever a verdade dos fatos. E assim o é quando assaca calúnias contra nossa amada e venerada polícia paulista, mas não só, contra também as autoridades constituídas desse município, não poupando nem mesmo o sangue de seu sangue. E o relato que faz sobre a testemunha Marília de Nardi, viúva da vítima, a quem procura envolver em sua trama? Parece delatar a todos, como se desejasse com isso cair nas graças da posteridade. Qual a credibilidade que se deve dar a um assassino confesso? Trata-se de um relato, portanto, perigoso, pois não foi tecido por nenhum criminoso néscio ou por apedeuta, mas por advogado, como já disse, regularmente inscrito na Ordem do Advogados do Brasil, profissional formado na prestigiosa Universidade de São Paulo, cujas arcadas receberam não só este delegado, bem como o excelentíssimo magistrado e o digníssimo senhor promotor de Justiça aos quais encaminho esses autos apartados. Sendo assim, represento aos senhores pela decretação imediata do sigilo nesses autos até o julgamento final desse caso, pois a honra de muitos não pode ser enxovalhada em um último delito monstruoso cometido pelo autor de cruel parricídio. Outrossim, anexo o bilhete arrecadado junto com o manuscrito, também com a letra do finado Paulo Volpin – reconhecida que foi pela secretária e parentes – na qual se lê: "Entreguei tudo o que sei nestes papéis; aqui tentei dizer ao momento fugaz: 'continua aqui, és belo, não te vás'. O bacharel em seu devaneio não foge ao lugar comum de citar Goethe em um bilhetinho, apostrofando o relato ora transcrito. Por fim, devido à morte do autor, represento pela declaração da extinção da punibilidade em relação ao assassinato de Vicente Volpin e o consequente arquivamento final do feito sobre o terrível homicídio. Quanto ao caso da morte de Paulo Volpin, é certo que, por se tratar de morte natural – enfarte agudo do miocárdio –, também não resta nada de interesse da nossa justiça penal, devendo assim também este feito ser arquivado.

Atenciosamente,

Marco Antônio Palhares de Oliveira
delegado de polícia titular de Santo Antônio de Pádua

FIM

Alameda nas redes sociais:
Site: www.alamedaeditorial.com.br
Facebook.com/ alamedaeditorial/
Twitter.com/ editoraalameda
Instagram.com/ editora_alameda/
tiktok.com/ @editora_alameda

Esta obra foi impressa em São Paulo na primavera de 2025. No texto foi utilizada a fonte Calisto MT em corpo 11 e entrelinha de 15,5 pontos.